LES LOUPS

Benoît Vitkine est un journaliste français, spécialiste des pays de l'ex-URSS et de l'Europe orientale au *Monde*. Correspondant du journal à Moscou, il a reçu le prestigieux prix Albert-Londres en 2019 pour une série de reportages réalisés en Ukraine. *Donbass*, son premier roman, qui a pour décor l'est de ce pays en guerre depuis mars 2014, a été récompensé par le prix Senghor du premier roman francophone en 2020.

Paru au Livre de Poche :

DONBASS

BENOÎT VITKINE

Les Loups

LES ARÈNES

Cet ouvrage a été publié dans la collection EquinoX.

© Les Arènes, Paris, 2022.
ISBN : 978-2-253-94143-9 – 1re publication LGF

*Ce livre est dédié à Katia Gandziouk,
militante anticorruption morte en novembre 2018
dans la ville ukrainienne de Kherson,
trois mois après avoir été victime d'une attaque à l'acide.*

Il est aussi dédié à Nikita Ouvarov et à sa mère, Anna.

*Car celui qui frappe est meilleur.
Celui que l'on frappe et ligote, moins bon.*

Ivan IV le Terrible

Été 1976, Crimée

Elle a 16 ans et l'été court sur sa peau chargée de sel et de soleil, du regard des garçons qui retiennent leur souffle chaque fois qu'elle plonge dans les eaux de la mer Noire. Ses pieds volent sur les lattes de bois du ponton avant de la propulser vers le ciel. Lorsqu'elle retombe et que son crâne heurte l'eau, elle oublie tout ce qu'elle sait et tout ce qu'elle ignore, son propre avenir incertain, les yeux posés sur elle. Le ponton de bois de Yalta est une planète à lui seul. À des milliers d'années-lumière des fumées de Zaporojie.

Elle a 16 ans, un âge où l'on ignore encore que la beauté se fane, que les rêves sont périssables et que même les pays disparaissent. Le sien a encore quelques années à vivre. Les généraux n'ont pas encore envahi l'Afghanistan, Ronald Reagan n'a pas encore lancé sa guerre des étoiles et Mikhaïl Gorbatchev n'est pas encore arrivé au pouvoir, avec ses rêves d'ouverture et de démocratisation. Il ne reste que quelques années douces-amères à entretenir l'illusion rouge, à tenter de raviver une flamme qui vacille dans la grisaille.

Sous le soleil de l'été, elle oublie que le Dynamo

Moscou vient de détrôner en championnat son homologue de Kiev. Elle oublie les larmes versées par son père quand les Moscovites ont chipé le titre aux joueurs de Lobanovski. Elle oublie que son père est un minable. Elle oublie tout ce qui fait son quotidien. Les usines de Zaporojie alignées sur des dizaines de kilomètres, l'air âcre qui pénètre les poumons. Les mines grises des ouvriers, qui ne s'éclairent qu'à l'heure d'ouvrir une bouteille. Celles, livides, des mères de famille épuisées. La joie factice des veilles de fête, quand seules les petites filles aux rubans dans les cheveux paraissent ne pas discerner la duperie. Les yeux vides, surtout, des professeurs dont elle aimerait qu'ils soient des guides. Elle est douée en mathématiques, ils voudraient qu'elle décroche une place à l'université. Elle devrait s'en contenter, ses parents seraient déjà si fiers. Mais elle veut comprendre. Pourquoi les équations qu'elle effectue avec tant de plaisir doivent-elles être envisagées à la lumière de la doctrine marxiste-léniniste ? Pourquoi les poètes les plus intéressants sont-ils interdits, réservés aux cercles dans lesquels gravitent quelques rebelles aux cheveux longs, les enfants des hauts fonctionnaires, ceux-là mêmes qui ont interdit la poésie ? Pourquoi leurs cours sont-ils si mornes et l'avenir qu'ils ouvrent si terne ? Aux écoliers, ils ne parlent que de places de contremaîtres dans les usines Zaporojstal. Trois ans à l'institut technique, et va remplacer ton père ! Pour les filles – enseignante, infirmière, cuisinière… Pourquoi toutes ses amies rêvent-elles de se marier ? Et encore, seulement pour trouver un type pas trop minable, pas trop amoché, pas trop alcoolo… Elle préférait encore ses copines de Gouliaï-Polie, là où elle habitait avant de déménager à Zaporojie. Des paysannes, peut-être, mais dont les bonnes joues rouges la réjouissaient.

Allongée sur sa serviette, tendue pour attraper chaque miette du soleil matinal, elle oublie tout. Yalta devrait lui rappeler l'histoire, la conférence réunissant Staline, Roosevelt et Churchill… Elle pourrait au moins se consoler en songeant à la grandeur de l'État soviétique… Mais elle se moque de l'histoire autant que de l'avenir. Le présent est trop plein d'un soleil qui la rend plus belle, accentue le contraste entre ses cheveux noir de jais et ses yeux d'un bleu profond à peine éclairci par la brûlure des rayons.

Après son bain matinal, elle va retrouver son groupe de jeunes archéologues. Elle est si sérieuse, si dévouée, qu'on lui pardonne ses expéditions matinales au ponton de bois. Et puis personne n'accorde à l'archéologie une importance démesurée. Comme la plupart des autres participants du camp, elle s'est inscrite au « Groupe de recherches archéologiques de la République socialiste ukrainienne » uniquement pour passer quelques semaines en Crimée. Et aussi en espérant rencontrer des jeunes intéressants. Sur ce point, les premiers jours passés au camp ne l'ont pas déçue. En compagnie de ses camarades, elle s'est même prise de curiosité pour les fouilles et les vestiges qui parsèment la péninsule : cimmériens, scythes, grecs, huns, tatars… Ces jeunes venus des grandes villes ukrainiennes, qui fréquentent pour certains les meilleures écoles, la changent des ploucs de Gouliaï-Polie et des prolos de Zaporojie.

Parmi eux, il y a Timon, si vif, si joyeux, qui attire

la lumière sans paraître la chercher. Il creuse torse nu, lançant sa pioche avec un entrain tout droit sorti d'un film, ses muscles secs luisants de soleil et de grâce. Tous l'aiment, mais il semble attacher une attention particulière aux regards bleus que lui jette la plongeuse. Ses yeux à elle ne font qu'effleurer les muscles saillants du garçon, son intérêt va au-delà. Quand elle l'entend discuter avec les autres, il paraît plus profond, plus ouvert. Comme un ponton de bois qui vivrait après l'été. Un soir, il a emprunté une guitare et chanté d'une voix encore enfantine un poème de Vyssotski. Un soir où l'un des archéologues professionnels encadrant le groupe pérorait sur l'infériorité de la culture tatare, appuyant son discours sur «une vision marxiste saine de l'évolution des peuples», comme il disait en se gonflant d'importance, Timon l'avait repris. Il n'avait pas explosé, comme elle l'aurait fait à sa place, mais il avait patiemment argumenté, utilisant les mêmes armes que lui. En luttant pendant des siècles contre l'Empire tsariste et en défendant un mode de vie basé sur la liberté et la vie en collectivité, les Tatars n'avaient-ils pas hâté la venue de la Révolution prolétarienne ? L'autre avait bafouillé une réponse, et tous les jeunes s'étaient couchés ce soir-là avec la même sensation d'euphorie que si l'on avait annoncé un bombardement d'albums de Led Zeppelin sur le Kremlin.

Les cheveux encore mouillés, Olena remonte vers le camp, au-delà de la voie ferrée qui chemine le long de la côte criméenne. Ce n'est pas de l'amour qu'elle ressent pour Timon, c'est de la confiance. Ou plutôt une promesse, celle d'un monde qui pourrait être moins étriqué.

Les jeunes sont réunis sur le terre-plein central, entre les tentes. On forme les brigades pour la journée. Ce matin-là, Timon est chargé de former la « brigade d'élite », celle affectée aux fouilles sur le promontoire aux Hirondelles, où sont apparus l'année passée des vestiges très prometteurs, probablement grecs. Cet honneur, comme les autres postes à responsabilités de la troupe, est attribué à discrétion par les encadrants aux éléments les plus méritants ou les plus zélés.

Timon a commencé à constituer son groupe en appelant ses deux meilleurs copains, Vlad et Maxime. D'un coin de l'œil, il a regardé Olena entrer dans le cercle, et la jeune fille a vu son sourire. Elle a aussi surpris son regard qui se posait sur son t-shirt rendu humide par le contact avec son maillot de bain, mais elle s'en moque. Elle sait que les garçons sont fascinés par les seins des filles, elle lui pardonne volontiers. La promesse du regard de Timon vaut toutes les audaces, Olena n'a ni honte ni peur. Elle s'éclaircit la voix et dit, d'un ton assuré : « Timon, ça m'intéresserait beaucoup de fouiller le promontoire avec vous. »

Le garçon s'interrompt, son regard chaud posé sur elle. Son visage se déforme lentement, Olena y devine la bêtise et la médiocrité avant même qu'il ait ouvert la bouche. Il se tourne vers son copain Vlad et ricane. Puis, bien fort, il lance à la cantonade : « Olena, c'est un groupe d'élite que l'on forme. Donc par définition les filles ne peuvent pas en faire partie ! »

Olena n'éprouve aucune honte, aucune gêne devant les regards posés sur elle, les éclats de rire forcés de ceux qui veulent plaire au chef de meute. Seulement du dégoût et un peu de rage. Elle baisse les yeux pour qu'on ne voie pas le léger tremblement qui agite sa paupière gauche. Elle a 16 ans et dans son short ses poings sont serrés.

*31 mai, J – 30, Kiev, avant l'investiture
d'Olena Vladimirovna Hapko*

La fille traverse la salle en roulant du cul. Son pantalon de cuir moulant scintille à chaque pas, reflétant la lumière qui plonge des mille projecteurs accrochés au plafond. Doré, le plafond, pour ajouter du clinquant à cette scène qui en dégueule. Parmi les hommes présents dans l'assistance, pas un ne se gêne pour baisser les yeux sur ce cul qui roule et qui roule. Pas un ne fait semblant de regarder ailleurs, technique éprouvée du coup de tête circulaire qui fait mine de chercher quelque chose dans la pièce avant de se poser, l'air de rien, sur l'objet de son réel intérêt. Chacun apprécie, pas besoin de fioritures, de faux-semblants. Pour quoi faire ? Qui a décidé qu'il était malvenu de regarder les culs des filles ? Celui-là est rond, dodu sans être trop gros. Il y a des règles : trop maigre, c'est l'adieu au glamour ; trop rond, ce n'est pas d'ici. Ici on est en pays slave, pas à la Caraïbe. Parmi les règles, il y en a d'autres, encore plus évidentes : ce cul, on a le droit de le regarder autant qu'on veut, sous tous les angles, et même d'élaborer des plans sur la meilleure façon de le posséder.

La fille est brune mais tout le monde s'en fout. Elle a sans doute passé des heures à tirer un chignon parfait au-dessus de son crâne, mais tout le monde s'en fout. Elle tient une bouteille de champagne surmontée d'un feu de Bengale. Ses chaussures à talon avancent à un rythme cadencé parfait, un pied devant l'autre, ponctué par un léger mouvement du bassin. Les convives s'écartent sur son passage, la laissant planer au-dessus du parquet de l'immense salle de bal encadrée de colonnes de pierre. *Tic*, *tic*, bruit des talons. Mouvement du bassin. Elle tient sa tête bien droite. Sourire figé dont tout le monde se fout, elle regarde en direction de la Dame, la maîtresse de cérémonie. Elle ne veut pas croiser son regard et se force à fixer, dans le lointain, un tableau sylvestre représentant des chiens arrachant la gorge d'une biche. La Dame aussi la regarde s'avancer, la serveuse le sent. Ses yeux sont les mêmes que ceux qui se posent sur son cul. Carnivores. Les chiens, la biche, sa gorge arrachée…

La fille est suivie par quatre serveurs en costume blanc étincelant. Son travail à elle est de rouler du cul dans un pantalon de cuir, le leur est de ressembler à des matelots de *La croisière s'amuse*. Elle est sans doute mieux payée qu'eux, d'ailleurs. Quelques centaines de dollars. C'est donc que les choses sont en ordre, à leur juste place. L'argent est le meilleur étalon, le plus incontestable des ordonnateurs. Pas un des convives ne songerait à remettre en question cette simple vérité.

Les quatre matelots en gants blancs tiennent bien en vue un plateau gigantesque sur lequel est posé un gâteau tout aussi imposant, recouvert de crème, bleu et jaune, les couleurs du drapeau national. La Dame regarde s'avancer cette étrange procession, la fille scintillante, les jeunes hommes qui portent comme un cercueil ce gâteau extravagant. Elle ne sourit pas. Les rides qui s'étirent au coin de ses yeux ne tressaillent pas d'un millimètre. Seule sa paupière gauche est agitée d'un léger tremblement à peine perceptible. Sa peau qui a connu le soleil il y a longtemps est désormais sèche, parsemée de minuscules crevasses recouvertes d'une généreuse couche de fond de teint. Son corps est serré dans un tailleur noir, poitrine généreuse, jambes trop épaisses. Elle est belle et vieille à la fois.

«Salle de bal»… la bonne blague, pense-t-elle. Le palais Chirinsky a été choisi précisément pour son tape-à-l'œil et n'a rien d'aristocratique. Il ressemble à un gigantesque lupanar, évoquant certes vaguement le dix-huitième siècle, mais plus certainement le cartel de Sinaloa. Cela convient parfaitement à ses invités, ces hommes – femmes accrochées à leurs bras – qui l'ont soutenue et croient qu'elle va maintenant leur faire de la place au sommet; ces hommes qui ont tenté de la faire chuter, qui l'auraient piétinée si elle avait échoué, et qui sourient en espérant que les projecteurs et les dorures effaceront tout dans un grand brasier purificateur. Ils sont à peine moins nocifs que des trafiquants mexicains.

Des dizaines d'hommes la regardent, et le rire muet d'Olena Hapko s'éteint. Ses yeux descendent sur le petit groupe qui s'avance, fille en cuir et matelots impeccables. Elle voudrait être heureuse mais n'arrive qu'à calculer, déduire, prévoir. Elle voudrait un instant se reposer, s'appuyer contre une épaule, mais elle est seule sur le podium. Elle n'a que ses souvenirs à y inviter. Celui qui accepterait de gravir les marches à ses côtés deviendrait immédiatement un ennemi. Seule dans la conquête, elle l'est encore dans la victoire.

C'est elle qui a insisté pour que tout soit clinquant et vulgaire. Elle qui a choisi ce gâteau grotesque, teint de jaune et de bleu, aux frontières bien tracées, ce rectangle quasi parfait reconnaissable entre mille, où se dessine l'excroissance de la Crimée. Elle s'apprête à leur faire bouffer l'Ukraine, littéralement. À les étouffer dans la crème et le sucre des villes et rivières d'Ukraine. Les feux de Bengale sur les bouteilles de champagne ? Grotesques, eux aussi, dignes d'un anniversaire à Ibiza. Plus tard, elle les fera se déhancher sur des musiques ringardes, des chansons de gangsters soviétiques, des rythmes latinos, des Shakira et des Gazolina. Elle les gavera de caviar et de saucisson gras. Les plus excités et les plus importants iront se faire sucer dans des salons privés. Les putes ne sont pas encore parmi les invités, c'est la seule concession à laquelle il a fallu consentir. Le temps est passé des filles nues recouvertes de sushis allongées sur des tables, à la disposition de types aux cheveux ras et aux dos couverts de tatouages. Pas parce que c'était trop vulgaire, mais parce que c'était risible.

Elle leur a offert ce qu'ils voulaient. C'est à la vulgarité qu'on jauge le pouvoir, se dit-elle en regardant la fille balancer ses jambes dans une belle harmonie. Il n'y a que ces Européens arriérés pour croire que le luxe se mesure au silence feutré et au moelleux des fauteuils. Des coqs privés de griffes, des enfants gâtés engoncés dans leur timidité qui ont oublié une chose : le luxe est un combat, une victoire, qu'il convient de célébrer avec bruit et fureur. Avec du champagne et de la vodka, pas avec de la camomille.

Ce qui compte, c'est la continuité, poursuit-elle dans sa rêverie silencieuse, ses grands yeux bleus posés sur la foule qui la fixe en retour. Ce qui compte, c'est le respect de la tradition. Son équipe a tenté de la mettre en garde contre cet excès de débauche : et s'il y avait des fuites dans la presse ? Cela ne ferait-il pas mauvais genre, ces jeunes filles en petite culotte, cette boîte de nuit dans les salons chics de la nouvelle Ukraine ? Elle leur a répondu : « Si quelqu'un croit que j'ai peur de la presse, ce sera pire encore. Ou si quelqu'un s'imagine que les règles vont changer parce que je suis une femme... » Voilà le vrai danger !

Olena elle-même se contentera d'un unique verre de champagne. Elle ne fera pas un pas de côté, elle ne trébuchera pas, ne leur donnera pas ce plaisir. Depuis longtemps, ses goûts et ses envies ne comptent plus. Sa personne ne compte plus. S'il le fallait, si cela pouvait affirmer sa position, elle irait se faire sucer avec les VIP dans les salons privés. Ce soir plus que tout autre, elle s'efface, elle n'existe plus. Ceux qui verraient là un sacrifice se trompent. Pour renaître, elle doit disparaître. Elle n'est plus un corps, plus un esprit, plus une femme ; elle n'est plus qu'un miroir dans lequel se reflète le pouvoir. Chacun, en la contemplant, doit trembler de crainte ou sourire d'ébahissement. Oublier la femme, oublier même la Chienne, ne voir que la Présidente.

Son regard dur, trop dur, se promène sur l'assemblée. Ses yeux, d'instinct, se portent sur les puissants, les chefs de meute. Il y a Roman Moguilev, qui a mis ses deux télévisions à son service. Le magnat se tient dans les premiers rangs, exhibe des dents parfaitement blanches en souriant béatement, la face luisante de sueur, le front écrasé d'UV, de la même couleur que son costume beige. Doit-elle lui porter un toast ? Ou à Igor Kreminski ? Combien de voix le conseiller du président sortant lui a-t-il apportées, en mobilisant ses réseaux dans les provinces occidentales, celles-là mêmes que les serveurs sont en train de découper sur la table basse où l'on a posé le gâteau ? Elle fixe un instant le visage bien dessiné du conseiller, mâchoire carrée et carnassière. En fréquentant les sommets bruxellois, l'homme a adopté le look passe-partout et discret des hommes de pouvoir européens. Il a seulement oublié de faire passer sa femme dans la machine à rattraper le temps. L'imposante Lioudmila Alexeïevna ressemble à une vieille notable de province, tailleur bleu roi orné de fanfreluches, joues écarlates encore rougies par la chaleur et l'alcool, cils interminables, et surtout, au sommet de la tête, cette massive choucroute orangée traversée de vagues fougueuses qui fit pendant des années la fierté des femmes les plus haut placées dans l'appareil du Parti communiste de l'Union soviétique. Olena détourne vite le regard. Pas de toasts pour eux. Il faudra au contraire assécher Kreminski, le couper de sa base et de son ancien chef, l'acheter avec une rente, le menacer au besoin. Il faudra faire comprendre aux membres de l'équipe précédente qu'ils ne sont plus désirés, qu'ils ne sont plus rien.

Ce qui compte, c'est la répétition, l'imitation. Ce qu'ils appellent la « tradition ». Dans un mois, quand elle sera officiellement investie présidente de l'Ukraine, elle s'en tiendra au décorum le plus strict. Elle fera comme ses prédécesseurs, elle brandira la *boulava*, le sceptre des anciens chefs cosaques. Elle qui ne sait même pas monter à cheval... Et alors ? Seuls les symboles importent. Elle prêtera serment, elle jurera fidélité. À l'Ukraine et à son propre destin.

Le DJ monte encore le son mais elle n'entend déjà plus la pop assourdissante qui résonne dans le salon d'honneur bondé. Elle ferme les yeux et visualise la scène, son investiture. Elle voit les soldats de la garde, avec leurs uniformes impeccables et leurs casquettes démesurées. À quoi servent-elles, ces galettes ridicules ? À protéger leurs mocassins vernis des pluies tropicales ? Leur unique fonction est de rappeler l'immuabilité. Les leaders soviétiques, leurs généraux et leurs officiers portaient les mêmes couvre-chefs. Celui qui osera en réduire le diamètre verra immédiatement son pouvoir réduit de manière proportionnelle. Le sortilège est simple, chacun peut le comprendre. Les spectateurs qui regarderont la cérémonie à la télévision y succomberont sans même s'en rendre compte – tous, les vieilles à l'oreille lourde, les hommes déjà à demi alcoolisés, les femmes dans leur cuisine...

Elle garde les yeux fermés, indifférente au murmure de la foule qui l'observe. Dans son imagination, elle entend l'hymne retentir et frissonne d'avance de ces paroles étranges, désespérées et fières. *L'Ukraine n'est pas morte...* Non qu'elle soit patriote, mais ces mots d'outre-tombe lui collent à la peau. *Ni sa gloire ni sa liberté...* C'est d'elle qu'il est question, de sa revanche.

La chance nous sourira encore, jeunes frères... Quel autre pays aurait pu lui offrir cela, cette promesse sans cesse renouvelée de succès ou de mort ? *Nos ennemis périront comme la rosée au soleil...* Elle se voit à cheval, armée d'une longue lance, foulant les blés de la steppe ukrainienne. *Et nous aussi, frères, allons gouverner dans notre pays...* Gouverner. Oui, elle n'a pas seulement conquis le pouvoir, elle sera plus qu'une simple pillarde orientale. Elle gouvernera, et son règne marquera l'histoire. Le 30 juin marquera le début d'une nouvelle ère, pour elle comme pour le pays. Le 30 juin, dans trente jours, Olena Vladimirovna Hapko sera officiellement présidente de l'Ukraine.

J – 30, Kiev

Pendant que deux serveurs circulent entre les fauteuils, distribuant les assiettes sans geste superflu, la petite assemblée patiente en silence. Seul le son étouffé des basses transperce les murs capitonnés, parvenant jusqu'à la dizaine d'invités réunis autour d'une lourde table de bois. Certains restaurants du sud du pays disposent de salles blindées et totalement insonorisées. Tant pis pour ces coquetteries de mafieux méridionaux, on a fait avec ce que le palais Chirinsky avait à offrir.

Des hôtesses ont été envoyées à travers les salons pour chercher, un à un, les hommes d'affaires les plus puissants du pays. Certains ont cru à une surprise, peut-être un salon VIP plus extravagant encore, rempli de douceurs inconnues, d'autres à un entretien privé avec la Présidente. Mais aucun ne s'attendait à cette convocation commune, à cette réunion improvisée. En tout cas pas le soir de la victoire, celui réservé à la fête. Alors Olena Hapko profite de son avantage.

Autant que la surprise, le silence est son allié. Elle le laisse s'installer, déstabiliser ces hommes qui, il y a quelques minutes encore, hurlaient pour couvrir le bruit de la musique et des verres qui tintent. Elle maîtrise le temps, elle fixe l'un après l'autre les oligarques réunis devant elle.

— Olena Vladimirovna, ce n'est pas un peu… *trop* ?

C'est Iossif Kozilevski qui a rompu le silence. L'ancien gangster juif d'Odessa a le visage hilare en désignant la part de gâteau devant lui. Olena ne peut réprimer un sourire. Le Chevelu a toujours été le plus vif, le plus joueur. Et aussi, comprend-elle maintenant, le moins impressionnable. Il goûte la mise en scène et tient à le faire savoir. Mais il n'est pas dupe. À côté, le Gendre tourne un regard vide vers le Chevelu.

— Qu'est-ce qui est *trop* quoi ? interroge-t-il.

Olena attend un instant avant de répondre, contemplant le visage du Gendre. Et si c'était cela, se demande-t-elle, le véritable luxe offert par ce pays ? Le plus idiot des hommes peut devenir le plus prospère, peser des milliards, influer sur le destin de millions d'autres, et il lui aura suffi pour cela d'épouser la fille du premier président du pays, en 1993, puis de se laisser porter par les flots. Il n'a eu qu'à ouvrir la bouche et le pétrole y a coulé, noirâtre et visqueux. 3 % de commission sur toutes les importations d'or noir… De quoi devenir, avec un peu d'endurance, l'homme le plus riche du pays. Teodor Valkov, le Gendre.

Le Chevelu ne laisse pas le temps à Olena de répondre :

— Madame la Présidente nous sert l'Ukraine, rien de moins, dans de belles assiettes de porcelaine… C'est un peu caricatural, Olena, mais c'est un symbole de bon augure ! s'amuse l'Odessite, l'œil pétillant.

Olena attend que l'information atteigne le cerveau du Gendre et lui arrache un grognement satisfait avant de prendre la parole :

— Ce n'est pas une caricature, dit-elle en se levant.

À présent, tous les regards sont posés sur elle, surpris, interrogateurs. Inquiets, espère-t-elle.

Elle prend quelques secondes pour observer encore cette assemblée d'hommes sûrs d'eux, les plus importants que compte le pays. Son élite économique, dirait-on dans un État civilisé. Jamais ils n'ont été tous réunis dans une même pièce. Au gré des guerres commerciales qui les ont opposés, il leur est arrivé de comploter les uns contre les autres, de conclure des alliances, de se retrouver à deux, trois ou quatre dans des hôtels de luxe à Vienne ou New York. Mais une telle réunion, non, personne n'avait eu l'audace de la convoquer. Kozilevski, Valkov, les autres… Platon Eremeev, le Technocrate. Tout aussi impitoyable que les autres, mais qui s'est acheté une image d'austère gestionnaire et un surnom dont raffolent les investisseurs étrangers. Filip Zolkov, le magnat de l'électricité, qui contrôle à lui seul, ou pour le compte du Kremlin, au moins cinquante députés des factions parlementaires pro-russes. Stanislav Kolenko, le banquier champion du nationalisme ukrainien, l'homme qui tient Lviv et la moitié des villes de l'Ouest…

À les passer ainsi en revue, Olena sent l'ombre de Beatrix Kiddo glisser devant ses yeux. Elle a peut-être gagné, ce soir, mais elle est encore en guerre. Tant pis pour le sabre, elle ne sait pas s'en servir. Elle va quand même leur montrer. Elle ferme les yeux et se voit enfiler une combinaison de cuir jaune. *Kill Bill*.

— Puisque Iossif Kozilevski nous permet d'entrer si à propos dans le vif du sujet, je vais être brève, attaque-t-elle. Messieurs, cette réunion n'a pas vocation à s'éterniser, nous avons tous envie de faire la fête, ce soir. Je vais me contenter de quelques grands principes. Le premier a déjà été exposé : je n'ai pas l'intention de vous déposséder, mais il va falloir modérer vos appétits. Votre part du gâteau va diminuer, cher Iossif Kozilevski. Vous vous êtes, tous, empiffrés pendant des années. Certains des flux financiers que vous contrôlez doivent être réorientés…

— Et naturellement, votre part du gâteau va diminuer aussi ? l'interrompt le Technocrate avec un sourire poli.

Olena tourne lentement la tête vers Eremeev. L'impertinent ! Son regard accroche un stylo posé sur la table. Il faudrait qu'elle l'attrape d'un geste et le plante dans la gorge ou la main de cette hyène. Cette main soigneusement manucurée qu'il laisse imprudemment traîner sur la table. Au lieu de cela, elle a la faiblesse de le laisser poursuivre :

— Vous avez beaucoup investi dans cette élection, il est bien naturel que vous obteniez un certain retour…

Retors, poli, maniéré. Il s'est acheté une réputation auprès des Occidentaux, a presque réussi à faire oublier que lui aussi avait commencé dans la rue. Au lieu de tirer fierté de ces débuts difficiles, comme elle, comme le Chevelu, ce pédé finance des foires d'art contemporain… Il fait partie de ceux qui ont soutenu en sous-main son adversaire le plus dangereux, cet exalté nationaliste de Mykhailo Grandilov, en utilisant les immenses ressources offertes par la gestion des réseaux électriques de la moitié ouest du pays.

Elle le hait d'autant plus qu'il a raison. Elle a dépensé des millions pour garantir sa victoire. Évidemment que cela lui donne le droit de s'emparer de certains des actifs juteux du pays. Remplacer les directeurs actuels par ses hommes à la tête des grandes entreprises publiques. Recevoir les bénéfices des raffineries, des oléoducs, des ports… C'est comme cela que le pays a fonctionné depuis la nuit des temps, ou au moins depuis l'indépendance. Le nouveau chef a droit aux meilleurs morceaux, au contrôle de la rente. Mais ce qu'ils ne comprennent pas, c'est qu'elle veut plus que ça. Évidemment qu'elle a besoin d'argent, mais elle veut l'utiliser pour réformer le pays, l'enrichir. Son erreur a été de croire que son élection suffirait à le leur faire comprendre. Elle a cru qu'il suffisait de les convoquer pour leur montrer que l'époque avait changé. Mais à leurs yeux elle est encore l'une des leurs, une femme d'affaires rusée qui tente déjà de profiter de ses nouvelles fonctions, une oligarque sur la pente ascendante. Elle n'est pas encore la Présidente, juste la Chienne.

— J'ai promis aux Ukrainiens certaines choses, dit-elle d'une voix qu'elle veut la plus ferme possible. Des choses qui impliquent une réorganisation de notre économie. Moins d'intermédiaires, moins de commissions prélevées sur la moindre transaction, moins de guerres commerciales. Je ne veux pas vous assécher, je veux que vous laissiez respirer le pays. Vous pouvez choisir de résister, mais vous savez que d'ici un mois j'aurai le pouvoir de m'emparer d'à peu près tout et n'importe quoi en Ukraine. Il vaut mieux pour vous que je m'arrête à ce que je vous demande, et que je n'aille pas chercher plus loin dans vos possessions *légales*...

— Tu as promis aux Ukrainiens de faire de la politique autrement, Olena, de réformer l'État, mais à nous tu promets déjà de t'en tenir aux traditions les plus anciennement établies. De nous arracher nos entreprises pour les contrôler toi-même. Au nom du peuple, cela va sans dire...

La voix fluette de Pavlo Levitski siffle à travers la pièce. Le Colonel a fait fortune en revendant les armes du ministère de la Défense, au tout début des années quatre-vingt-dix, et il contrôle désormais la plus grande chaîne de supermarchés du pays. Un traître. Comment pourrait-il comprendre, celui-là, que ce ne sont pas les dollars qui intéressent Olena ? L'insolence d'Eremeev leur a donné à tous de l'audace. Elle n'était pas prête à leur tenir tête, pas encore. Elle avait espéré que les lauriers conquis de haute lutte seraient suffisants, que sa campagne s'arrêterait au soir de la victoire. Elle a tout faux. Toute son expérience le lui soufflait, mais elle a voulu croire qu'accéder à la présidence suffisait à modifier les lois qui régissent son univers. Le pouvoir est une conquête qui ne s'arrête qu'à l'écrasement de l'adversaire.

À mesure qu'elle prend conscience de son impuissance, les souvenirs affluent, et avec eux les craintes, une peur qui, sans qu'elle s'en rende compte, sinue jusqu'à sa paupière. La résistance des Loups n'est que la moindre des menaces qui planent sur sa présidence naissante. En d'autres temps, elle a affronté des forces bien plus puissantes, des forces qui pourraient ressurgir maintenant et compromettre ce qu'elle a bâti.

Cette nuit-là, elle s'endort avec un sentiment de défaite. Elle a ramené chez elle le plus jeune de ses gardes du corps, le petit Anton. Elle a couché avec lui, pour la deuxième fois, puis a regardé la ville à travers la baie vitrée de son penthouse, loin du centre. Comme chaque fois qu'elle invite un subordonné dans son lit, elle en garde un goût amer, celui d'une légère humiliation. Mais elle n'aurait pas supporté de s'endormir seule. Il lui fallait sceller ces mois de campagne électorale. Le pouvoir est pour elle bien plus satisfaisant que le sexe, mais il est aussi un aphrodisiaque. La Chienne n'a jamais cherché à étouffer ses instincts.

J – 29, Kiev, quartier d'Obolon

En bas, entre les immeubles, l'été s'est installé. Du neuvième étage, Semion a une vue large sur le terre-plein entre les tours, obstruée seulement par les arbres touffus qui poussent sur les parkings. La microsociété des barres d'immeubles, sa faune qui s'ébroue dans la douceur matinale… Semion les observe avec une pointe d'amusement, ses voisins, ses semblables, libérés des cages à lapins des HLM. Ils ont passé l'hiver confinés dans leurs minuscules appartements, occupés à se cogner dessus et à avaler des champignons marinés, ils prennent maintenant leurs quartiers d'été.

Les places d'honneur, les bancs en bois rongé qui encadrent les sorties d'immeubles, sont occupées par les vieilles, vigies immuables qui n'osent pas encore tomber les grosses laines qui les ont emmaillotées durant la saison froide. Elles forment une haie d'honneur de vieux chiffons, de jupes bariolées. Leurs voix éraillées se chauffent, peinent à s'accorder. Tout l'été, elles commenteront les agissements des uns et des autres, alternant entre la bienveillance et l'acrimonie selon des équations antiques, impénétrables au commun des mortels, distribuant sourires tendres et grimaces hautaines avec la même conviction. Pour l'heure, elles n'ont que les ragots du printemps à se mettre sous la dent, rumeurs ressassées cent fois, accusations malveillantes où se mêlent des «avortements», des «prisons», et adoucies seulement par la mention des nouvelles naissances, des nouvelles poussettes dont elles observent le défilé.

Les mères encadrent l'aire de jeux aux agrès rouillés où leur marmaille foisonne. Les clans sont formés, les plus jeunes avec les plus jeunes, fumant leur cigarette en débardeurs et minijupes, l'autre main distraitement posée sur la poignée d'une poussette. Leurs conversations se veulent légères, mais elles ne diffèrent pas tellement de celles des grands-mères. Les plus âgées, enfin celles qui ont dépassé la trentaine, discutent de problèmes sérieux : allocations sociales, salaire du mari, avantages comparés des différentes supérettes du quartier, meilleures salades estivales à préparer pour les gosses...

Le district d'Obolon a beau s'étendre sur des kilomètres en périphérie nord de Kiev, le quartier a gardé des habitudes de village. On peut y vivre des années sans avoir besoin de se rendre dans le centre de la capitale, voire sans quitter son carré d'immeubles. Chaque cour, chaque bâtiment, constitue une parcelle de cet organisme à part. Les loyautés et les amitiés y obéissent à des codes anciens, ceux-là mêmes qui sont en vigueur dans la plaine ukrainienne, paysanne et cosaque. Nul parmi ceux qui habitent les tours ne se voit comme un exclu, un marginal : comment le serait-on puisque les mêmes barres s'étendent sur des kilomètres et des kilomètres, abritant des millions de familles ? Le HLM est une donnée de base, pas un signe d'appartenance au ghetto. Les tours dans lesquelles les riches habitent sont seulement moins lépreuses.

Comme par réflexe professionnel, Semion garde l'œil fixé sur les groupes de jeunes. Ados qui tournent comme des fauves sur des bicyclettes déglinguées, jeunes types torse nu, crâne rasé, qui font des tractions sur les appareils rouillés installés là depuis l'époque soviétique. Quelques bières passent de main en main, la journée commence à peine.

Semion connaît la plupart des types, au moins de vue. Des petits cons sans cervelle, mais pas des mauvais bougres. Des bosseurs, même si la plupart ne trouvent que des boulots temporaires, embauchés à la semaine dans la construction ou la restauration. Les autres, gardiens de sécurité, pompistes, gagnent des salaires de misère. Ils ont déjà une copine et un bébé mais habitent encore avec leurs parents ou ceux de la fille. Quatre personnes dans un appartement de la même taille que celui de Semion. Quelques-uns seulement font des conneries. Ou en faisaient, calmés par les mois passés en taule. Les vraies racailles et les petits gangsters ne traînent pas dehors, et puis ce n'est pas dans le quartier qu'ils font leurs coups. Trop peur des vieilles qui guettent au pied des immeubles, pense Semion en se marrant.

L'homme finit son café sans se hâter, inspectant les derniers recoins de la cour. Le soleil déjà chaud de juin vient caresser ses jambes nues à travers la fenêtre. Ses vieilles jambes noueuses, tordues et blessées par les ans, maigres, à la peau qui commence à peler... Il enfile un bas de jogging bleu et garde le débardeur d'un blanc douteux dans lequel il a dormi. La partie supérieure de son corps peut encore faire illusion. Là aussi, la peau est un peu flasque, mais on distingue nettement ses muscles secs et bronzés. Pour un retraité, il tient la route.

Semion sort de l'appartement sans éteindre la télé. Sur l'écran, le visage d'Olena Hapko tourne en boucle, pour l'essentiel des images de la veille. On la voit en train de voter, le matin, dans son bureau de vote de Zaporojie. Puis l'après-midi, à Kiev déjà, serrant les mains de ses partisans. Le soir, enfin, s'adressant au pays depuis son QG de campagne. Et toujours ce chiffre : 52,7 %. Combien de millions d'Ukrainiens cela représente-t-il ? s'est demandé Semion. Combien de millions de personnes qui ont choisi de lui faire confiance, de mettre leur destin entre ses mains ? Et parmi eux, des millions qui l'aiment sincèrement, qui l'adulent, elle ou ce qu'ils voient en elle, sa ténacité et sa soif de réussir. Les idiots.

La veille, il a écouté un morceau de son discours d'une oreille distraite, avec un mélange de tendresse et d'amusement. Il s'est surpris à frissonner quand elle a parlé de « renverser les vieilles structures malsaines et rouillées pour créer une société plus juste ». Puis il s'est rappelé à quel point elle, « la nouvelle présidente de l'Ukraine », était malsaine. À quel point tous les deux, Olena et Semion, étaient rouillés.

Il claque la porte derrière lui et descend dans la cour baignée de soleil. Il salue les vieilles d'un sourire hésitant et traverse le terre-plein jusqu'à la supérette ATB-Market encastrée entre deux immeubles. Les réparateurs du dimanche sont toujours à leur poste, dans un coin reculé du parking, penchés sur la vieille Lada qu'ils bichonnent week-end après week-end. Ont-ils besoin d'une société plus juste, ceux-là? se demande Semion en leur jetant un regard plus sévère qu'il ne le voudrait. Ils vivent dans une bulle, après tout, tout ce qu'ils demandent c'est qu'on leur fiche la paix. Comme lui…

Sur le chemin du retour, il voit s'approcher deux jeunes sportifs. Inconsciemment, il relève son dos, tend ses muscles tirés par le poids des sacs à provisions. Fait tourner son corps sur le côté droit, pour atténuer la légère claudication du côté gauche.

— Tu veux un coup de main, l'Oncle? lui lance le plus jeune des deux, cheveux roux rasés, en tongs et short Adidas.

Semion ne peut s'empêcher de ressentir une pointe de fierté. «L'Oncle…» C'est donc que l'on se souvient encore un peu de lui, que ses exploits passés suscitent encore un peu de respect. Semion Moissenko n'est installé à Obolon que depuis cinq ans, mais quelque chose dans son attitude, ou dans les bavardages des anciens, l'a trahi. Seulement, le respect ça s'entretient.

— Si tu crois que mes vieux bras ne sont plus capables de porter deux sacs de courses, répond-il avec gourmandise, je vais te filer une rouste qui va t'éclaircir les idées.

Le minus hoche la tête avec satisfaction, ravi de cette réponse de dur. Mais il ne peut s'empêcher de faire un léger pas en arrière, prudent.

Quand il rentre chez lui, Olena Hapko est toujours occupée à fanfaronner dans le poste. À en juger par son nouveau tailleur, de couleur claire celui-là, les télévisions ont déjà reçu de nouvelles images à se mettre sous la dent. On voit la nouvelle présidente serrer les mains d'employés de la voirie avant leur prise de service, comme si elle était toujours en campagne.

— Quelle énergie ! siffle Semion en tournant le dos à l'écran pour lancer la cuisson de son omelette.

Lui serait bien incapable de se lever avant 9 heures du matin, après avoir fait la fête. L'unique verre qu'il a bu, la veille, pour trinquer tout seul à la santé de la Présidente se rappelle encore à lui.

Dans la cour, neuf étages plus bas, les groupes ont imperceptiblement bougé. Le soleil a disparu derrière un nuage, mais il y a autre chose. Semion, son omelette à la main, s'approche de la fenêtre et constate que les jeunes se sont levés de leurs bancs et regardent précisément en direction de son immeuble. Il tend son grand corps osseux au-dessus du vide pour apercevoir trois grosses voitures noires garées devant les places des vieilles. La vue d'un monstrueux Range Rover noir, encadré par deux berlines allemandes du même ton, n'a pas suffi à les faire fuir, mais elles se tiennent immobiles, le corps chatouillé par un mélange grisant d'effroi et de curiosité. Semion pose précipitamment son assiette sur le rebord de la fenêtre et trottine avec hâte vers sa table de chevet. Les coups résonnent à travers la porte au moment où il ouvre le tiroir et met la main sur son Makarov. Putains de réflexes, souffle-t-il. Si les autres avaient été moins polis, ils l'auraient déjà transformé en passoire... Fin de carrière peu glorieuse pour Semion Grandes-Mains...

— C'est qui ? interroge le vieux en gardant son pistolet contre sa poitrine.

— Message de la Présidente, répond une voix lourde, dont la parfaite assurance le ramène des années en arrière.

Quand il ouvre la porte, deux types se tiennent dans l'encadrement, leur immense carcasse figée, coupe en brosse et lunettes de soleil de ceux qui ont regardé trop de séries américaines. Semion manque d'éclater de rire quand il voit l'un des deux colosses lui tendre une petite boîte emballée dans un papier blanc décoré d'angelots roses aux fesses joyeuses. Le vieil homme en débardeur a à peine le temps d'attraper le paquet que les deux brutes ont disparu.

Il attend de voir les voitures s'éloigner en direction du centre pour s'asseoir à sa petite table et déballer le paquet. À l'intérieur, une boîte siglée «Belgian Chocolates» et un petit morceau de papier qui volette jusqu'au sol, où Semion le ramasse.

«Avec l'amitié de la Chienne», est-il inscrit d'une écriture ronde et soignée.

J – 29, Kiev

À soixante et un kilomètres à l'heure, il a tout le temps de laisser promener son regard hors de l'habitacle. La ville défile lentement, éblouissante sous le soleil de juin. Le vert des arbres paraît à peine moins scintillant que celui des dômes dorés des monastères qui parsèment le centre. La Kiev antique n'a pas perdu de sa superbe. La ville aux quatre cents églises, cent fois pillée, cent fois brûlée et cent fois reconstruite, n'a cessé de s'enrichir, aimée et choyée par ses souverains successifs. Les tsars lui ont offert des immeubles aux allures de palais. Murs pastel, verts, roses, jaunes, aux couleurs d'un monde disparu... Les soviets ont eu le bon goût de l'épargner, y déployant avec parcimonie leurs grandioses constructions. Ils ont si bien compris l'esprit de cette ville méridionale qu'ils l'ont placée sous la protection d'une nouvelle sainte : l'immense statue métallique de la Mère-Patrie, érigée pour rendre hommage aux millions de tués de la Guerre. Seul le capitalisme carnassier de l'après-1991 a failli la mettre à bas. Les usines sur le Dniepr ont été transformées en friches, la peinture s'est écaillée, des échoppes sauvages ont fait leur apparition à chaque coin de rue. Gigantesque marché aux puces de la misère… Il a fallu des vainqueurs. Les barons de la nouvelle Ukraine ont érigé leurs propres temples, immeubles aux façades de verre poli qui projettent leur lumière sur les rues pavées dont on a enfin rebouché les trous.

Tous les mêmes… Les premiers jours, ils exigent le strict respect des limites de vitesse. Ils ont des promesses à honorer, une image à préserver. Ils restreignent la taille des convois. Trop datées, trop cliché, ces Jeep noires qui roulent les unes après les autres comme des colonnes militaires. C'est tout juste si l'on ne devine pas les canons des armes à travers les vitres teintées. Les plus scrupuleux tiennent six jours. On a même connu un ministre qui allait au travail en métro. Comme les autres, il est vite revenu aux gyrophares et aux gardes du corps, aux SUV et aux escortes policières. Ses subordonnés le croisaient en ricanant : malgré leurs 500 euros de salaire officiels, eux garaient des Lexus dans le parking du ministère. Intenable.

Dima profite de ce répit. C'est son premier jour auprès de la présidente élue, mais il ne modifie pas son style, façonné par vingt ans d'expérience au service de l'État ukrainien. Seule une légère transpiration lui parcourt le dos, dans son costume de laine trop chaud. Ses mains tiennent le volant de la Mercedes classe S blindée avec une assurance décontractée, coudes pliés à 45 degrés. Il laisse vingt mètres d'avance au 4×4 de tête et sait, sans même tourner la tête, que deux Jeep l'encadrent, juste dans ses angles morts. Il sait que les types à l'intérieur sont des fidèles de sa cliente, prêts à bondir au moindre écart et à lui mettre une balle dans la tête si lui, Dima, leur paraît suspect. Sur le siège passager, un autre garde du corps regarde droit devant lui, montagne de muscles assoupis.

Dima garde la tête impeccablement droite mais ses yeux vagabondent sur les trottoirs. La capitale paraît si loin de cette campagne présidentielle qui a échauffé les esprits pendant plus de cinq mois. Même dans les quartiers huppés du centre, la langueur estivale s'est emparée de la ville, jamais plus élégante que dans la touffeur. Dima regarde les familles qui se promènent sur la rue Volodymyrska. Shorts, tongs, ne reste qu'à imaginer la plage. Elle n'est pas loin. Les fantasques Kiéviens ont réussi à installer, sur les bords du Dniepr, d'immenses plages qui n'ont pas grand-chose à envier à la Riviera californienne. Même les hommes d'affaires et les fonctionnaires en costume traînent la patte sur les pavés desséchés par le soleil.

Au coin du boulevard Taras-Chevtchenko, une immense affiche offre de l'ombre à un clochard trop chaudement habillé. Ses concepteurs ont fait simple. Le visage souriant d'Olena Hapko, encadré de sa lourde masse de cheveux noirs, s'étale en grand sur un fond bleu et jaune. «Le temps du succès!» proclame le visage figé. Et, plus bas: «Nous nous sommes laissé faire pendant trente ans. Reprenons le pouvoir, récupérons l'argent!» Le message est simple mais habile, songe Dima, à la portée de toutes les envies, de toutes les rancœurs. Qui n'a pas quelque chose à reprocher aux hommes politiques qui ont administré le pays depuis l'indépendance et l'ont géré comme leur possession privée? Qui n'a pas envie de s'identifier au succès d'Olena Hapko? Les petits malins qui ont conçu l'affiche, peut-être des types venus de Tel-Aviv ou de New York, auraient d'ailleurs pu écrire n'importe quoi. Tout le monde connaît Hapko, la femme d'affaires la plus riche d'Ukraine. Tout le monde connaît au moins une partie des légendes qui s'attachent à sa personne. Sa hargne à réussir, dans les affaires comme en politique. «Le temps du succès»... Si l'Ukraine pouvait réussir aussi bien qu'elle... Tant pis si chacun sait qu'elle n'a pas hésité, quand il le fallait, à agir en marge de la loi. Qui ne l'a pas fait?

Dima se souvient des engueulades, chez lui. Sa femme est une convaincue de la première heure. «Tu vas voter pour elle juste parce que c'est une gonzesse?» se moquait Dima, écoutant d'une oreille les plaidoyers enflammés de Natacha. À entendre son épouse, Olena Hapko est la seule, parmi les grands requins de la politique du pays, qui n'a pas oublié ses origines, qui se soucie du peuple. «Regarde-la, Dima, quand elle parle à une grand-mère, on dirait que c'est *sa* grand-mère!» Et puis il y a les salaires. Hapko a carrément promis d'élever le niveau des salaires des Ukrainiens à ceux pratiqués dans ses sociétés, notoirement plus élevés que la moyenne. La promesse implicite est qu'en arrivant déjà riche à la présidence Hapko sera moins tentée de voler que les autres... L'argument n'a pas convaincu Dima. Il sait l'effet grisant que produit un convoi de dix Mercedes, du genre à vous faire oublier vos promesses les plus sincères... Au premier tour, il a voté pour le candidat de Donetsk, sa ville natale. Tant pis si les médias le qualifiaient de « pro-russe », au moins c'était un gars de chez lui. Et puis au second tour, il s'est laissé convaincre par Hapko. Pas par les arguments de sa femme, plutôt vaincu par une sorte de lassitude. L'acharnement de Hapko, sa résistance à toutes les attaques méritent, au minimum, de la considération. Elle-même, si ce n'est Dima, doit savoir ce qu'elle veut, pourquoi elle est prête à dépenser autant d'argent et d'énergie. Machinalement, le chauffeur jette un regard dans le rétroviseur. Il fait semblant de vérifier derrière lui avant de redémarrer au feu, mais c'est le visage de la Présidente qu'il scrute. Dans son travail il y a peu de fautes plus graves, alors le coup d'œil qu'il jette est furtif. Il passe rapidement sur les cheveux ramenés en une sobre queue-de-cheval, sur les yeux posés quelque part dans le lointain, délavés, vides, ridés. Les coins de sa bouche s'affaissent légèrement en une moue sévère. Cette femme a été belle, à n'en pas douter. L'âge lui donne un air sage, mais son visage a accumulé trop de fatigue et d'épreuves. L'une de ses paupières semble marquer un infime tressaillement. « Madame la Présidente, pourquoi continuer à vous battre, vous qui avez déjà tout ? » voudrait demander le chauffeur, mais il s'arrête en croisant le regard de sa patronne. Un visage dur, froid, loin du sourire affiché sur les panneaux du boulevard Taras-Chevtchenko.

La Mercedes s'arrête devant l'hôtel Intercontinental, sur la rue Velika-Zhitomirskaïa. Un portier se précipite pour ouvrir à la Présidente, pendant qu'une nuée de gardes se déploie pour former un corridor. Olena descend, s'attarde à côté de la voiture, respire l'air chaud de la capitale, s'imprègne de son odeur inhabituelle.

Celle de la victoire. Elle fixe la ville qui s'étire en bas de la colline. L'Intercontinental est sa dernière étape avant d'atteindre le pouvoir suprême. Elle a mené sa campagne depuis un bâtiment sans âme voisin du zoo. Désormais, il faut organiser un gouvernement bis, recevoir conseillers de l'ombre et députés, qui n'auront à franchir que les deux kilomètres qui les séparent du nouveau centre du pouvoir. C'est là, à l'Intercontinental, qu'elle habitera, tant pis pour le confort de sa villa des environs de Kiev. En haut de la colline, elle ne voit pas la Bankova, le siège de la présidence, mais elle devine sa présence. De l'autre côté de Maïdan, sur la colline d'en face, se dressent les bâtiments baroques et sombres de la présidence. Se trouve-t-elle plus haut que le palais présidentiel ? se demande Olena en souriant de son propre enfantillage.

Quand elle entre dans cet hôtel où elle est venue si souvent, elle sent pour la première fois combien sa stature a changé. Elle y a toujours été accueillie avec déférence, avec cette politesse parfaite des palaces mondialisés. C'est autre chose qu'elle perçoit à présent dans la haie d'honneur improvisée que forment les employés de l'hôtel, les clients et ses premiers visiteurs. Un mélange de respect et de crainte. Depuis le grand hall d'entrée jusqu'aux salles de réunion qu'elle a réservées pour les semaines à venir, les corps se figent sur son passage.

En une nuit, elle a changé de dimension. Elle n'est plus seulement Olena Hapko, elle est la présidente d'un pays de quarante-quatre millions d'habitants. Combien sont-elles, dans le monde, les présidentes ? Et dans les anciens pays soviétiques? Aucune, à part peut-être chez les Baltes, mais ceux-là ont toujours été à part. Des extraterrestres, peut-être même capables d'élire un type ayant fait son coming-out…

Comme chaque fois qu'elle triomphe, Olena Hapko fulmine légèrement. Tension. Inquiétude. Rage contre ceux qu'elle a vaincus et ceux qui continuent de s'opposer à elle. Elle serre fort la mâchoire en parcourant ces couloirs peuplés d'ombres qui se retournent sur son passage. Il y a aussi ce sentiment si particulier dont elle ne parvient jamais vraiment à se défaire, quelle que soit la hauteur de la marche sur laquelle elle se hisse, cette présence trop forte de son corps.

Face à elle, les visages sont graves, les yeux sont baissés. Surtout ceux des femmes. D'autres la regardent avec ravissement, essaient de lui envoyer de silencieuses marques d'amitié, peut-être des supplices. À mesure qu'elle avance, elle sent les visages se tourner, les yeux qui la suivent. Son cul. Voilà ce qu'ils fixent. Peut-être s'arrêtent-ils un instant sur sa longue queue-de-cheval, ses cheveux d'un noir profond. Puis ils descendent inexorablement vers son cul. Son gros cul. Elle a 52 ans. Ses lèvres, elle a pu les faire redresser légèrement, dans une clinique suisse. Mais avec son cul, que faire? Elle l'a toujours eu gros, et désormais il est celui d'une femme de 52 ans. Elle sent les regards. De face, elle est Olena Hapko. La femme d'affaires la plus puissante d'Europe orientale. La Princesse de l'acier, l'oligarque de Zaporojie, l'Impitoyable, la Chienne, la Présidente, 52,7 %. De dos, elle redevient un cul. Les femmes le fixent avec curiosité, les hommes avec délice. Elle sait ce qu'ils pensent. Cela fait trente-cinq ans qu'elle sait ce qu'ils pensent. Il y a ceux qui se disent : Elle a beau être présidente, elle a un gros cul... Ceux qui pensent : Quel cul ! J'aimerais bien me le faire... Elle, elle n'a rien contre l'offrir, ce cul. Elle aime le sexe. Mais leurs regards gâchent tout. Concupiscents, avides, étriqués, mesquins. Ils sont incapables de recevoir l'offrande. Il faut qu'ils possèdent, qu'ils utilisent leur queue comme une lance. Quand ils la prennent, ils ont l'impression de lui voler de son pouvoir. Ils utilisent leur bite comme la trompe d'un moustique. Ils giclent mais ce sont eux qui l'aspirent. Elle le sait, elle ne se trompe jamais sur ce que pensent les gens. Autrement, elle n'aurait pas été capable d'en convaincre 52,7 % de voter pour elle. Les hommes l'ont privée du plaisir simple de l'amour. Depuis son divorce, il y a quinze ans, ses aventures, rares, sont devenues quasi inexistantes. Elle leur en veut pour cela. Eux vont aux putes ensemble ; elle n'a pas même le droit à une nuit d'amour. Ce serait plus facile si elle était lesbienne, comme certains d'entre eux l'imaginent, ou l'espèrent. C'est pour cela qu'elle aime coucher avec le petit Anton. Le jeune garde du corps est simple, ses yeux ne trahissent aucune perversité. Ce sont les yeux d'un chien, mouillés et doux. Elle ne sait pas si Anton la respecte, mais au moins il ne la méprise pas. Il fait son travail comme un animal fidèle et se rhabille sans bruit quand il a fini.

— Olena Vladimirovna, je sais que votre emploi du temps est chargé, mais vous devez m'accorder quelques minutes en privé...

Oleg Belitch s'est précipité sur la présidente dès

que celle-ci s'est approchée du salon Tulipe, où elle doit retrouver dans la matinée sa garde rapprochée. L'avocat est à son service depuis plus de dix ans. Quand le Chevelu a tenté de lui extorquer des « dommages et intérêts » devant une cour d'arbitrage de Londres, elle l'a sollicité. La tête de l'oligarque quand il avait évoqué pour la première fois cette « cour d'arbitrage »… Extatique! On aurait dit qu'il était reçu en audience par la reine d'Angleterre. L'impression de faire son entrée dans le grand monde, dans le meilleur de la civilisation européenne. Et sa tête quand le juge perruqué lui avait expliqué que non, le fait qu'Olena lui ait promis, un soir au restaurant, la moitié des bénéfices de la raffinerie de Kharkiv ne valait pas accord commercial et n'exigeait pas, en conséquence, de « dommages et intérêts ». Belitch avait été impeccable. Issu d'une bonne famille de la nomenklatura soviétique, il avait fait ses études de droit à Oxford. De retour au pays, il ne lui avait fallu que quelques mois pour apprendre le fonctionnement du business ukrainien. Sa force était de comprendre que la différence entre les deux systèmes était avant tout une question de vocabulaire. En fonction de quoi il choisissait ses mots avec grand soin, sans jamais quitter ses impeccables costumes britanniques. Olena, consciente de la légèreté de la référence, aimait à voir en lui une sorte de *Consigliere*, à l'image de Tom Hagen dans *Le Parrain*. Belitch se fondait dans le rôle bien plus scrupuleusement que son premier avocat, Sepakine, mort très à propos dans l'explosion de sa voiture, au moment où Olena commençait à avoir besoin de personnel plus qualifié.

— Vous avez promis durant votre campagne de publier régulièrement une déclaration de patrimoine, reprend l'avocat devant le silence interrogateur de sa patronne, une fois tous deux isolés dans le recoin d'une salle de réunion. C'était une bonne promesse, le peuple attend cette transparence…

— Va au fait, Oleg. Pour ce qui est du marketing électoral, j'ai assez de professionnels autour de moi.

— Bien. Il s'agit donc, au moment où vous deviendrez présidente, de publier une première déclaration. Les citoyens pourront ainsi vérifier, au fil des ans, que vous n'utilisez pas votre fonction pour vous enrichir. Seulement, il y a un problème…

— Je suis trop riche, c'est ça ?

— Non, vous êtes trop pauvre. Pire que ça, vous ne possédez rien.

— Comment ça, « rien » ?!

— Rien. Laissez-moi vous expliquer… Vous savez de quoi se compose votre richesse ?

— Avec les ans, j'ai perdu le compte précis, mais, pour l'essentiel, des sociétés de ma holding Steel Invest, actives dans la métallurgie, et d'autres dans les hydrocarbures : raffineries, pipelines, distribution… J'ai encore quelques autres usines, une banque, une télévision, quelques supermarchés, des business centers… Sans oublier les entreprises publiques sous notre contrôle, qui nous versent une partie de leurs profits…

— Laissons ce dernier aspect de côté, voulez-vous. Personne n'a besoin d'inscrire sur une quelconque déclaration ces flux… douteux. Ni vos comptes dans des banques en Europe. Le problème concerne bien vos possessions officielles. Officiellement, justement, elles ne vous appartiennent pas. Vos entreprises sont détenues par des sociétés étrangères, enregistrées pour l'essentiel à Chypre. La législation de ce pays nous permet de ne pas désigner le bénéficiaire ultime d'un bien. Dans d'autres cas, nous utilisons… des hommes de paille.

— Mais tout le monde fait cela ! Personne n'a envie d'avoir ses propriétés à la portée d'un juge corrompu ou d'un concurrent trop malin ! Et puis si ça fait économiser quelques impôts… Vous savez qui est le premier partenaire commercial de l'Ukraine, selon les statistiques officielles ? Chypre, uniquement grâce aux flux que les hommes d'affaires ukrainiens y font transiter ! C'est bien que tous mes collègues font la même chose. Et ça n'a d'ailleurs rien d'illégal, même les petits patrons utilisent les services de vos collègues chypriotes…

— Certes, mais aucun d'eux n'a promis de publier des déclarations de ressources et de patrimoine ! Et ils n'ont jamais eu pour projet de devenir président. Je reprends : rien n'est à votre nom. Même les voitures que vous utilisez dans votre vie quotidienne sont enregistrées comme appartenant à des sociétés étrangères. Votre Porsche Cayenne appartient à votre tante Lidia, à Zaporojie. Elle a 87 ans…

Olena en reste sans voix. Jamais elle n'aurait imaginé que son recours massif à l'offshore pourrait poser problème. Certes, quelques journalistes écrivent de temps en temps des articles pour révéler que telle ou telle personnalité détient des comptes aux îles Vierges ou des entreprises enregistrées à Chypre, mais démontrer l'illégalité de la chose est une autre affaire, et la pratique ne choque personne, dans l'opinion publique. Les articles en question finissent dans les archives de quelques sites Internet sous perfusion de fonds américains.

Olena doit toutefois reconnaître qu'elle aime ce genre de problèmes. Sortir d'une situation périlleuse, contenter toutes les parties... Mettre en conformité avec la loi le fruit d'un deal ancien... Trouver le maillon faible... Son cerveau fonctionne à toute vitesse, élabore des hypothèses. Finalement, elle propose :

— Ces autres revenus que vous qualifiez de « douteux », ceux que nous recevons d'entreprises publiques amies, produisent des flux financiers importants, n'est-ce pas ? Une partie de ces revenus est en cash, et le reste peut être facilement mobilisé... Avec cet argent, nous allons racheter une partie des entreprises chypriotes. Cette stratégie présente un double avantage : non seulement elle a le mérite de refaire de moi la propriétaire légitime de la plupart de mes entreprises, mais elle permet en plus de blanchir à peu de frais ces flux financiers sans existence légale. Je ne pense pas que nos partenaires chypriotes verront un inconvénient à ce que nous arrosions de cash leur île aride...

— Eh bien... non... effectivement, balbutie l'avocat, décontenancé par la vivacité de sa cliente et son inventivité dès lors qu'il s'agit de faire de l'argent ou d'utiliser les trous noirs du système.

— Rachetez également les voitures, enchaîne Hapko. Ce sera la première chose que les journalistes et les curieux regarderont. Ils ne comprendraient pas que je n'aie rien à mon nom alors qu'ils me voient tous les jours à la télévision me déplacer... Pour ce qui est de la Porsche Cayenne, pas besoin d'informer ma tante Lidia ni de lui verser l'argent officiellement utilisé pour le rachat.

Olena ne se justifie pas. Tant pis si l'avocat la prend pour une radine de la pire espèce. Elle veut surtout éviter que les bécasses du quartier où vit sa tante, dans les faubourgs de Zaporojie, ne jacassent en voyant la vieille femme se mettre tout à coup à acheter du saucisson de qualité supérieure ou une nouvelle télé. Ce milieu-là, elle le connaît, l'avocat, non…

— Votre plan a un inconvénient, objecte ce dernier, qui s'est repris. Vous aurez besoin de cash, de beaucoup de cash, dans les mois à venir. La gestion du pays demande des fonds importants… Acheter les loyautés, les députés hostiles, les services des amis…

— Mon cher Oleg, vous oubliez un facteur important. Dans les jours qui viennent, le nombre d'entreprises publiques sous notre contrôle va augmenter de manière exponentielle. Quel intérêt, sinon, d'occuper le pouvoir suprême ? Vous pouvez d'ailleurs commencer immédiatement : nous allons reprendre le contrôle des réseaux électriques des villes du centre. Approchez le président sortant pour qu'il licencie dès à présent les directeurs loyaux à Platon Eremeev, notre cher Technocrate, et les remplace par des hommes à nous, des hommes dont mon cabinet vous fera parvenir les noms dès ce soir. Espérons que le signal sera compris par Eremeev. Quant au président sortant, il n'a certainement pas envie de faire de nous des ennemis. Ses affaires futures et la sécurité de ses actifs s'en trouveraient fortement menacées…

— Bien, madame.

— Et, Oleg, pour ce qui est de ma télévision, Ukraine 14... Laissez-la à Chypre. Nul besoin que les gens fassent le rapprochement entre son actionnariat et le traitement favorable offert par ses journalistes à ma campagne.

J – 29, Kiev

Ilia Kirilenko patiente avec les autres dans le salon Tulipe transformé en salle d'état-major. Il observe la petite dizaine d'hommes qui se partagent les confortables fauteuils de cuir. Personne ne fait attention à lui. Ces hommes ont l'air de bien se connaître, à en juger par leurs attitudes et leurs conversations. Les yeux sont tirés, la plupart ont fait la fête jusqu'au matin.

— Noooon, Miss Carpates ?! s'esclaffe un type en polo Armani bleu ciel, cheveux gominés et lunettes de soleil à monture dorée.

— Ben oui, en tout cas je crois, répond un autre, visage empâté, cheveux ras. Elle m'a montré une vieille écharpe marquée comme ça…

— Vieille comment ? s'amuse un troisième. Tu sais, là-bas dans les montagnes, ça vieillit vite. Si c'est une Miss de 2005, disons, ça garantit pas la fraîcheur…

Ilia est frappé en premier lieu par la carrure des hommes qui composent l'assistance. Pas gros mais massifs, puissants, de ces hommes solides qui ont grandi dans la rue, savent réparer le moteur d'une voiture d'une main et conduire pendant vingt heures d'affilée sans s'arrêter. Des hommes du peuple, même si leurs habits trahissent la richesse. L'ambiance est clairement détendue. L'un des hommes fait hurler sur son téléphone une musique aux sonorités turques, comme une petite frappe dans un train de banlieue.

Le voisin d'Ilia se penche vers lui, dégageant une forte odeur d'après-rasage. Il parle à voix basse et prend un air mystérieux, ce qui relève de l'exploit au vu de sa grosse face écrasée. Il désigne celui qui vient de se vanter de sa Miss Carpates :

— Lorsqu'un homme dit un mensonge, il y a dix-sept façons de reconnaître les mimiques qui le trahissent. Les hommes ont dix-sept pantomimes, les femmes vingt...

— Tu sais ça comment ?

— C'est une réplique de Tarantino, connard ! Christopher Walken, dans *True Romance*... Tu connais pas ?

— Non, admet Ilia, je ne connais pas trop Tarantino.

— T'aimes pas le cinéma ?

— Si, mais d'autres réalisateurs... Woody Allen, Tarkovski...

L'autre tourne la tête, visage presque dégoûté, sans attendre la fin de l'énumération. Puis il lâche, dans un sourire :

— « L'homme qui a vu l'ange »...

— C'est du Tarantino ?

— C'est ce qui est inscrit sur la tombe de Tarkovski, connard ! À Paris.

Ilia a déjà aperçu certains de ces hommes durant la

campagne, mais ils étaient plus discrets, comme s'ils avaient reçu pour consigne de se faire oublier. Pour l'essentiel, ses interlocuteurs étaient des jeunes bien mis dans son genre, sans compter les consultants américains, omniprésents dans la dernière ligne droite.

Lui s'est joint dès l'hiver à la campagne présidentielle de la femme d'affaires. Les négociations ont été difficiles, d'abord avec le staff de Hapko, puis avec la candidate elle-même. Ilia s'est senti troublé d'être autant désiré. Il a vite compris que son image, celle bâtie depuis des années à la tête d'une ONG anticorruption, pouvait rafraîchir celle de Hapko. La femme d'affaires traînait trop de casseroles, trop d'interrogations. Le ralliement d'un jeune réformateur comme Ilia pouvait donner des gages. À la frange libérale et réformatrice de l'électorat, mais aussi aux partenaires occidentaux du pays. Alors, à son tour, Ilia a demandé des gages. Des assurances sur certaines réformes. Il a posé des questions, aussi, le genre de questions auxquelles Wikipédia n'apporte pas de réponses. Comment Olena Hapko a-t-elle fait ses premiers millions, par exemple ? Ceux qui lui ont permis de s'imposer, plus tard, comme la Princesse de l'acier, magnat du pétrole et de l'immobilier... De la principale intéressée, il n'a pas obtenu grand-chose : « on » lui a mis le pied à l'étrier, des partenaires ont cru en elle, en ses capacités...

La Présidente entre sous les applaudissements et les sifflets enthousiastes. On est entre soi – même les deux armoires à glace qui l'accompagnent partout, plus lourdement armées que des porte-avions de l'US Navy, restent à la porte. Ilia se demande pourquoi il a été invité. Il sait que même s'il le souhaitait ardemment les liens forgés durant la campagne très policée de Hapko ne peuvent remplacer ceux tissés à l'époque des luttes communes, des quitte ou double et de la survie au jour le jour. Hapko fait le tour des présents, échange avec chacun des plaisanteries ou des tapes dans le dos. Les mains, les poings s'entrechoquent. Elle éclate de rire quand l'un d'eux raconte son retour chancelant, après la fête. Et pourtant quelque chose sonne faux, ne peut s'empêcher de remarquer Ilia, dans ce rire et dans cette camaraderie affichée avec entrain par la Présidente. Son corps est pris dans l'agitation, mais ses yeux en sont absents, lointains. Comme si la femme d'affaires se forçait, sans grande conviction, pour prouver son appartenance au cercle des hommes à larges épaules.

— Personne n'a aperçu Semion ? demande-t-elle, ses yeux se voilant encore un peu plus en entendant la réponse négative.

Son tour fini, Olena s'assied et demande le silence d'un geste sûr. Là, remarque Ilia, elle ne se force plus.

— Messieurs, merci encore de votre confiance, débute-t-elle. Je ne vais pas vous faire un dessin, vous connaissez tous les grands principes de la physique et de notre métier. Lorsqu'on s'arrête d'avancer, on tombe. Ou on vous prend pour cible. Nous devons donc agir dès à présent pour être opérationnels dès le premier jour de ma présidence. Il reste moins d'un mois, soyons professionnels.

Ilia sursaute. Se préparer pour être opérationnels,

n'est-ce pas ce qu'ils font depuis des semaines ? Rédiger un programme, de futurs projets de loi, engager une transition... Ilia a été chargé d'une plate-forme travaillant sur les privatisations et la réforme de la justice. Le travail est considérable, il faudra plus que quelques mois pour mettre en œuvre ce plan. Ce sont des décennies de pratiques corruptrices qui sont à effacer. Pas un juge dans ce pays ne travaille honnêtement !

— Nous devons dès à présent déterminer la répartition des postes les plus importants, poursuit la Présidente. Ministres, ambassadeurs, et tout le tralala, bien sûr, mais il faut aussi faire le ménage à la Cour suprême, dans la police et surtout à la procurature... Je pense que nous avons besoin de quelqu'un comme Pavlik au poste de procureur général.

Pavlik ? Ilia se pince... Pavlo Kravtchouk, l'un des vieux compagnons de route de Hapko. Le jeune homme le regarde se trémousser de satisfaction dans son fauteuil. Connaît-il quelque chose au droit ? Le gros chauve est connu pour avoir été un porte-flingue de la Présidente. Au sens propre. Et voilà qu'on veut lui confier le Graal, l'équivalent de l'arme nucléaire... Procureur général ! Le titulaire du poste contrôle toute la pyramide judiciaire, a toute latitude pour lancer des enquêtes ou étouffer celles qui dérangent ses patrons et ses affidés. Et même pour gagner de l'argent, en menaçant des hommes d'affaires des pires désagréments. En clair, le poste est plus stratégique encore que la direction des services secrets. Dans sa réforme de la justice, Ilia a prévu de s'attaquer à cette institution démesurée, d'en limiter les pouvoirs, et surtout de la confier à une personnalité indépendante. Bref, d'en faire une institution fonctionnelle et honnête. Il hésite, lève la main comme à l'école, et se lance :

— Olena Vladimirovna, avec tout le respect que j'ai pour Pavlo Kravtchouk, si nous voulons remplir la promesse faite à vos électeurs, celle de lutter contre la corruption, d'assainir le système, nous devrions envisager la nomination d'une personnalité que l'on ne pourra pas accuser de vous être inféodée.

— Inféo-quoi ? rugit Kravtchouk en se levant de son fauteuil avec une vivacité que ne laisse pas soupçonner sa masse.

— Pavlik, ne réagis pas en homme préhistorique, coupe Olena. Laisse Ilia terminer, nous devons travailler comme des grandes personnes, ici.

— C'est un travail de longue haleine, reprend Ilia, encouragé par la patronne. Mais c'est par là qu'il faut commencer. Si nous voulons espérer, à long terme, faire diminuer la corruption, offrir aux entrepreneurs la possibilité de produire des richesses dans un environnement sain, nous devons réformer la justice, couper les liens avec le monde politique. Et la première étape est de nommer un procureur général indépendant, capable de protéger les juges et, s'il le faut, d'enquêter contre notre propre camp…

— À long terme, c'est une très bonne idée, mais à court terme je n'ai aucune envie de me faire baiser !

La salle éclate de rire à la saillie de la cheffe. Après ces semaines de campagne prudente, on renoue dans la bonne humeur avec les bonnes vieilles manières. Ilia retrouve toutefois cette sensation qu'il avait quand il la regardait congratuler ses hommes, quelques minutes plus tôt. En ce moment où elle trône au milieu de ses admirateurs et de ses fidèles, elle paraît plus seule que jamais. Ilia reconnaît ce geste des solitaires qui tentent de gagner l'approbation du groupe mais en refusant à tout prix d'y entrer, terrifiés par son existence même. Il s'est trompé en croyant voir une femme confrontée à un déversement de testostérone. La testostérone ne lui fait pas peur. Ce qu'elle tente de dissimuler, c'est sa solitude. La Présidente reprend :

— L'indépendance, ça n'existe pas, dans notre pays ! Si nous lâchons ce poste, nos concurrents trouveront un moyen de s'en emparer et l'utiliseront contre nous. Pour être sûrs de l'indépendance du bonhomme, il faudrait le payer correctement, sinon il ira chercher son salaire ailleurs. Tu te rappelles combien gagne un député chez nous ? 500 euros ! Et l'argent, nous allons plutôt l'utiliser pour baisser les charges communales, comme nous l'avons promis. Tous les fonctionnaires de ce pays sont payés ou susceptibles de l'être. Je préfère que ce soit par nous plutôt que par le Chevelu ou le Technocrate. Mais j'ai bien en tête vos suggestions, Ilia. Nous allons réellement nous attaquer au problème de la corruption. Je ne tolérerai pas de vol parmi mes conseillers. Et nous créerons un comité d'enquête spécialisé dans la lutte contre la corruption, avec de larges pouvoirs. Pourquoi pas une personnalité « indépendante », comme vous, pour le diriger ?

Ilia baisse les yeux. La proposition est tentante, elle

couronnerait ses dix années d'activisme et lui offrirait certainement la possibilité de faire tomber quelques gros poissons. Le peuple apprécierait, mais qu'est-ce que cela changerait ? Il connaît la détermination de Hapko. Oui, quand elle le pourra, elle empêchera ses hommes de répondre à des appels d'offres bidonnées, de voler directement dans les caisses de l'État. Cela marquera déjà une évolution spectaculaire par rapport à ses prédécesseurs, qui ne faisaient pas de manières lorsqu'ils pillaient jusqu'aux budgets de la Santé et de l'Éducation pour se construire des palaces. Mais sera-t-elle toujours là pour surveiller ? Et puis, comment qualifier le siphonnage en règle des entreprises publiques, qu'elle ne se cache même pas de pratiquer, sinon de vol ? Pour elle, ce sont des ressources supplémentaires que l'État tient à sa disposition. Des fonds nécessaires à l'ordonnancement du marigot qu'est la scène politique ukrainienne. Combien coûte le vote favorable d'un député ? 5 000 dollars ? 10 000 ? Pas étonnant, dans ces conditions, qu'elle ne comprenne pas non plus à quoi peut ressembler une justice indépendante. Tire le premier ou tu seras descendu, c'est la seule logique qu'elle connaisse... Ilia n'a pas vécu les époques sanglantes que Hapko a traversées avec une cible accrochée dans le dos. Les dix ans d'écart entre eux suffisent à faire la différence. Question de caractère aussi. Elle est une louve, une carnivore. Lui, non. Quand il se renseignait sur ses débuts, essayant de comprendre avec qui il était en passe de s'acoquiner, l'un de ses intimes lui avait raconté une des légendes circulant à son sujet.

À la fin des années quatre-vingt-dix, Olena Hapko s'était déjà fait un nom dans l'est de l'Ukraine. Originaire de Gouliaï-Polie, autrement dit la cambrousse, elle avait fait ses premières armes à Zaporojie, la ville voisine, dans l'est du pays. Puis, avec les fonds amassés, elle avait commencé à racheter des actifs à Kiev, Kharkiv, Dnipropetrovsk, Donetsk... Finalement, l'occasion s'était présentée d'acheter l'usine de machines-outils dans laquelle son vieux père avait fait une partie de sa carrière d'ouvrier. Hapko avait mis sur la table la modeste somme nécessaire. De l'avis général, la vieille usine, en faillite depuis des années, valait tout juste le prix du métal des machines entreposées là. Tout le monde avait cru que Hapko voulait prendre une revanche, relancer la production et afficher par là sa réussite dans la ville où elle avait commencé. Ou bien offrir à son père, dans sa retraite miséreuse, le plaisir de voir repartir les lignes de production sur lesquelles il s'était esquinté le dos. Lui enlever la sensation d'une mort dans l'oubli et l'indignité, inutile et rouillée comme les mines et les usines métallurgiques de la région... Tout le monde s'était trompé. Hapko avait racheté l'usine avant de la revendre pièce par pièce. Les bonnes lignes de production qui restaient avaient été envoyées à l'étranger ; les autres transférées dans des usines encore rentables du Donbass. Et quand les Gitans étaient venus négocier la ferraille, Hapko n'avait pas non plus fait de sentiment. Elle leur avait tout vendu, jusqu'au dernier boulon. « Ça a été son moment Keyser Söze ! », avait conclu son interlocuteur en riant. Autrement dit, elle brûlait les ponts, comme le légendaire bandit turc, qui avait préféré exécuter sa famille plutôt que de céder à une bande rivale. Rien ne pourrait l'atteindre. Voilà le message qu'elle envoyait au monde.

J – 27, Vienne, Autriche

À Vienne, le russe fait office de deuxième langue officielle, derrière l'allemand un peu pâteux que pratiquent les derniers natifs de la ville. Dès le début des années quatre-vingt-dix, les Russes ont fondu sur la capitale autrichienne, qui, comparée aux métropoles sauvages qu'ils laissaient derrière eux, faisait figure de rassurante maison de poupée. Venus en touristes ou en exilés, ils sont restés. Dans le quartier populaire d'Ottakring, le russe se mêle au turc, au serbe, à l'arabe. Dans le centre historique huppé, il voisine avec l'anglais.

Les Russes ne sont pas les seuls à avoir colonisé Vienne. Toutes les langues de l'ex-URSS s'y font entendre. Les mercenaires de Ramzan Kadyrov y donnent la chasse aux réfugiés politiques tchétchènes. Les Azéris ont noyauté les organisations internationales installées là, distribuant leurs valises de billets aux fonctionnaires internationaux. Les oligarques kazakhs en disgrâce cohabitent avec les officiels d'Astana qui cherchent à les descendre.

Les Ukrainiens ne sont pas en reste. Les rustiques gars

de l'Ouest vendent leurs bras dans la construction, regagnant Lviv, Ivano-Frankivsk ou Tcherniguiv après avoir amassé un pécule suffisant pour construire le deuxième étage de leur maison. Les ballerines de Kiev peuplent les travées de l'Opéra. Les prostituées arrivent de Donetsk, de Kharkiv, d'Odessa. Les touristes, eux, viennent s'essayer à la douceur de la vie occidentale et se faire des frayeurs aux premières loges de l'invasion musulmane.

Dans cette faune postsoviétique, personne ne voue un attachement plus profond à l'ancienne capitale impériale que les oligarques ukrainiens. Ils y éprouvent la sensation rassurante d'être protégés par le calme délicat de cette ville en déclin. Certains éprouvent peut-être l'espoir secret de voir se déverser sur eux une partie du prestige attaché aux vieilles et dignes pierres du centre. Le plus déterminant est l'accueil enthousiaste qui leur est réservé. Les banquiers et les avocats viennois peuvent se prévaloir d'une longue tradition de coopération avec les hommes d'affaires de l'Est ou des Balkans. Les banquiers, comme les maîtres d'hôtel ou les chauffeurs de taxi, y font preuve de cette déférence discrète qui semble vous rappeler en permanence que vous vous trouvez dans un pays de culture ancienne, supérieure à la vôtre, mais où l'on sait se mettre à votre service au nom d'intérêts bien sentis. Si ces intérêts comportent plusieurs zéros, vous aurez même droit à quelques courbettes.

Le bar du majestueux hôtel Park Hyatt, sur la place Am Hof, est l'un des lieux prisés de ces Ukrainiens qui ont fait de Vienne leur base arrière. Les luxueuses boiseries, les fauteuils de cuir moelleux, les serveurs impeccables y offrent une rare sensation de sécurité et de vénérabilité. Ce à quoi s'ajoute, pour les magnats ukrainiens, le sentiment grisant de boire des single malt à 40 euros le verre. Des milliards de dollars ont été investis, dépensés, échangés dans le Living Room Cigar Lounge, le nom un peu vulgaire donné au lieu, seule concession faite par cette institution respectable au modernisme mondialisé.

C'est là que Son Excellence Konstantin Ivanov a donné rendez-vous. L'affaire est suffisamment sérieuse pour que l'ambassadeur russe en Ukraine ait fait le déplacement. Sa venue à Vienne est une marque de respect : l'Autriche est certes considérée comme un terrain neutre, mais Platon Eremeev y est chez lui. À travers divers prête-noms, le Technocrate possède même la moitié de la troisième banque du pays – une assurance-vie contre les désagréments que les juges autrichiens pourraient être tentés de lui causer.

Autre marque de respect, Ivanov est arrivé en avance, s'offrant le loisir sain de boire un cocktail céleri-carotte. Tout doit être fait de façon irréprochable et l'ambassadeur connaît la susceptibilité de ses clients ukrainiens. Rustiques dès qu'ils sont entre eux, cassants avec ceux d'un rang inférieur, les oligarques exigent les plus grands égards dès lors qu'ils côtoient des étrangers. Particulièrement les Russes.

Depuis quatre ans qu'il est en poste à Kiev, Ivanov a appris à mépriser autant qu'à craindre ce peuple ukrainien dissipé et brouillon. Après une carrière chez les sauvages d'Asie centrale, il a pris ce poste prestigieux et sensible plein d'illusions : à Moscou, espions et diplomates sont formés dans l'idée que les Ukrainiens ne sont que de vagues cousins dégénérés à qui il convient de taper régulièrement sur le crâne pour leur rappeler les bonnes manières. L'ambassadeur a vite déchanté. Ses hôtes se sont révélés pires que des Latins. Individualistes, besogneux, mais frondeurs et jaloux de leur indépendance, capables de brusques réveils grincheux. Gare alors à celui qui est aux commandes du pays ou à celui contre qui est dirigée leur colère.

Les oligarques ukrainiens sont le reflet de cette mentalité de cosaques. Perpétuellement en guerre, prêts à des coups de poker insensés, voire à guerroyer contre le pouvoir politique quand ils ne cherchent pas à le conquérir. Leurs homologues russes leur ressemblaient, dans les années quatre-vingt-dix, avant que Vladimir Poutine ne leur passe la bride au cou. Depuis, à côté des Ukrainiens, les Russes font pâle figure – soumis au chef, sans cesse rappelés à l'ordre par de simples officiers du FSB, les services de sécurité, et parfaitement conscients que leur fortune peut s'évaporer sur un claquement de doigts au Kremlin.

Ce paysage bigarré rend distrayantes les missions secrètes d'Ivanov. Les services russes ont le champ libre en Ukraine. Dès l'indépendance, le FSB et son homologue de l'armée, le GRU, ont infiltré le renseignement, l'armée, le business et même les milieux nationalistes ukrainiens. Les agents russes sont capables de recruter un tueur en vingt minutes dans le moindre village de montagne. Mais faire s'affronter entre eux les locaux est bien plus efficace et gratifiant. C'est presque un jeu d'enfants, tant ceux-ci aiment s'entre-dévorer ou concevoir des combines tordues contre les uns ou les autres.

Sur l'opération Hapko, Ivanov a carte blanche. Si besoin, il peut s'appuyer sur les gros bras des services et sur les moyens illimités du géant pétrolier Rosneft, à la manœuvre à Moscou. L'enjeu est gigantesque mais la mission paraît négociable sans faire appel à la grosse artillerie. L'ambassadeur apprécie particulièrement de traiter avec Eremeev. Le Technocrate n'a pas gagné son surnom pour rien. Il est affable et attentif, sait reconnaître ses intérêts sans faire de sentiment. Il comprendra vite qu'il a tout intérêt à rallier la position russe. Ivanov a pris ses renseignements : tout ce qui affaiblit Olena Hapko est bénéfique au Technocrate, d'autant que la future présidente a déjà commencé à attaquer ses positions sur le marché de l'électricité.

Eremeev n'a d'ailleurs pas besoin de tout savoir. Qu'il commence par déstabiliser Olena Hapko avec les éléments fournis en sous-main par Moscou, et l'ambassadeur se chargera du reste. L'action du Technocrate sera comme un hors-d'œuvre, un conditionnement. Il faudra bien, ensuite, que la Présidente cède ou disparaisse. La première solution serait la plus propre, mais Konstantin Ivanov n'a rien contre la seconde. Il se méfie mortellement de Hapko. Sa légendaire détermination le laisse froid : acculés, tous les requins du marécage ukrainien peuvent devenir dangereux. Tous ont survécu à mille morts ; tous ont tué mille fois.

C'est son positionnement politique qui rend Hapko difficile à combattre. Jusqu'à présent, les chefs d'État ukrainiens étaient divisés en deux groupes – pro-russes ou pro-européens. Et peu importe si c'était avant tout leur propre intérêt qu'ils défendaient. Ces positionnements offraient à Moscou un angle pour coopérer ou au contraire pour attaquer. On jouait en terrain connu. Hapko a renversé la table. Durant sa campagne, elle s'est revendiquée clairement pro-européenne – impossible de faire autrement, depuis la fin des années deux mille. Mais elle s'est aussi érigée en championne de l'Est industriel, traditionnellement plus favorable à la Russie. Elle a pour cela mis en avant ses propres origines, mais elle a aussi promis de relancer les usines à coups de subventions et en intensifiant les échanges avec l'économie russe, négligés sous la mandature précédente. Ce positionnement habile et équilibré a donné un regain considérable à sa popularité, réussissant même à faire passer au second plan son image de revenante à la carrière douteuse. Il a aussi mis le Kremlin sur la défensive, le sommant de s'adapter et de répondre aux avances ukrainiennes. Le requin Hapko s'est fait glissant comme une anguille. Il faut donc commencer par la coincer, trouver une prise. C'est précisément cela, une prise, que Konstantin Ivanov transporte dans la mallette pour l'heure posée à ses pieds. Les cocktails céleri-carotte n'offrent qu'un agrément supplémentaire.

J – 25, région d'Odessa

Olena Hapko se laisse porter par le bruit des pales de l'Eurocopter EC225. Presque une berceuse, comparé au son assourdissant des hélicoptères de production soviétique qui constituaient jusqu'à peu la flotte de l'État ukrainien. En 2010, le prédécesseur de Hapko a passé une commande massive. Tout le monde y a gagné : le fournisseur européen, qui a empoché quelques milliards, l'opinion publique, à qui l'on a expliqué que l'Ukraine accomplissait là un bond de géant vers l'Europe, mais surtout l'ancien président, qui s'est gardé, selon les rumeurs, l'équivalent de 15 % de la transaction.

Il faut bien reconnaître que le confort est au rendez-vous. Et l'utilisation des hélicoptères est tout sauf une coquetterie, dans un pays aux routes indigentes, sur lesquelles il faut parfois rouler à quarante kilomètres à l'heure pour éviter les nids-de-poule. C'est justement une affaire de route qui a poussé la nouvelle présidente à ce voyage dans le Sud. Elle a pris l'avion pour Odessa avant d'emprunter l'hélicoptère du gouverneur pour rejoindre Izmaïl, à la frontière roumaine. En voiture, il faut au minimum cinq heures pour parcourir les quelque cent cinquante kilomètres qui séparent Odessa d'Izmaïl. Hapko s'y est rendue pour promettre aux habitants qu'une nouvelle route serait bientôt construite, qui pourrait sortir la ville de son isolement. Ceux-ci ont déjà entendu dix fois les mêmes mots, le plus souvent pendant les campagnes électorales, mais ils ont accueilli la Présidente avec chaleur. Pour eux, la politique est au mieux un mal nécessaire, une comédie dans laquelle chacun joue son rôle, sans affect ni rancune. Hapko est aimée, dans ces bouts du monde abandonnés. C'est là qu'est le cœur de son électorat. Rural, pauvre, peu éduqué. Les mères de famille des petites villes qui triment pour un salaire de 100 euros la voient comme l'une des leurs ; pour elles, sa réussite personnelle est comme une promesse. Les retraités qui ont abandonné tout espoir de voir leur vie s'améliorer la regardent avec une sympathie bonhomme. Son acharnement à accéder au pouvoir, à grimper aussi haut qu'elle le peut en plantant ses ongles dans le sol, leur inspire une tendresse amusée mais bienveillante.

Environ deux cents personnes sont venues l'écouter dans la Maison de la culture de la ville. Les télés locales ont aussi été convoquées. Des gens modestes sont présents, des grands-mères, les cheveux cachés dans des fichus à la mode paysanne. Des hommes en survêtements, en vestes de cuir, en débardeurs. Visages fermés, poings dans les poches. À beaucoup, ils feraient peur. Hapko, elle, ne voit aucune hostilité dans ces traits durs, seulement des destins cassés qui n'ont aucune raison de sourire. Quelques fortes têtes l'ont chahutée. Un type a crié : « Tu n'es pas mieux que les autres, tu piqueras dans la caisse ! » Elle ne s'est pas démontée, elle n'a jamais eu peur du conflit ni des explications franches. Un politicien qui aurait osé lui parler de la sorte, elle l'aurait cloué au sol, réduit en miettes. Dans ce climat moite de réunion populaire, elle ne s'est pas impatientée, n'a eu aucun mot méprisant. Elle a demandé à l'importun : « Si j'étais comme les autres, je ne viendrais pas vous voir *après* avoir gagné ! » Puis elle a rappelé à l'assistance ses promesses de baisser les taxes locales, d'investir massivement dans les villes moyennes, oubliées des derniers gouvernements. Elle s'est engagée à développer les échanges avec la Roumanie, à faire d'Izmaïl un hub dans les relations avec l'Union européenne. À la fin, les vieilles l'ont applaudie. Elle a embrassé des dizaines de joues mouillées et odorantes, serré des mains noires de travailleurs.

Son équipe est repartie dans les voitures. Elle a emmené avec elle dans l'hélicoptère un officier de sécurité et le petit Ilia Kirilenko. Mais depuis que l'appareil a décollé, elle n'a pas ouvert la bouche, se contentant de regarder par le hublot la mer Noire, sur sa droite, et à gauche la grande steppe brûlée de soleil, parsemée de villages aux maisons éparpillées. Là vivent des Bulgares, des Roumains, des Moldaves, des Gagaouzes, des Ukrainiens, des Russes... De quoi faciliter encore sa tâche.

Malgré le confort impeccable de l'Eurocopter, elle sent une inquiétude sourde l'étreindre. L'hélicoptère lui rappelle les menaces que son accession au pouvoir ne suffira pas entièrement à dissiper. Elle ne peut croire que ses ennemis les plus puissants et les plus dangereux aient renoncé à se battre. Les Russes... Pour faire taire cette désagréable voix intérieure et ses questions, elle s'adresse à Kirilenko :

— Vous n'avez pas eu peur des gueux ? demande-t-elle avec un sourire patelin.

Le jeune homme a gardé son casque sur les oreilles, discipliné, attendant que la maîtresse s'adresse à lui. Néanmoins, il se cabre :

— Pour qui me prenez-vous ? Vous croyez que si je professe des idées de bonne gouvernance ça fait de moi une espèce de snob cosmopolite coupé du peuple ? Que si je parle l'anglais je suis incapable de comprendre le patois méridional ?

La voix parvient à travers le micro intégré au casque, lointaine, donnant un effet comique à sa réponse outrée.

— Pardonnez-moi, tempère Hapko. Je voulais vous provoquer... Vous savez, c'est dur de vivre sous votre regard sévère, constamment jugée...

Ilia ne sait pas comment accueillir cet accès de sincérité blessée. Il sait les politiques capables de toutes les manipulations. Il ne veut pas la suivre sur ce terrain glissant :

— À quoi bon ce spectacle ? Venir ici en campagne, je comprends encore. Mais pourquoi maintenant ? Pourquoi de nouvelles promesses ?

— Parce que je veux réellement faire quelque chose pour ces gens ! souffle Hapko dans le micro, d'une voix plus passionnée qu'elle ne l'aurait souhaité. Évidemment que j'aime ces foules qui m'écoutent et qui m'acclament, mais je veux leur rendre quelque chose. Je veux leur montrer que les choses vont être différentes, avec moi. Nous allons vraiment construire cette route !

— Oui, construire une route, ce n'est pas trop difficile. Vous trouverez l'argent, dans le pays ou en sollicitant nos amis de l'Ouest... Mais la moitié du budget sera volée et votre route sera de qualité médiocre. Après deux hivers, elle sera défoncée. C'est à nouveau en hélicoptère que vous viendrez, la prochaine fois, si vous revenez... Donnez-leur des fonctionnaires efficaces et honnêtes, des juges qui ne les humilient pas au quotidien, la possibilité de se soigner sans avoir à payer des pots-de-vin... Chassez les bandits ! Voilà ce qui changerait vraiment quelque chose pour ces gens. Ce n'est que comme ça que vous construirez une vraie route !

— Chassez les bandits ? répète Olena Hapko d'une voix sourde.

Sans un mot, elle se dirige vers la cabine du pilote et l'hélicoptère décrit un léger virage. Au lieu de se poser à l'aéroport d'Odessa, au sud de la ville, l'appareil vire vers le nord et survole les faubourgs. Sous le soleil, les immeubles impériaux du centre, déjà décatis mais toujours majestueux, se dessinent nettement, formant des rues aux angles droits parfaits. En retrait des escaliers Potemkine, derrière la statue de Catherine II, la silhouette ronde de l'Opéra. La Présidente se tourne vers son jeune conseiller.

— Combien d'habitants dans cette ville, Ilia ?

— Un million... tente Kirilenko.

— Précisément, un million de personnes, qui depuis deux cents ans vivent dans l'idée qu'il faut se méfier de l'État, qu'arnaquer son prochain n'est pas un crime, que la combine est une chose glorieuse... Même l'Union soviétique n'a rien pu contre ça! Qui sont les bandits, ici, qui faut-il chasser?

— Odessa n'est pas l'Ukraine... tente Kirilenko.

Olena ne l'écoute pas :

— La première mission du président est de montrer du respect à son peuple, pas de le traiter en bandit!

— Parce que vous croyez que vouloir éradiquer la corruption c'est un manque de respect? Selon vous, le peuple ukrainien arriéré n'est digne que de pratiques moyenâgeuses...

Olena marque une pause avant de répondre :

— Ce n'est pas un manque de respect, mais de connaissance. Qui fait la loi dans cette ville, selon vous? Qui produit de la richesse? Qui maintient l'ordre? Je vais vous le dire... Les hommes de Kozilevski, qui tiennent le port et la mairie et ont la police avec eux. Ceux du Grec, sans qui pas un immeuble d'Odessa ne se construit et qui a fait alliance avec les types des services, le SBU. Sans oublier Karlov, qui fait de la contrebande avec la Transnistrie et s'occupe des marchés. Alors, on en fait quoi, de Karlov? Sans lui, ce sera à nouveau la jungle sur les marchés, le racket des petits commerçants, la guerre! Et le Grec? Depuis Londres, sa capacité d'investissement est dix fois plus élevée que la nôtre. Combien de familles ses hôtels font-ils travailler?

— Le même business, géré de manière honnête, fera vivre autant de familles, et en plus il rapportera de l'argent à l'État...

— Voilà, c'est ce vers quoi nous allons tendre, Ilia.

Mais il faut de la patience, du doigté. Une ville comme Odessa, c'est un édifice très fragile. Alors le pays… Et si nous bousculons tout, qui prendra les places laissées libres, sinon les Russes ? Tu crois que tes gentils amis européens s'y retrouveraient, ici ? Les gens eux-mêmes ne sont pas prêts à des changements radicaux. Ils se lamentent sur la corruption mais ne savent pas vivre sans elle. Ils ne veulent pas se soumettre à un État impartial, à une loi aveugle… Ce qu'ils veulent, c'est qu'on leur permette de se débrouiller, de bouffer. Nous allons changer les choses, progressivement, mais pour cela nous devons raffermir nos positions, prendre le contrôle des flux financiers les plus importants…

— Jouer aux parrains de la mafia, en somme ? Assurer l'équilibre entre les clans, pousser nos favoris, et de temps en temps vous me donnerez une réforme en cadeau, comme on donne un sucre à un chien ?

Ilia se demande s'il ne va pas trop loin, mais les arguments de Hapko le mettent hors de lui. Il n'a pas attendu la Présidente pour découvrir la réalité de son pays, la pauvreté de ses habitants, la complexité de ses modes de fonctionnement. Mais la mission qu'il s'est fixée n'est pas si insurmontable. Seulement, il faut mettre tous les moyens à son service, tout l'argent et toute la détermination disponibles. Or Hapko refuse de trancher. Elle voudrait laisser son empreinte dans l'histoire de l'Ukraine, mais dans le même temps elle refuse d'abandonner ses affaires, ses réseaux. Quelque chose au fond d'elle la pousse à continuer à jouer à ses jeux « d'avant » : devenir le plus gros poisson de la mare, manger ses adversaires. Et pour cela, s'il le faut, mettre le pays à genoux. Ces jeux, ce sont les seuls qu'elle connaît, réalise Ilia. Peut-être les seuls qu'elle aime.

Le conseiller s'apprête à répondre sur un ton plus conciliant quand un grésillement se fait entendre dans les casques :

— Olena, c'est Piotr, au sol. On s'est dit que tu devrais écouter ça… Ça passe en boucle sur Ukraine 24 et BTV. Des dizaines de sites Internet sont aussi entrés dans la danse.

Un instant de silence, durant lequel on approche la radio d'une télévision qui hurle :

« Comme nous vous l'indiquions, Olena Hapko n'a pas encore entamé son mandat que les scandales les plus sérieux menacent déjà sa présidence. Plusieurs sources très haut placées ont indiqué à nos journalistes que des dossiers compromettants pour la Princesse de l'acier étaient sur le point de refaire surface. Selon nos informations, ces dossiers concernent les liens anciens de Mme Hapko avec la Russie. Ils sont suffisamment graves pour menacer le début de son mandat… »

Olena enlève rageusement son casque. Elle a reconnu la voix de la garce à l'antenne. Une journaliste qui était venue l'interroger quelques jours avant le premier tour, mielleuse, pleine d'un respect hypocrite. Un physique parfaitement lisse mais des fesses bombées que la candidate n'avait pu s'empêcher de regarder avec envie.

Si BTV et Ukraine 24 sont toutes les deux dans le coup, le message est clair. Ou en tout cas le messager : via des prête-noms, les deux chaînes appartiennent à Platon Eremeev. Mais que veut le Technocrate ? Dans n'importe quel pays civilisé, les « informations » de la pétasse à beau cul auraient été jugées à leur juste valeur – un ramassis de rumeurs indignes d'être mentionnées. Leur diffusion est évidemment une commande du patron, et un signal qui lui est envoyé, précisément à elle. Le message est difficile à décrypter. Il peut s'apparenter aussi bien à une déclaration de guerre qu'à un appel à négocier. À moins qu'Eremeev n'ait réellement des informations compromettantes, songe la Présidente en frémissant. Il vaudrait mieux pour lui : on ne menace pas impunément Olena Hapko.

Hiver 1993, région de Zougdidi, Géorgie

À travers la vitre du train qui roule en direction des contreforts du Caucase, Olena regarde la campagne défiler au ralenti. À chaque voyage, elle constate la régression, les effets de la déflagration survenue deux ans plus tôt. Dans les champs de la riche région agricole de Stavropol, elle voit maintenant des paysans labourer avec des chevaux. Sur les routes défoncées qui longent la voie ferrée, des charrettes ont refait leur apparition. Dès les premiers mois, les tracteurs qui faisaient la fierté de la région ont disparu : vendus, désossés, dispersés aux quatre vents. Aux arrêts, dans les gares, des enfants et des femmes se précipitent à bord des trains pour vendre les poussières de leur vie : trois beignets aux œufs, une poule, un sac plastique. Elle voit des femmes faire du troc. Au moins, dans les campagnes, mange-t-on à sa faim. En ville, nombreux sont les parents qui se privent pour nourrir leurs enfants. À un gamin timide, elle achète un fromage tout blanc, aussi pâle que son teint.

L'Union soviétique est tombée en silence, et dans les quinze Républiques qui l'ont remplacée, on a faim en silence. Olena a 33 ans et elle ne s'en sort pas trop mal. Rien de glorieux, mais elle a su trouver les failles, les interstices dans lesquels ceux qui ont de la volonté et de l'imagination peuvent s'insérer. Elle est désormais citoyenne ukrainienne. Quelle différence ? Sur le marché de Zaporojie, elle a vu son père vendre ses vieilles médailles de vétéran. À Kiev, à Moscou ou à Bichkek, les mêmes vieux vendent les mêmes médailles qu'ils ont passé leur vie à astiquer amoureusement. Les vieilles, elles, font des bocaux de tomates marinées et de champignons qui ont encore la saveur du pays d'avant, l'odeur rance de l'Union soviétique.

Elle a 33 ans et un mari qui la ralentit, qui la tire vers le bas. Valeri était un garçon joyeux, qui savait la faire rire. Elle l'a rencontré en 1986, dans l'université où tous deux finissaient leurs études. Il était à la fois drôle et sensible. Elle a aimé son groupe d'amis un peu bohèmes, leurs soirées animées par les guitares et l'alcool, leurs discussions politiques sur lesquelles soufflait un vent de liberté inconnu. Ils se sont installés dans un appartement de deux pièces minuscules que le pouvoir soviétique a eu le bon goût de leur attribuer avant de s'écrouler. Olena a pris un travail d'ingénieur au ministère de l'Énergie. Répétitif et bureaucratique à souhait : valider les schémas techniques de circulation de l'électricité entre la République socialiste ukrainienne et ses voisines. Valeri était relecteur dans une revue littéraire et porté sur la boisson. Arriver au travail avec la gueule de bois était alors tout sauf un problème. Après 1991, pour ceux qui avaient encore un travail, ça l'est devenu. L'heure était aux énergiques, aux débrouillards et aux sains d'esprit. Les sensibles, comme son mari, ont été les premiers à s'écrouler. Olena a assisté en direct à cette chute. Valeri attendait la fin de l'Union soviétique comme le messie. Il ne cessait de le clamer, de plus en plus ouvertement. Il se prenait pour un dissident, à adresser des regards noirs aux policiers chargés de la circulation. Il avait vécu les derniers mois fébrilement, il lisait tout, les journaux et les écrits des nouveaux poètes de la démocratie, participait à toutes les manifestations. Valeri le Sibérien s'était même pris de passion pour l'indépendance ukrainienne et ses promesses de nouvelle ère. Il s'est effondré quelques mois après le pays honni. La réalité qui s'est dessinée après 1991 était si différente de ce qu'il attendait… Elle l'a séché. Le brave homme a continué à se réfugier dans ses journaux, dans ses livres, mais le constat était implacable : il n'était pas fait pour le monde nouveau. Sa chère revue littéraire a tenu un temps, soutenue par un nouveau riche en mal de romantisme, puis elle a fermé. Au lieu de chercher à s'élever, Valeri n'a rien trouvé de mieux qu'un poste de gardien de musée. Et la boisson pour soulager sa peine. Olena a béni le destin qui leur avait refusé un enfant. Comment l'aurait-elle élevé, avec un père handicapé, dans cette époque cannibale ?

Elle, elle avait de l'énergie à revendre. Pendant que son mari sombrait, elle s'est familiarisée avec ce bon vieux capitalisme. Elle a découvert ses rudiments avec la sensation de l'avoir toujours connu. Elle a fait comme des centaines de femmes et d'hommes et renoué avec une pratique que tous croyaient oubliée : le commerce, dans sa forme la plus primitive. Une fois par mois, Olena prenait le train pour la Turquie, un long périple à travers le sud de la Russie, les montagnes du Caucase, la Géorgie, un pays nouveau et une autre de ces incongruités apparues en 1991. Elle s'arrêtait à Kars ou Trabzon, poussait parfois jusqu'à Ankara. Là, elle achetait toutes ces denrées qui faisaient rêver les Soviétiques et pour lesquelles un marché était apparu : jeans par dizaines, survêtements de marque, cuirs de qualité, baskets griffées... Mais aussi des cosmétiques inconnus, aux étiquettes écrites en français ou en allemand, des consoles de jeux vidéo, parfois des ordinateurs... Les premiers voyages étaient artisanaux : il fallait revenir avec d'immenses ballots, des valises pleines à craquer. Les femmes étaient les plus nombreuses, qui suaient sous l'effort. Grâce à son poste au ministère, Olena avait les contacts suffisants pour ne pas avoir d'ennuis à la douane ukrainienne. On graissait quelques pattes, et malgré cela ces longs voyages restaient rentables. À Kiev, elle convertissait sa marchandise en devises solides, marks ou dollars. Elle s'enorgueillissait d'avancer seule, à la force de ses bras, quand ses anciens patrons au ministère s'étaient tout bonnement attribué les actifs de l'État, vendant l'électricité des centrales ukrainiennes, ou les centrales elles-mêmes, comme s'ils en étaient les propriétaires. Peu à peu, ses affaires ont gagné en organisation et en professionnalisme. Au lieu de ployer sous ses ballots de plastique, elle en remplissait les coffres de vieilles Lada. Elle payait désormais le voyage d'autres femmes vers la République tchèque, l'Allemagne, en quête de nouvelles raretés et de ces jeans que la jeunesse et les nouveaux riches s'arrachaient. Valeri la regardait faire avec effroi, s'enfonçant encore un peu plus à mesure que sa femme sauvait sa peau, s'élevait au-dessus du mouroir. Le pays qu'il voyait naître dans les yeux d'Olena n'était pas celui qu'il avait imaginé, attendu, pas celui que lui promettaient les articles qu'il lisait à la fin de la décennie précédente. Il condamnait ses combines minables, amorales, mais n'était même pas capable de sortir de l'appartement.

En ce mois de février 1993 où elle regarde ce monde en sursis défiler par la vitre de son compartiment de première classe, Olena est empêtrée dans une affaire grave. À Kiev, il lui est arrivé d'être menacée par des bandits. Ils pullulent, occupent les rues du centre par centaines, rackettent les commerçants, vendent des places de marché qui ne leur appartiennent pas. Pas étonnant qu'ils soient venus la trouver. Ils voulaient beaucoup, et Olena s'en est parfaitement sortie. Elle a feint la surprise la plus complète, s'est présentée comme un de ces pauvres *tchelnaki*, ces petits convoyeurs condamnés aux allers-retours sans fin pour rapporter quelques babioles. Elle a invité le chef des bandits chez elle, pour lui montrer son appartement minable, son mari minable. Le type s'appelait Semion Moissenko. Semion Grandes-Mains. Il a observé calmement son manège, et s'est comporté d'une manière qu'elle n'oublierait pas. Alors qu'elle minaudait, prête au besoin à ouvrir les boutons de son chemisier, il a détourné les yeux et pris soin d'aller saluer Valeri. Une façon de lui montrer, à elle, son respect. Ensuite, il s'est assis sur l'une des deux chaises de la cuisine et a demandé à Olena de lui parler de Zaporojie et de Gouliaï-Polie, de son travail au ministère. Puis il a raconté son Donbass natal, son enfance au pied des terrils et des usines, et les guerres de clans qui secouaient la région, le forçant à s'exiler à Kiev. Il s'exprimait posément, sans les intonations vulgaires des bandits, et surtout il s'adressait à elle en égal, pas en patron ou en rival, pas non plus en prédateur. Il est reparti avec la promesse de recevoir pour lui et sa bande des blousons de cuir. Le regard qu'ils ont échangé à ce moment-là était sans ambiguïté : il ne s'agissait plus d'une dîme mais bien d'un présent, voire d'une offrande pour sceller un nouveau partenariat.

Le problème qui la conduit en Géorgie, en ce mois de février, est autrement plus sérieux, à la mesure de ses nouvelles ambitions. Pour la première fois, Olena a affrété un train. Un train entier rempli de ses achats à elle : textile, matériel informatique, quelques voitures. L'investissement est colossal, l'affaire se compte en dizaines de milliers de dollars. Mais voilà que les mafieux géorgiens de Batoumi réclament leur part. Ils ont intercepté le train, qui passait sur leur territoire, et réclament 50 000 dollars. Ces types ne sont pas des petits délinquants ukrainiens en survêtement. Ce sont de vrais gangsters, tatouages et code d'honneur, comptes dans une banque suisse.

Olena a fait traîner les négociations. Et pendant ce temps elle s'est renseignée, elle a activé ses anciens contacts au ministère géorgien de l'Énergie. Pour finir, elle a élaboré un plan. Radical, mais qui montrerait à tous qu'on ne menace pas impunément Olena Hapko, honnête commerçante kiévienne.

En descendant du train à Zougdidi, cinquante kilomètres au nord sur la côte géorgienne, elle passe un dernier coup de fil aux types de Batoumi pour leur confirmer la transaction : elle paiera. Puis elle rejoint, dans les faubourgs de la ville, le garage où la mafia locale lui a donné rendez-vous. Quatre Mercedes attendent, des vieux modèles déjà utilisés au temps de la RFA. Et encore trois Lada aux vitres teintées. Le chef s'appelle Sancho, on le lui a recommandé. Elle le laisse contempler sa poitrine, trois secondes exactement avant de lui tendre la main. Elle serre celle de l'autre, fort et longtemps. Il ne s'y attendait pas : sans même parler de l'accord qu'ils ont conclu à distance, il est déjà soumis. L'alliance de la poigne et du décolleté...

Olena prend place dans une des Mercedes, qui part immédiatement, laissant le reste de la bande derrière. Elle fait la route avec un unique chauffeur. Une heure, en silence. Le soir tombe lorsque la voiture atteint la gare de Batoumi. Sur une voie de garage, elle aperçoit son train. Et les types à qui elle a donné rendez-vous. Ils sont une dizaine, formant un arc de cercle autour de leur chef. Leurs vestes d'hiver sont épaisses, mais pas besoin d'être devin pour savoir que ces hommes-là sont armés. Probable qu'ils le sont jusque dans leur maison, quand ils regardent bobonne faire la cuisine...

Olena demande à voir la marchandise, chaque wagon, pour vérifier qu'on ne lui a rien pris. Le chef de la bande abandonne son groupe pour lui faire faire la visite, il n'emmène qu'un seul homme à lui, laissant les autres sur le quai. Pas question de se déshonorer devant toute sa troupe. Olena l'accompagne avec son chauffeur, qui a droit à une fouille sommaire. L'Ukrainienne prend son temps, inspecte en détail les wagons. Elle minaude. Elle voit dans les yeux de l'autre qu'il passerait bien un peu de temps sur la banquette d'une des Audi embarquées. À peine son fantasme commence-t-il à prendre forme dans son esprit qu'une série de coups de feu résonne dans le lointain. Le type n'a pas le temps de comprendre ce qui lui arrive qu'il est aligné par le chauffeur d'Olena. Deux balles en plein visage. Une seconde plus tard, son garde du corps reçoit le même tarif. Le chauffeur s'est fait oublier, il a passé la visite à suivre, légèrement en retrait, la mine renfrognée et les mains dans les poches. Au premier coup de feu, là-bas sur le quai, il a sorti le calibre caché dans son slip et a descendu les deux hommes. Olena regarde les cadavres défigurés et sanguinolents. C'est la première fois qu'elle assiste à une mort violente. Elle a sursauté à chaque coup de feu, mais le regard que lui lance son accompagnateur une fois sa besogne accomplie la trouble. C'est à elle qu'il demande des comptes, d'elle qu'il attend une approbation. Elle hoche la tête en signe de satisfaction. Le sentiment de puissance est à la fois grisant et terrifiant. Terrifiant au point de faire monter les larmes à ses yeux. Elle détourne la tête, sa paupière tremblante. Elle se retient de vomir.

À l'endroit où la bande de Batoumi attendait sagement son chef gît désormais un enchevêtrement de cadavres. Ceux de Zougdidi leur sont tombés dessus d'un coup, sans préavis. Ils sont arrivés en ville à bord de leurs véhicules, se sont garés discrètement et, sans bruit, ont encerclé la bande ennemie. La suite a relevé du simple tir aux pigeons, dégueulasse mais diablement efficace. La méthode est radicale : les guerres de gangs se résolvent rarement par l'anéantissement d'un groupe entier, mais l'occasion offerte par l'Ukrainienne était trop belle, en plus des 30 000 dollars qu'elle s'est engagée à leur verser. Désormais, ce sont eux les maîtres de la gare de Batoumi. Les trains d'Olena Hapko y sont en territoire ami, et tant pis pour les larmes, tant pis pour son cœur qui se serre, pour la nausée qui refuse de passer.

J – 22, Kiev

Olena le sait d'expérience : dans les situations difficiles, la vitesse est sa meilleure alliée. Pas la panique, qui conduit à commettre des erreurs, pas la précipitation, qui dévoile la fébrilité, mais la rapidité. Dès son retour à Kiev, la Présidente a fait savoir à Eremeev qu'elle attendait des explications. Pas directement : là aussi, cela aurait été un signe de faiblesse. L'un de ses députés a fait passer le message à un député inféodé à Eremeev.

Elle aurait pu réagir de manière plus ferme, obtenir l'ouverture d'une enquête judiciaire contre lui, attaquer l'une de ses sociétés. Mais elle veut laisser une chance à la négociation, et être fixée précisément sur les intentions de l'autre. Elle doit bien le reconnaître, elle ne peut pas se permettre d'avoir contre elle tous les oligarques ukrainiens, ce serait courir à la catastrophe – grèves en cascade, guerres commerciales, révoltes du Parlement, scandales télévisés… Kozilevski, le Chevelu, est trop imprévisible. Il serait même capable de se tirer une balle dans le pied pour lui nuire, si le jeu lui paraissait excitant. Zolkov, l'homme des réseaux électriques du Kremlin, fera de toute façon ce que les Russes lui disent de faire, aucun intérêt de perdre son temps avec lui. Et Valkov, le Gendre, ne fera que s'aligner sur le plus fort. Il faut donc s'entendre avec Eremeev. Le Technocrate est assez rationnel pour mettre fin à une agression s'il sent qu'elle ne mène nulle part ou que la paix peut lui apporter davantage.

Ce sont les Russes qui ont répondu à l'appel. L'invitation de l'ambassadeur Konstantin Ivanov a confirmé les craintes d'Olena : les chaînes de télévision du Technocrate agissent sur commande russe. L'ambassadeur ne s'en est pas caché. Du ton le plus arrogant, au téléphone, il a prévenu le secrétaire de Hapko : « Nous pouvons aider la présidente élue à résoudre quelques problèmes. Nous serions très heureux de lui présenter notre plan de soutien, si elle daignait rendre visite à notre ambassade. »

« Plan de soutien »... Une agression en bonne et due forme, oui ! Un plan complet et cohérent pour la dézinguer ! S'il était question d'un quelconque soutien, Ivanov ne lui aurait pas fait l'affront de la convoquer à l'ambassade russe. Elle n'est certes pas encore présidente, mais dans quelques semaines c'est lui qui devra s'incliner devant elle dans le palais de la Bankova. Les Russes veulent montrer que le rapport de force leur est favorable, et ce simple constat a de quoi effrayer la Chienne.

Hapko n'a pas cédé, ou en tout cas pas entièrement. La politique est affaire de symboles : un pas en arrière, c'est une armée qui recule ; une génuflexion, tout un pays qui se fait vassal. L'équipe de Hapko a proposé à l'ambassadeur un autre lieu de rendez-vous. Plus décontracté, ont fait valoir ses équipes. En réalité, le choix du Guramma est tout sauf innocent. Le restaurant se trouve en surplomb du Dniepr, face au monument dédié à Ivan Mazepa. Le clin d'œil est légèrement grossier mais assez clair pour être compris. Mazepa est l'un des innombrables hetmans, les seigneurs de guerre ukrainiens, à avoir tenté d'unir les cosaques et les paysans pour affronter les Russes. Autrement dit, le chef cosaque est un symbole de la longue opposition entre Grands-Russiens de Moscou et Petits-Russiens de Kiev, marquée par les alliances de circonstance, les guerres et les rébellions. Et un éternel malentendu : pour les Russes, les Ukrainiens, orthodoxes, ne pouvaient que désirer rejoindre le Grand Empire tsariste ; les hetmans ukrainiens, eux, ne voyaient dans l'association avec Moscou qu'un moyen de contrebalancer l'influence polonaise, et en aucun cas une négation de leur spécificité.

Konstantin Ivanov, lui aussi, a ménagé une petite surprise. Dans le salon privé du Guramma, entouré par une poignée d'agents de sécurité, il attend son interlocutrice, un téléphone portable brandi en évidence. Et un sourire obséquieux sur le visage, qui semble s'adresser aussi bien à sa visiteuse qu'à son interlocuteur au bout du fil.

— Il vous attend, dit l'ambassadeur en tendant le combiné à l'Ukrainienne.

— Olena Vladimirovna, mes félicitations pour votre brillante élection, dit une voix dans l'appareil.

Et la Présidente reconnaît immédiatement les intonations un peu abruptes mais sirupeuses de Vladimir Poutine.

— Merci, Vladimir Vladimirovitch, j'espère que nos deux pays pourront travailler en bonne intelligence.

— Je n'en doute pas. Tant que chacun de nous agit dans le sens de l'intérêt commun, nous ne pouvons que faire de grandes choses...

Voilà pour les banalités. Mais le président russe ne peut s'empêcher d'ajouter :

— ... et à condition, cela va de soi, que chacun respecte les priorités de l'autre...

— Que voulez-vous dire, monsieur le président ?

— Oh, rien que des choses évidentes et très générales ! Acceptez encore une fois mes félicitations, Olena Vladimirovna. J'ai hâte de vous rencontrer très bientôt.

Du Vladimir Poutine tout craché. L'homme parle par énigmes et se contente des bonnes nouvelles, des messages consensuels. Le reste, les clarifications désagréables, c'est pour ses subordonnés, en l'occurrence Konstantin Ivanov, qui reprend le téléphone, visiblement satisfait de son effet.

— Un thé, Olena Vladimirovna ?

S'il avait demandé « Un peu de polonium, Olena Vladimirovna ? », le ton eût été le même.

— Venons-en aux faits, si vous le voulez bien. Pourquoi me menacez-vous via les médias de Platon Eremeev ? Votre président vient à nouveau d'exprimer le souhait que nous puissions travailler en bonne intelligence...

— Mon président a parlé des priorités existantes pour nos deux pays.

— Quelles sont-elles ?

Quand il répond, le visage grêlé de Konstantin Ivanov

perd cette expression affable forgée par trente années au service de la très ancienne et honorable diplomatie russe :

— Le 31 décembre, le contrat gazier conclu entre nos deux pays il y a dix ans arrivera à son terme. Vous n'ignorez pas combien cette échéance est importante pour les deux parties. Ce contrat avait été signé à une époque où les relations entre la Russie et l'Ukraine étaient, disons, plus simples. Nous aimerions que le nouveau contrat, signé pour une période de dix ans, permette d'ouvrir une nouvelle ère dans notre coopération. Et soit profitable à tous.

— Quel besoin d'exercer des menaces, si vos projets doivent être bénéfiques pour tout le monde ?

Olena Hapko feint l'assurance mais elle marche sur des œufs. Elle n'a pas attendu les confidences d'Ivanov pour savoir que le dossier gazier avec la Russie serait en tête de son agenda, dès son élection. Une décision qui représente des milliards de dollars et par laquelle, surtout, seront définies les relations entre Moscou et Kiev pour les dix prochaines années. Autrement dit, le hasard du calendrier a fait que c'est à elle qu'échoit la décision la plus importante de la décennie pour l'Ukraine.

— Ne soyez pas naïve, reprend l'ambassadeur russe, sans qu'Olena relève l'impertinence. Nous sommes tous conscients que cet accord est bien plus qu'un accord commercial. Votre destin politique se joue ici, de même que les perspectives de développement de l'Ukraine pour les années à venir. Notre message ne vise rien d'autre que vous rappeler qu'il faut éviter tout affect dans ce dossier. Mais rassurez-vous, le projet que nous avons conçu vous est parfaitement favorable ! Notre idée est de revaloriser les termes du contrat de transit pour le gaz que nous vendons aux Européens. En clair, d'augmenter les dividendes que vous percevez pour le transit par les tuyaux situés sur votre territoire… Dans le même temps, nous adopterons une grille tarifaire sur mesure, s'agissant du gaz que vous utilisez pour votre consommation intérieure. Formellement, nous vous vendrons ce gaz à un prix supérieur à celui que vous payez actuellement, qui ne correspond absolument pas aux réalités du marché. Le prix officiel serait donc celui du marché, sauf que nous serions disposés à vous accorder chaque année une ristourne importante. Non via un rabais mais via des livraisons supplémentaires subventionnées. Rosneft vous livrerait directement du gaz payé par l'État russe. L'Ukraine serait doublement gagnante : plus d'argent pour le transit, plus de gaz à un prix préférentiel.

Ou doublement perdante ! Il suffit de quelques secondes à Olena pour réaliser l'audace de la proposition russe. En quelques mots, Ivanov vient de rappeler à la Présidente le destin de l'hetman Mazepa : écrasé à la bataille de Poltava, aux côtés de son allié suédois, la gueule dans la boue, humilié avant d'aller mourir sur les terres moldaves. Tout dans le plan russe ressemble à un piège. Ivanov parlait d'or en rappelant que ce contrat était tout sauf commercial. En l'état, sa proposition revient à faire de l'Ukraine le vassal de Moscou pour un bon nombre d'années.

L'augmentation des tarifs de transit du gaz russe dans les gazoducs ukrainiens, aussi séduisante soit-elle, est une illusion. L'argent ne servira qu'à enrichir une poignée d'intermédiaires véreux aux ordres du Kremlin, qui constitueront autant d'agents de la Russie dans les affaires ukrainiennes. Les finances de Kiev n'en verront pas la couleur. Quant au volet commercial, c'est encore pire. L'Ukraine perdra son rabais et se retrouvera à devoir mendier chaque année de nouveaux avantages en nature. Chaque année, Moscou appliquera le même chantage, réclamera un alignement politique et diplomatique complet avant d'offrir son susucre boosté aux hydrocarbures. Et le surplus de gaz envoyé, sans enrichir Kiev, enfoncera encore un peu plus les industries ukrainiennes, vieillissantes et très consommatrices, dans l'orbite et la dépendance russes. Le Kremlin ne s'y est d'ailleurs pas trompé : si la Présidente voulait avantager ses propres complexes sidérurgiques, avides de charbon et de gaz, elle sauterait sur la proposition russe. En acceptant ce pot-de-vin, elle se placerait dans la gueule du loup.

Olena comprend les menaces formulées sur Ukraine 24 et BTV. Elles confirment ses pires craintes. Pas une seconde les stratèges russes n'ont envisagé qu'elle serait assez naïve pour accepter sciemment ce piège. Alors ils ont pris les devants pour lui rappeler qu'elle n'était pas entièrement libre de son choix. Le chantage qu'elle pressent lui envoie une décharge dans tout le corps. Le regard qu'elle retourne à l'ambassadeur russe est celui d'une bête blessée.

— Quels sont les dossiers que vous *estimez* avoir sur moi ? demande-t-elle d'une voix glacée.

— Enfin, nous ne sommes pas des maîtres chanteurs ! se défend l'autre en prenant une expression indignée.

— Épargnez-moi votre numéro de courtisan et balancez votre merde, Ivanov !

Cet accès de vulgarité a fait du bien à Olena, mais l'autre sourit, du sourire supérieur de ceux qui se savent à l'abri. Le même sourire qu'adressent les bien-nés à ceux qui se sont faits à la force du poignet et risquent tout à chaque coup.

— Laissez-moi vous rappeler une époque pas si lointaine, Olena Vladimirovna. Vous étiez jeune alors, vous avanciez vite, mais vous devriez vous souvenir de chaque instant de votre ascension. Vous n'étiez pas seule, en ce temps. Olena Vladimirovna, nous étions à vos côtés, dans les moments les meilleurs comme dans les pires…

Automne 1999, région de Zaporojie

À Zaporojie, à quelques centaines de kilomètres en aval de Kiev, le Dniepr coule d'une manière singulière, tout aussi majestueuse mais plus sauvage. Peut-être la steppe environnante donne-t-elle au fleuve parsemé d'îlots son allure impétueuse et méridionale, qui rappelle les chevauchées des Cosaques zaporogues, ces paysans-soldats installés les premiers sur les îles. Ou bien, plus simplement, est-ce la pollution déversée par les usines qui donne à l'eau sa teinte métallique et crée ces tourbillons menaçants…

Les usines. Olena devine leur silhouette au-delà de l'horizon barré par les pins. Poussée par le vent, leur fumée s'échappe vers l'ouest et épargne la maison de bois dans laquelle la femme d'affaires s'est réfugiée. Là, à quelques encablures au sud de la ville, le cours d'eau s'élargit encore, on aperçoit à peine la rive en face.

La vue des cheminées ne suffit pas à calmer l'angoisse de la Chienne. Elle respire fort, l'odeur du fleuve pénètre ses narines, odeur mêlée de mousse et de marais. Elle a 39 ans et elle va tout perdre. Elle se force à fermer les yeux, à imaginer l'agitation qui règne au pied des mastodontes de brique et de ciment. Elle voit les files de travailleurs en tenue bleue, les vestiaires à perte de vue, les immenses hangars où le métal en fusion est recraché par des bouches de feu orangées. Elle aime ces forteresses d'acier, leur atmosphère intemporelle, et jusqu'à l'odeur âcre que produisent les machines, celle de l'acier brûlant tordu et martyrisé par les presses. Les complexes sidérurgiques sont pour Olena plus qu'un actif prometteur ou un moyen d'amasser du capital. Elle se sent intimement liée aux fours et au métal qui en sort, aux sidérurgistes durs et taiseux. Même si elle sait que pour assurer la rentabilité de l'industrie il faudra licencier une bonne moitié du personnel, en finir avec les restes du coûteux système soviétique qui prend en charge toute la vie des ouvriers, depuis les vacances à la mer jusqu'à la livraison des bouteilles de lait matinales. Si elle peut être sentimentale devant la perfection d'un cylindre d'acier sortant de la chaîne, que ses ouvriers arrêtent de boire du lait est le cadet de ses soucis.

Ces quatre dernières années, elle a manœuvré habilement pour s'imposer sur ce marché. Elle a pourtant raté les opportunités les plus juteuses, la première vague de privatisations. Elle ne disposait ni des fonds ni des contacts suffisants pour jouer les premiers rôles. Les plus gros morceaux ont été emportés par ceux qui avaient commencé avant même la chute de l'URSS – les bandits et les communistes. Elle est arrivée après, certes, mais avec une vision et de l'ambition. Quand les cours se sont écroulés, elle est apparue en sauveuse, proposant des prix raisonnables aux investisseurs soucieux de se désengager. La banque du Chevelu l'a soutenue. Elle est parvenue à se défaire de sa tutelle quand les cours ont remonté. C'est seule qu'elle a pu, quelques mois plus tôt, achever son offensive sur l'acier de Zaporojie en rachetant ZaporojMetal, le joyau régional, près de trois millions de tonnes de métal produites annuellement. L'usine était détenue par un consortium néerlandais qui a décidé de délocaliser l'ensemble de sa production en Inde et s'est montré prêt à vendre les chaînes à la découpe. Quand les gros poissons de Donetsk et de Dnipropetrovsk ont réalisé qu'ils passaient à côté d'une affaire en or, il était trop tard.

Seulement, son investissement génial s'est transformé en piège pour Olena. C'est à cause de lui qu'elle grelotte sur les bords du Dniepr, fugitive recluse dans une maison cachée dans la forêt, attendant avec angoisse le retour des émissaires qu'elle a dépêchés à Kiev. Deux mois après l'achat de ZaporojMetal, l'offensive a commencé. La holding d'Olena a reçu un avis du tribunal de commerce de la région estimant la vente illégale et exigeant que le bien soit replacé dans le domaine public, nationalisé à un prix dérisoire. Olena a éclaté de rire devant la grossièreté de la manœuvre : autant la légalité de certaines de ses acquisitions passées aurait pu être contestée, autant cet achat-là avait été fait dans les règles de l'art. Il ne lui a pas fallu attendre bien longtemps pour comprendre d'où venait l'attaque. Quelques jours après que la décision de justice lui a été notifiée, des inconnus accompagnés de membres de la Garde nationale ont envahi les bureaux de l'usine, brandissant un titre de propriété au nom d'un certain Olexandr Kliatch, un homme d'affaires de second rang lié au clan de Poltava. Olena a parfaitement réagi face à ce raid brutal, digne du début des années quatre-vingt-dix, quand faux documents et battes de baseball suffisaient à s'emparer d'une entreprise. Pendant que ses hommes faisaient face, enfermés dans l'usine, elle a mobilisé ses contacts au sein de la police locale. Une trentaine d'hommes armés ont été dépêchés pour protéger les lieux. Pendant ce temps, un magistrat de la ville rémunéré quelques milliers de dollars se dépêchait de rendre un jugement réaffirmant la légalité de la vente de ZaporojMetal et invalidant la décision de son confrère du tribunal de commerce régional.

C'est là qu'Olena a commis une erreur. Pensant avoir repris la main, elle a voulu punir l'insolent Kliatch et montrer sa force à ceux qui auraient été tentés de l'imiter. L'homme d'affaires a été invité à une «réunion de conciliation» en terrain neutre, à Dnipropetrovsk. Là, ses hommes ont été désarmés et Kliatch emmené dans un bois voisin. Olena était absente et l'opération a été conduite par son lieutenant, Semion Moissenko. C'est aussi Semion qui, personnellement, a brisé les rotules de Kliatch à la barre de métal, l'abandonnant sanglotant de douleur dans un fossé.

Ce qu'Olena a négligé, c'est l'ampleur des soutiens de l'homme d'affaires. Loin de lancer son offensive seul, Kliatch agissait en partenariat avec le fils du procureur général d'Ukraine, un jeune ambitieux prêt à profiter de toutes les possibilités offertes par la position de son père et assez malin pour rester dans l'ombre. Au lieu de réagir de façon impulsive et brutale, Olena aurait dû se renseigner. Si elle l'avait fait, elle aurait pu régler le conflit en s'adressant directement à Kiev. Quelques dizaines de milliers de dollars auraient suffi à calmer les appétits du fils et de son partenaire, Kliatch. Au lieu de cela, il lui a fallu attendre de voir le SBU débarquer dans ses locaux pour comprendre son erreur. Les hommes des services de sécurité, armés et masqués comme pour une opération antiterroriste, ont investi simultanément les bureaux de sa holding, Steel Invest, et ceux de ses principales usines. Ils ont arrêté plusieurs de ses managers, cherché Semion Grandes-Mains jusqu'à son appartement, sans lui mettre la main dessus. Pourtant, il n'a pas été question des genoux brisés de Kliatch. La menace est encore plus terrifiante : le SBU a agi dans le cadre d'une enquête ouverte directement contre elle, Olena Hapko, et son groupe, pour détournement de fonds, blanchiment, corruption, enrichissement illégal. Ses adversaires n'y sont pas allés de main morte : en mobilisant toute la gamme des crimes économiques les plus graves, ils s'offrent le droit de l'envoyer au trou pour vingt ans et, surtout, de dépecer son empire industriel naissant. Ce jour-là, elle apprend une leçon amère : si les politiques paraissent toujours prêts à ramper aux pieds des hommes d'affaires, ceux-ci peuvent être balayés en un rien de temps par la machine de l'État. Seule l'alliance des deux peut ressembler à une garantie de sécurité. Si elle ne veut pas rester vulnérable, Olena doit être plus qu'une simple femme d'affaires.

La Chienne a échappé de peu à l'arrestation et s'est réfugiée dans cette maison sur les bords du Dniepr, dont l'existence est connue seulement de ses plus proches collaborateurs. La présence de Semion, qui l'a rejointe deux jours plus tard, la rassure, mais que pourra-t-il si les commandos du SBU donnent l'assaut ? Face à la violence de l'attaque qu'elle subit, elle se sent désarmée. Tout ce qu'elle a pu faire a été d'envoyer ses derniers lieutenants encore en liberté sonder le terrain à Kiev et transmettre le message qu'elle est prête à négocier. Elle n'a pas même de plan précis ; chacun de ses hommes a reçu la mission d'approcher un des acteurs majeurs de la capitale : les bureaux de la présidence, d'abord, ceux du Premier ministre, mais aussi les oligarques les plus puissants, à commencer par son ancien partenaire Iossif Kozilevski, le Chevelu. Elle ignore s'ils ont les moyens de lui venir en aide, mais en vérité elle doute surtout qu'ils en aient la moindre envie. Elle les imagine déjà évoquer son sort en riant et en se tenant le ventre. Derrière leurs sourires, elle sait qu'aucun des hommes d'affaires du pays ne supporte qu'elle, une femme, puisse même songer appartenir à leur cercle. Ils l'appellent « la Chienne », mais quand elle voudrait y voir une reconnaissance de sa férocité, eux ne l'imaginent que soumise, à quatre pattes. Elle leur arracherait la gorge à mains nues, si elle le pouvait... À la place, elle se baisse et ramasse sur le sol mouillé un morceau de bois mort humide. Elle tente de se calmer à son contact, avant de le jeter aussi loin qu'elle le peut dans les eaux du fleuve. Elle l'observe un instant, ballotté, comme elle incapable de choisir une trajectoire. Elle a 39 ans, son règne aura été bref.

J – 20, Kiev

Ce doit être le dernier mail d'une soirée épuisante. Olena Hapko a l'impression qu'elle n'a pas dormi depuis vingt ans et elle sait que durant les cinq prochaines années ce ne sera pas mieux. Tant pis. C'est ailleurs qu'elle puise son énergie. Longtemps, ce fut la survie. La certitude d'être seule contre tous, la conviction qu'il faut avancer pour ne pas tomber, ne jamais montrer le dos, ne jamais attendre une main secourable. Ne compter que sur elle-même, elle a aimé ça. C'est ce qui lui a évité de devenir une moins-que-rien – vendeuse de vêtements, prof, scientifique sous-payée, qu'importe. Elle pourrait s'arrêter, se reposer. Mais elle n'est pas faite ainsi. Elle s'est prise au jeu : se battre, gagner, dominer, prouver sa force. Ils sont tous comme elle, d'ailleurs : le Gendre, le Chevelu, le Technocrate... Et même, d'une certaine façon, Ivanov, l'ambassadeur. Ce sont des loups. Ils aiment l'odeur du sang plus encore que le goût de la chair arrachée. Le combat, les crocs qui se plantent dans l'échine du rival, être le premier de la horde, le plus puissant, le plus cruel, inspirer le respect ou la peur. Elle n'est pas différente d'eux : parmi les Loups, elle est la Chienne. Si c'était l'argent qui les stimulait, ils se seraient retirés depuis longtemps dans leurs villas sur les bords du Léman. Aucun ne l'a fait : pour eux, l'Europe et ses cadres rassurants, sa sécurité juridique, ne sont au mieux qu'une base arrière. Ils ont seulement un peu vieilli. Il y a longtemps, quand ils s'affrontaient à l'arme automatique, c'était leur vie qu'ils plaçaient sur le tapis. Désormais les règles sont moins violentes, on joue par usines interposées, par factions au Parlement, ou dans les travées des tribunaux britanniques. L'objectif reste le même : dominer. Dans ce jeu, le peuple a toujours été une variable d'ajustement. Les brebis que l'on peut tondre à l'envi, dévorer et recracher par milliers d'ossements broyés, pour montrer sa puissance, pour engraisser et rester le plus fort. C'est là qu'elle veut les battre : elle va changer les règles, gagner pour de bon en faisant du peuple son allié, en construisant un État réellement fort. Elle a atteint la position la plus haute dans la hiérarchie, mais elle ira plus loin. À son poste, elle accomplira de grandes choses, elle laissera son empreinte dans l'histoire, elle sera aimée. Elle restera à jamais au sommet de la horde, à jamais indépassable.

Sauf si... Il reste un dernier obstacle à franchir, un dernier adversaire à abattre, et pas des moindres. La voix suave de Vladimir Poutine, qu'elle a entendue brièvement au téléphone, lui revient en mémoire. Derrière le timbre aigu du président russe, elle a senti son assurance, presque de l'amusement. La première fois qu'elle l'a rencontré, il n'y avait que le timbre aigu. Ce devait être en 2001 ou 2002, lors d'une de ces conférences internationales où se mêlent grands de la finance et de la politique. L'ancien officier du FSB paraissait mal à l'aise dans ses habits de président. Il avait passé les deux jours de l'événement à faire des sourires aux dirigeants occidentaux présents, à guetter leur approbation, particulièrement celle des Américains. Quand il avait aperçu Olena dans un couloir, sa suite de brutes à oreillettes sur les talons, il avait paru intimidé. Il avait encore exagéré sa démarche chaloupée de sportif ou de mauvais garçon, cachant sa gêne dans les mouvements secs de ses bras. Était-ce l'aura de la Chienne, ou plus simplement le fait de s'adresser à une femme sûre d'elle et séduisante ? Le président russe avait retrouvé pour la saluer les gestes gauches et l'air falot de sa jeunesse, accentué par son costume trop large. Elle s'était forcée, pour le mettre à l'aise, à lui débiter une blague vulgaire, facile, sur ces Occidentaux si friands de sommets internationaux dans les montagnes et qui grelottaient dès qu'ils sortaient dans la rue, même le temps de rejoindre leur voiture. Il lui en avait été reconnaissant, elle l'avait lu dans ses yeux. Et voilà que dix ans plus tard il la menace à mots couverts... Olena ne sous-estime pas son adversaire. Depuis qu'il est au pouvoir, il a montré en quelle estime il tenait les oligarques, ceux du même sang qu'Olena Hapko. Khodorkovski est en prison, Berezovski en exil, Goussinski a tout perdu... Les autres se tiennent tranquilles, ils ont compris les règles : ne pas faire de politique, ne pas chercher à conduire ses affaires de manière vertueuse et partager le gâteau avec les nouveaux venus, les amis du chef – ses copains de judo, ses anciens collègues du KGB ou de Saint-Pétersbourg, ses partenaires en affaires… L'Ukraine n'a plus rien à voir avec la Russie : sa démocratie est imparfaite, mais la concurrence entre oligarques crée un semblant de pluralisme. Quelques mois plus tôt, Poutine est revenu à la présidence après avoir pris le risque insensé d'abandonner les rênes à sa terne doublure, le Premier ministre Medvedev. On dit ces deux-là pédés, se rappelle Olena, cherchant à distinguer dans les intonations du président si elle peut se faire son idée. Elle ne sous-estime pas son adversaire mais elle sait combien il peut être lent, calculateur. Poutine n'est véritablement agressif que quand il est acculé, menacé. En jouant finement, elle peut retarder l'échéance, semer la confusion chez l'adversaire. Les Russes n'ont aucune raison de passer immédiatement à l'offensive. Ils lui ont lancé une perche, désormais ils attendent de voir. Lors des négociations gazières, elle saura prendre le dessus. Pour cela, elle dispose d'un avantage sur son interlocuteur : elle est une femme. Poutine a l'air de les craindre à en mourir, ses blagues misogynes le prouvent. Les Russes veulent la déstabiliser, la pousser à la faute, c'est de bonne guerre. Cela ne veut pas dire qu'ils soient prêts à utiliser toutes leurs cartouches d'un coup, ce serait idiot de leur part. En attendant, charge à elle de gagner du temps, de renforcer ses positions, de faire le ménage…

Elle se lève un instant de sa table de travail, fait quelques pas dans l'immense chambre. Que ces combats lui coûtent ! Comme elle aimerait, parfois, pouvoir se laisser aller. À la mélancolie, à montrer ses faiblesses, ou tout simplement au repos… toutes ces choses qu'on appelle, dans le troupeau des brebis, une vie normale.

Son corps lui-même souffre, dans cette lutte sans fin. Elle observe dans le miroir son visage libéré de tout maquillage, ses joues gonflées qui commencent à tomber, ses paupières lourdes, ses lèvres qui s'assèchent, les rides sur son front. Seuls ses cheveux noirs et volumineux lui rappellent un passé innocent, presque douillet. Même ses yeux bleus ont perdu de leur éclat.

Il faut finir cette journée, ce dernier mail. Elle est déjà en sous-vêtements, un bas de jogging pour seul habit. Machinalement, elle fait un tour sur sa page Facebook. Ce n'est pas elle qui l'anime, mais elle aime y jeter un œil, à l'occasion, pour guetter l'humeur du peuple. Elle ne veut pas gouverner du haut d'une tour d'ivoire, entourée de conseillers hypocrites ou aveugles, qui ne cherchent qu'à lui cacher la réalité pour la préserver, elle ou leurs propres intérêts. Elle préfère encore lire les insultes qui lui sont destinées.

En haut de la page, un «article suggéré» par le réseau social attire son attention.

INCROYABLE !
Un jeune Britannique hospitalisé
après avoir mangé des noyaux de cerises !

Elle blêmit, sa paupière gauche est saisie d'un tremblement, à peine visible mais incontrôlable. Fébrile, elle clique sur le lien.

Olliver Harrington, un jeune Britannique habitant Bristol s'est montré trop curieux ! Il a voulu goûter au noyau d'une cerise, ou plutôt à la petite amande que contiennent les noyaux des cerises, mais aussi des pêches, des abricots ou des prunes... Olliver ne le savait pas, mais quelle imprudence! Ces noyaux contiennent de l'amygdaline, qui, au cours de la digestion, se transforme en cyanure d'hydrogène, un poison nocif. Après avoir mangé quatre noyaux, Olliver a été pris de maux de tête, de vomissements et d'une forte fièvre. Il a dû être transporté à l'hôpital! Et encore, notre ami britannique a été chanceux: ingéré en quantité plus importante, le poison, très nocif pour le cœur, peut entraîner la mort!

Olena finit sa lecture, plus blême que jamais. La première question qu'elle se pose est sans importance : ont-ils piraté son ordinateur, ou bien ont-ils la capacité, via Facebook, de lui envoyer cette info ciblée? Le site Internet sur lequel elle a atterri a été construit à la va-vite. Il contient quelques articles récents, essentiellement sur le thème des voitures et des élections de miss. Pour confirmer son intuition, elle tape le nom «Olliver Harrington» dans Google. Rien de concordant. D'autres articles, en revanche, évoquent bel et bien des accidents provoqués par l'absorption de noyaux de cerises et d'autres fruits. Intéressant, ne peut-elle s'empêcher de noter avec agacement.

Olliver Harrington, O. H... Le message est limpide. O. H., ses propres initiales. C'est à elle qu'on s'adresse, directement. Et le reste est tout aussi lisible: ils ont les moyens de lui empoisonner la vie, de la tuer au sens figuré comme au sens propre. Ils n'hésiteront pas pour cela à aller sur la place publique. Olena s'est trompée en croyant avoir du temps. À présent, elle n'a plus de doutes : les Russes sont déjà passés à l'offensive. L'ambassadeur lui a envoyé un premier message, qu'elle a préféré ignorer, effrayée peut-être par l'ampleur de la menace. Ils n'ont pas attendu plus de vingt-quatre heures avant de clarifier leurs intentions, de faire monter la pression. Elle est sonnée, honteuse même de s'être laissé piéger à ce point. Le plus simple serait de tout arrêter, céder au chantage russe, signer l'accord gazier. Ou jeter l'éponge dès à présent, éviter l'humiliation et se retirer par la petite porte.

Elle tente de se calmer, va s'asseoir sur son lit ridiculement orné d'une étoffe dorée d'aussi mauvais goût que la salle de bal où elle a fêté sa victoire. Sa victoire qu'on menace de lui dérober, sa vie qu'on veut faire voler en éclats au nom de quelques erreurs passées, de quelques noyaux de cerises. Elle reprend son souffle, vide un verre d'eau. Il faut analyser la situation le plus froidement possible. Elle est mauvaise, certes, mais pas désespérée. Avec maestria, les Russes lui confirment qu'ils ont encore les documents relatifs à leur « aide désintéressée », treize ans plus tôt. Tout y est, jusqu'à la menace du poison. Les types qui ont écrit le scénario, à Moscou, devaient se fendre la poire, sacrément contents d'eux-mêmes ! Comment a-t-elle pu croire que ce sauvetage miraculeux ne se rappellerait pas à elle un jour ? Rembourser n'est jamais suffisant dans pareils cas. Comment a-t-elle pu ne pas comprendre que les services russes étaient à la manœuvre, alors ?! Ou bien elle l'a compris mais a préféré fermer les yeux. Elle a été prudente, pourtant. Sans savoir précisément à qui elle avait affaire, elle a pressenti le coup fourré, elle a agi en conséquence. Il est impossible qu'ils aient *tout*. À elle de leur couper la route... Elle n'est peut-être pas ceinture noire de judo, comme le petit lieutenant-colonel du KGB, mais elle aussi sait employer la violence. Pour survivre, elle est prête à tout.

Automne 1999, région de Zaporojie

Bercée par les cahots de la route, Olena somnole, la tête brinquebalant de droite à gauche, emmitouflée dans une doudoune épaisse. À l'arrière de l'Audi qui file sur la chaussée défoncée, l'avocat Sepakine dort profondément, les mains cramponnées à sa mallette de cuir. Semion observe sa patronne à la dérobée, craignant de la voir se réveiller. La voiture file à près de cent kilomètres à l'heure, ses phares éclairent au dernier moment les nids-de-poule. Il les évite à coups de volant assurés qu'il espère les plus doux possible. La steppe défile dans l'obscurité, épargnant au conducteur le spectacle de ses ruines. Il a fallu moins de dix ans pour qu'un siècle de communisme glorieux s'enfonce dans la terre, englouti par la nature vorace. Laissés sans surveillance et sans usage, les usines, les voies ferrées, les châteaux d'eau se sont affaissés, lacérés par les ronces. L'avidité des hommes a fait le reste. Tout ce qui pouvait être vendu – métal, briques, machines – l'a été. Les désespérés des villes et des villages voisins ont fini le travail, mettant à bas ces vestiges qui les narguaient, ces bâtiments dans lesquels ils avaient travaillé toute leur vie avant de se voir envoyés au rebut, perdant dans la même seconde leur travail, leur pays, leur dignité. N'est restée que la rouille, et sous elle des fondations coulées pour les siècles. C'est sur ce paysage dévasté qu'Olena veut régner à présent, si on la laisse se relever. Semion n'entretient aucun doute à ce sujet : ceux qui essaient aujourd'hui de l'abattre finiront par mordre la poussière.

Se fier à l'expression sereine qu'elle affiche dans son sommeil serait une erreur. Semion connaît assez son vrai visage pour savoir ce qu'elle vaut. Ce n'est pas pour rien qu'il s'est rallié à sa cause, six ans plus tôt. Il est devenu chef de bande parce qu'il était moins idiot que les brutes qui la composaient, mais quand il a croisé la route d'Olena, il a compris que leur chemin à eux ne menait nulle part : un groupe de copains qui jouent aux malfrats pour impressionner les filles et passer le temps. Olena était d'un autre métal – plomb des balles ou acier des hauts-fourneaux. Ce qu'elle lui a fait miroiter, c'était un vrai avenir : pouvoir, argent, et un pied dans la gueule de tous ceux qui oseraient se mettre en travers, cette dernière partie étant précisément le domaine réservé de Semion. Le petit bandit de Donetsk a aussi mis ses pas dans ceux de la Chienne, poussé par la curiosité, pour voir jusqu'où une femme comme celle-là pouvait aller. Puis est venue la foi dans la justesse de ses actions. En deux mois à ses côtés, il s'est convaincu qu'elle *méritait* ses succès, qu'elle *méritait* d'être défendue, protégée. Les coups qu'elle mettait à leurs rivaux portaient bien plus que les siens, ils chassaient les offenses plus efficacement que ses bottes n'auraient pu le faire.

Un cahot soudain envoie la tête de la Chienne valdinguer contre la vitre, achevant de la réveiller. Elle se tourne vers le chauffeur, les yeux encore mi-clos mais allumés d'une lueur malicieuse qu'il ne lui a pas vue depuis longtemps.

— Semion, pourquoi tu n'as jamais essayé de me sauter ?

L'homme de main ravale un hoquet de surprise et montre un visage qui, espère-t-il, masque au moins une partie de son embarras. Cela fait longtemps qu'il ne prête plus attention à la beauté généreuse de sa patronne. Elle l'a impressionné, dans les premiers temps, il a même ressenti du désir pour elle, pour ses seins épanouis, ses yeux bleus profonds, son visage rond et harmonieux encadré de cheveux noirs toujours soigneusement coiffés. Il n'a jamais osé faire le premier pas et il ne le regrette pas. Peu à peu, la séduction d'Olena s'est effacée aux yeux du bandit. Sa beauté est une arme parmi d'autres. Peut-être a-t-il trop eu l'occasion de la voir autre, froide et cruelle, pour distinguer encore sous ses traits le semblant d'innocence qui lui permettrait de la désirer. C'est sans doute ce sentimentalisme niais qui explique qu'elle est le chef et lui l'exécutant... Il conserve un ton badin pour répondre :

— Peut-être parce que je pressens en toi un peu de la mante religieuse qui dévore son partenaire après l'acte...

— Et ça te fait peur ?

— Ce qui me fait peur, c'est de briser notre partenariat. Je pense qu'on peut faire encore des choses ensemble.

Olena se retourne dans l'obscurité, blessée par les mots de son lieutenant. Ce n'est pas tant qu'il se qualifie de « partenaire », lui qui joue plutôt les hommes de main – chacun doit avoir l'illusion de son indispensabilité... Elle apprécie le professionnalisme et la fidélité de Semion, à l'heure où plus d'un l'aurait quittée. Mais elle aime aussi sa conversation, son calme. Elle se sent en confiance avec lui. Il ne la juge pas. C'est peut-être pour ça qu'elle le relance. Dans sa voix, Semion perçoit une pointe de timidité qu'il n'avait jamais entendue jusqu'alors. Elle n'oserait s'exposer de la sorte devant personne d'autre que lui.

— Nous ne sommes rien de plus que des partenaires ?

— Tu as gagné. Depuis que mon copain Micha Poupov m'a poussé dans une cuve de produits chimiques à 13 ans, à Donetsk, je n'ai jamais eu quelqu'un qui ressemblait plus à un ami que toi. Et si ça peut te rassurer, si tu avais un cul moins énorme, peut-être même que je te sauterais...

Olena éclate de rire en même temps qu'elle se tourne vers le conducteur pour planter ses griffes dans sa joue. La voiture fait une embardée et manque de sortir de la route, provoquant des rires redoublés. À l'arrière, l'avocat grogne, ses mains se crispent sur la poignée de sa mallette.

La Chienne se renfonce dans son siège en silence. Elle n'a pas été détendue de la sorte depuis plusieurs semaines, et à cette idée l'inquiétude la saisit à nouveau.

Ses émissaires sont revenus bredouilles de Kiev. Partout, ils ont trouvé porte close. Hapko est au bord du gouffre, acculée par des ennemis puissants; voler à son secours ne présente que des risques. Le salut est finalement arrivé de manière inattendue, en la personne d'un certain Mikhaïl Degtariov. C'est lui qui a approché Olena, s'annonçant comme le représentant d'un groupe d'investisseurs russo-ukrainiens prêts à « aider une collègue en difficulté ». La Chienne n'a pas cru un instant à cette fable, mais elle n'a eu d'autre choix que de l'inviter dans son refuge des bois. Tant pis pour le risque, rester inactive dans sa forêt à attendre un miracle n'avait aucun sens: s'ils le souhaitaient, ses ennemis pouvaient facilement la localiser et l'arrêter. Si on lui laissait un répit, c'était justement pour qu'elle ait l'opportunité de s'organiser, de proposer une solution.

Degtariov lui a fait bonne impression. Bien mis sans être poseur, le jeune intermédiaire est venu avec un gage sérieux. Le matin de son arrivée, quatre des directeurs de Steel Invest, emprisonnés depuis l'assaut lancé par Kliatch et ses amis, ont été libérés.

« Vous voyez que nous avons le bras long, a-t-il commenté avec assurance, en s'installant sans manières auprès du poêle.

— Quel est ce "nous" derrière lequel vous vous abritez ? » a demandé Olena, dévoilant un peu trop vite son inquiétude.

Le jeune homme a répété son couplet. Il représentait

un groupe d'investisseurs venant des deux pays, Russie et Ukraine, persuadés qu'un certain équilibre devait être maintenu sur le marché ukrainien.

« Nous pensons que l'Ukraine ne doit pas être tenue par un groupe trop restreint d'acteurs, a-t-il poursuivi. Cela affaiblirait la position des personnes que je représente en Russie. Pour cela, nous sommes prêts à aider des acteurs émergents et prometteurs. Comme vous. »

Le masque est vite tombé. Fini le groupe d'investisseurs « russo-ukrainiens », l'intermédiaire Degtariov a clairement laissé entendre que ses vrais patrons étaient à Moscou, pas à Kiev. En un sens, cela a rassuré Olena. L'idée est claire, cohérente : pour que les affaires ukrainiennes restent sous la domination des oligarques russes, il faut éviter l'apparition d'acteurs trop puissants en Ukraine même. Olena est un facteur d'équilibre, comme l'a dit l'autre. La remettre à flot permet de lutter contre l'hégémonie du groupe en train de se former autour du président, désormais allié à Teodor Valkov, le gendre de son prédécesseur. Et puis a-t-elle le choix ? Si elle refuse l'aide qui lui est proposée, ce n'est pas seulement la fin de son empire naissant. Ceux qui l'attaquent ne sont pas du genre à accorder une seconde chance. Pour s'assurer qu'elle ne pose pas de problème, on la laissera croupir en prison une dizaine d'années.

La contrepartie demandée par Degtariov en échange de sa proposition a été formulée avec une prudence extrême, trop enrobée pour être innocente :

« Il se peut que nous soyons amenés à vous solliciter dans le futur, Olena Vladimirovna, mais pour l'instant nous ne vous demandons pour ainsi dire rien, a énoncé le jeune homme de sa voix douce et profonde. Nous allons nous occuper de vos difficultés : nous ne manquons pas d'amis raisonnables à Kiev, et les autres sauront être convaincus par des offres suffisamment généreuses. Les poursuites contre vous seront abandonnées, vos droits sur ZaporojMetal reconnus. Et vous, vous n'avez qu'à retourner à vos affaires. »

Degtariov a alors marqué une pause, avant de reprendre :

« Pour vous aider à vous relancer, nous nous proposons même de vous prêter les fonds nécessaires à l'achat de TechTsentr. La composition capitalistique du groupe offre de sérieux points faibles en ce moment, ce serait dommage de ne pas profiter d'une pareille occasion pour mettre la main dessus. »

Olena s'est sentie défaillir. Qui étaient ses mystérieux sauveurs et que voulaient-ils ? TechTsentr était loin d'être un géant de l'industrie ukrainienne, mais c'était l'une des entreprises les plus stratégiques du pays, l'un de ses rares fleurons technologiques, qui plus est dans un domaine éminemment sensible : la défense. Ses deux productions phares, depuis les années soixante-dix, étaient les pales d'hélicoptères et les ailes de bombardiers stratégiques. Peu après la chute de l'URSS, l'entreprise avait été partiellement privatisée, l'État gardant une moitié du capital. Surtout, elle avait su rester compétitive, et la fabrication par l'Ukraine d'hélicoptères performants reposait essentiellement sur son travail. Quant aux ailes, elles continuaient d'équiper les avions assemblés en Russie – destinés à l'aviation russe ou vendus à l'export. Autrement dit, un investissement intelligent, sûrement profitable, mais dont tout homme d'affaires un peu sensé comprendrait qu'il valait mieux rester à l'écart. Depuis les années quatre-vingt-dix, où les plus casse-cou s'étaient acoquinés avec les généraux pour revendre à travers la planète les arsenaux militaires, plus personne n'avait envie de jouer avec les armes de la Fédération de Russie ou de l'Ukraine. « Ce serait dommage de ne pas profiter... » On lui ordonnait, oui ! Dans quel but ? Olena n'en savait rien, et elle avait eu le bon goût de ne pas demander des éclaircissements que Degtariov ne lui aurait pas fournis. Mais c'est précisément sa méfiance qui l'a conduite à prendre la route de Gouliaï-Polie, dans la discrétion de la nuit, avec un Semion sur ses gardes et un avocat endormi.

Quand le panneau indiquant l'entrée du petit bourg apparaît dans les phares de l'Audi, Semion se résout à demander non pas l'objet de la mission, il est trop conscient de son rang pour cela, mais l'adresse à laquelle il doit conduire sa patronne.

— Nous allons rendre visite à ma vieille institutrice, Larissa Ivanovna, dévoile Olena avec une pointe d'amusement dans la voix. 22, rue du Prolétaire-Rouge.

— C'est donc elle que vous avez trouvée, commente d'une voix neutre l'avocat, qui n'a pas desserré les lèvres depuis que la voiture est entrée dans Gouliaï-Polie et qui constate avec effroi que la ville ne dispose pas du moindre éclairage public.

Larissa Ivanovna les accueille avec un sourire timide et une théière remplie d'un thé noir fort et sucré. Elle a fait entrer ses trois visiteurs dans un salon exigu rendu chaleureux par l'accumulation de tentures aux motifs vaguement africains. Dans les millions et millions de logements sensiblement identiques construits dans les années soixante, les *khrouchtchevki*, chacun a fait ce qu'il a pu pour se distinguer du voisin, gagner un semblant de singularité. Pour la vieille Ivanovna, c'est le Zaïre…

La vieille dame ne se détend que quand Olena, débarrassée de son encombrante doudoune, chaussée de confortables chaussons d'intérieur, prend ses mains et lui adresse un sourire chaleureux.

— Je suis heureuse de vous voir, Larissa Ivanovna, dit-elle d'une voix qui, note Semion, résonne d'une joie sincère. Cela fait au moins vingt-cinq ans !

— À peu près… Je t'ai eue en septième et en huitième classe, quand tu avais entre 14 et 15 ans. Tu en as près de 40, aujourd'hui…

— Et vous, quel âge aviez-vous ? demande Olena. Je n'ai jamais osé vous poser la question. Pour nous, tous les professeurs étaient des dames ou des messieurs, même si, vous, on voyait tout de suite que vous étiez différente…

Semion observe, attendri, la vieille femme se ragaillardir au rythme des compliments de son ancienne élève. Elle n'est plus la retraitée fanée qui leur a ouvert la porte, engoncée dans une vieille robe de laine. Ses joues ont retrouvé des couleurs, ses yeux paraissent légèrement mouillés. Ses mains noueuses font des moulinets gracieux, comme si elle parlait à nouveau depuis une estrade. C'est ce qu'il entrevoit de l'enfance d'Olena qui étonne le plus Semion. La rage de combattre, la violence, l'ambition, il a déjà vu tout cela, mais chez les damnés, les destins brisés, les enfants malheureux. De l'affection qu'il devine entre les deux femmes, Semion comprend qu'Olena n'était pas de ceux-là : une enfant douée, appliquée, appréciée...

— Je n'étais pas vieille, effectivement, répond Larissa Ivanovna avec une pointe de coquetterie. La première année où je t'ai eue dans mon cours de russe, en 1974, j'avais 35 ans. C'était ma troisième année à Gouliaï-Polie, et si je m'en souviens toujours, c'est en grande partie grâce à l'élève exceptionnelle que tu étais. J'en ai 60 aujourd'hui, et on a dû me pousser pour me faire partir à la retraite. Ce n'est pas pour moi, le potager, la télévision... Mais redis-moi pourquoi tu as décidé, toi une femme si importante, de venir voir ta vieille institutrice ?

— Je vous l'ai dit au téléphone, Larissa Ivanovna, j'ai besoin d'un service que je ne peux demander qu'à une personne de confiance... Trois fois rien, cela consiste principalement à signer des documents que je ne peux pas signer... Une fois la chose faite, vous n'en entendrez plus jamais parler.

La vieille femme se rembrunit.

— Rien d'illégal, Olenka ? Tu sais, je ne les écoute pas, mais des gens en ville disent que tu t'occupes de choses troubles avec des gens peu recommandables...

— Je ne fais rien d'illégal, Larissa Ivanovna, rassurez-vous. Mais vous savez que les temps ont changé... Aujourd'hui, on ne vit pas simplement avec l'amour de la littérature russe que vous nous avez enseigné... Si mon nom apparaît sur ces documents, des gens malintentionnés pourront chercher à me nuire.

— On vit avec rien, reprend immédiatement l'institutrice, le visage sévère de celle qui délivre une leçon importante. Quand j'enseignais, je croyais exercer un métier estimé... Eh bien voilà comment on me le rend ! Tu sais quel est le montant de ma retraite ? 100 dollars ! Je ne compte plus dans cette nouvelle monnaie bizarre qu'ils nous ont donnée, la hryvnia, ça change trop souvent. Moi, professeure de littérature russe formée à l'école soviétique, je compte mes économies dans ces maudits dollars... Quelle ironie ! Tu sais ce qu'on achète, avec 100 dollars ? Rien de plus que des patates et des betteraves...

— Larissa Ivanovna, si vous me le permettez, je voudrais vous remercier du service que vous allez me rendre en vous aidant un peu, dans mes moyens modestes...

La vieille ne relève pas. Cette part du deal est scellée.

— Mon nom apparaîtra ?

— Uniquement dans les archives de gens de confiance dans un pays étranger. Mais même très loin, il vaut mieux que ce soit votre nom, que personne ne connaît, plutôt que le mien.

— Je n'aurai pas d'ennuis ? tente une dernière fois la vieille, déjà vaincue.

L'avocat Sepakine prend le relais. Il choisit ses mots avec soin : un mélange travaillé qui donne à son interlocutrice la sensation de tout comprendre, mais pour mieux la laisser dans une confusion totale, incapable de résumer ce qu'on lui a expliqué. Le juriste ne prononce pas le mot «offshore», mais Semion saisit peu à peu de quoi il retourne. Le document qu'Olena a apporté est un ordre, passé par l'institutrice Larissa Ivanovna, concernant la création d'une société dans un pays dont elle ignore probablement jusqu'au nom mais dont la vertu principale est la discrétion de ses institutions financières. Une fois fondée, la société se voit adjoindre un compte dans une banque de ce pays ensoleillé. C'est à elle qu'il reviendra de racheter 41 % des parts de TechTsentr.

Olena multiplie les remparts : non contente de recevoir sur un compte offshore l'argent que les Russes s'apprêtent à lui remettre pour l'opération, elle se débrouille pour que son nom n'apparaisse nulle part, pas même dans les documents conservés aux îles Vierges, pourtant protégés par des procédures complexes garantissant un anonymat complet. Rien ne peut la relier à cette transaction embarrassante, si ce n'est un prête-nom. Restait à trouver la personne idoine, et l'opération s'est révélée plus délicate qu'il n'y paraît. Il fallait que le candidat soit suffisamment proche et dévoué pour accepter de signer tout ce qu'on lui demandait, y compris une délégation de pouvoir qui transfère à des avocats compétents la gestion de la société dont il est désormais l'heureux propriétaire, sans jamais être tenté de mettre son nez dans les affaires en question. Une grosse somme est tout sauf une garantie de confiance. Le choix de Larissa Ivanovna paraît intelligent, à voir la façon joyeuse et soumise dont l'institutrice finit par s'abandonner aux différentes procédures qui lui sont présentées.

— Quel nom allez-vous choisir pour la société que nous créons, Larissa Ivanovna ?

Olena Hapko s'est glissée derrière le canapé chamarré, penchant la tête avec bienveillance sur l'épaule de son ancienne professeure. Les rôles se sont inversés. L'élève s'adresse désormais à la maîtresse sur le même ton que si elle lui demandait : « Et comment s'appelle ta poupée ? »

— Je... ne sais pas, bafouille Larissa Ivanovna, impressionnée. Je n'ai jamais créé de société...

— Je peux vous faire des suggestions, intervient l'avocat d'un ton expert. Les sociétés-écrans ont souvent des noms en anglais évoquant des choses joyeuses : le soleil, la mer, la liberté d'entreprise...

— Je ne comprends rien à ce que vous me racontez ! coupe l'institutrice, à deux doigts de défaillir.

— Sunshine Limited, Blue Paradise, Pacific Logistics... poursuit l'avocat, perdu dans de douces rêveries.

— Je sais ! sursaute Larissa Ivanovna. Tu te souviens de ce récit que tu m'avais écrit ? En neuvième classe, je pense... Je l'ai encore ici, attends...

D'un coup, la voilà qui bondit vers la commode du salon, s'agenouille sans difficulté et enfouit sa tête dans une montagne de documents, de vieilles photos, de couvertures à l'odeur douteuse...

— Le voilà ! finit-elle par s'écrier en tendant à bout de bras un petit cahier d'écolier à la couverture bleu pâle.

Du même pas vif, elle revient au canapé, avant de déposer délicatement l'objet devant elle. De sa place, Semion ne distingue pas tous les mots tracés sur la couverture. Il peut néanmoins lire le titre, tracé d'une écriture ronde et soignée : « Le Noyau de cerise ». La vieille fait mine d'ouvrir la première page, mais Olena l'interrompt :

— Larissa Ivanovna, je me souviens du récit que je vous ai offert. Et nos amis ici présents ont mieux à faire que de le découvrir. Finissons ces papiers, si vous le voulez bien.

— Finissons, concède Larissa Ivanovna visiblement déçue, mais je voudrais que ma société s'appelle « Noyau de cerise ».

« Ma société »… La retraitée aux 100 dollars s'est vite coulée dans son nouveau rôle.

— « Noyau de cerise » ? répète l'avocat d'une voix étranglée.

Des yeux, il cherche le soutien de sa patronne, mais Olena Hapko reste muette, la mine renfrognée, regardant la couverture pâle avec des yeux un peu perdus.

— Et tout de même en anglais ? finit-il par demander, vaincu, d'une voix qui s'éteint dans les aigus.

— En anglais si vous voulez, consent Larissa Ivanovna. Mais j'ignore comment on dit « noyau de cerise » dans cette langue…

L'avocat ouvre la bouche puis la referme, interdit. Il regarde successivement la vieille, puis Semion, puis Olena. Pas plus qu'eux il ne parle le moindre mot d'anglais, au-delà du « *Hello, I'm Sepakine, the lawyer* » que lui a appris sa fille. D'un haussement d'épaules, Olena fait comprendre que l'affaire peut bien être retardée de quelques jours pour attendre le renfort d'autorités compétentes. À Zaporojie ou Kiev, on trouvera bien quelqu'un qui saura traduire « noyau de cerise »...

J – 19, Kiev

Elle a longuement réfléchi avant de convoquer ce petit déjeuner aux allures de conseil extraordinaire. Elle a passé en revue ses alliés de toujours, les gros bras qui ont accompagné son ascension dans les affaires, avant de les écarter l'un après l'autre. Trop balourds, trop brutaux, incapables de réagir intelligemment à la complexe équation que lui soumet, depuis Moscou, Olliver Harrington.

Son choix s'est finalement porté sur Oleg Belitch, son avocat au sang-froid de squale, et Ilia Kirilenko, ce jeune conseiller trop pétri de scrupules mais dont elle apprécie le regard fin et neuf. Sa décision l'a revigorée. Elle sent qu'elle peut se battre. Aussi étroite soit-elle, il existe une issue par laquelle elle peut se sortir du piège. Elle a besoin de confronter aux réactions de ses conseillers le plan audacieux qui déjà germe dans son esprit.

Elle s'est aussi interrogée sur ce qu'elle pouvait leur dire. Il lui coûte d'admettre devant eux ses erreurs passées, ses craintes du moment. Dans son monde, se confesser est déjà un aveu de faiblesse. Mais elle n'a pas le choix. En revanche, garder pour elle certains des détails clés relève non de la fierté mais de la plus élémentaire prudence.

Olena Hapko a invité les deux hommes à la rejoindre dans sa suite à 8 heures du matin et leur a exposé la situation. Elle évoque Kliatch, l'attaque conjointe du procureur général et du SBU, Mikhaïl Degtariov, son offre mystérieuse, TechTsentr, sa prudence au moment de conclure la transaction, les menaces de l'ambassadeur Ivanov...

Elle raconte aussi la manière dont les Russes sont revenus vers elle, quelques mois après l'acquisition de la société d'armement. Le rachat de 41 % des parts de TechTsentr, plus difficile que promis, était terminé depuis deux mois. Degtariov s'est invité dans le bureau de Kiev, où Olena avait retrouvé sa liberté de mouvement et sa dignité. Il a fait beaucoup moins de manières que la première fois et lui a exposé ce que son «groupe d'investisseurs» attendait d'elle : TechTsentr allait être liquidé, découpé en tranches aussitôt vendues. L'essentiel de la compagnie devait disparaître, dont la plus prestigieuse production, celle des pales d'hélicoptères. L'activité ailes d'avions serait la seule à être sauvée, mais pour être revendue en toute discrétion au géant militaire russe RosOboronExport. Elle n'avait eu d'autre choix que de s'exécuter, une nouvelle fois.

Belitch et Kirilenko écoutent ce récit, médusés. Sur leurs visages, elle lit l'effroi, la commisération, et peut-être un peu d'admiration pour l'instinct de survie sans faille dont leur patronne fait preuve depuis tant d'années. L'avocat est le premier à prendre la parole, résumant en quelques mots ce qu'Olena s'était elle-même dit en entendant les consignes de Degtariov :

— Aux yeux de l'opinion publique, ce que vous avez fait... ce que vous avez dû faire... s'apparente à de la haute trahison. Pour vous dire la vérité, je suis stupéfait d'entendre que c'est vous qui étiez derrière cette affaire mystérieuse. Aux yeux de l'opinion publique et peut-être aussi aux yeux de la justice... prend-il la peine de rectifier, la mine sombre.

À l'époque, le rachat puis la liquidation de TechTsentr avaient fait les gros titres de la presse. Des journalistes avaient essayé de remonter le fil des transactions ayant conduit à l'évaporation d'un fleuron national. Miracle du capitalisme financier mondialisé, personne n'y était parvenu. «Trahison» : le mot avait été employé. L'Ukraine se retrouvait perdante sur tous les tableaux, et pas seulement à cause de la disparition d'une entreprise performante. Le pays avait perdu son autonomie dans la construction d'hélicoptères civils et de combat. Son armée, déjà exsangue, se retrouvait dans ce secteur comme dans de nombreux autres avant lui sous la dépendance de Moscou. C'étaient toutes les ambitions à l'autonomie stratégique de Kiev qui se voyaient balayées. S'agissant des ailes d'avions, le tableau était exactement inverse : la Russie se libérait d'une dépendance industrielle handicapante pour finir de maîtriser toute la chaîne de construction de ses bombardiers stratégiques. Quelques années plus tard, les Russes avaient même fini par déplacer les lignes de production sur leur sol. Dans cette affaire, Olena avait travaillé contre les intérêts de son pays. Certes, personne n'envisageait qu'une guerre entre les deux États puisse survenir un jour, mais l'affaire restait grave.

— Les Ukrainiens sont prêts à pardonner beaucoup, reprend déjà Oleg Belitch. D'abord parce que le plus souvent ils ne comprennent rien à nos affaires, ensuite parce qu'ils pensent que c'est leur destin d'être gouvernés par des oligarques... peu scrupuleux. Mais apprendre que leurs gouvernants sont au service des Russes ou se font berner par eux, ça, ils risquent d'avoir du mal à l'accepter. Cela touche à notre fierté nationale. Si le scandale éclate durant votre présidence, vous aurez le pays entier contre vous, et pas seulement les franges nationalistes de l'électorat...

— Ce qui m'inquiète, corrige Olena d'une voix plus hésitante qu'elle ne l'aurait voulu, c'est que le scandale éclate avant même le début de ma présidence... Si les Russes veulent rendre publique l'affaire, ils ne manqueront pas de relais ici. Les chaînes du Technocrate se tiennent déjà aux aguets.

— Platon Eremeev n'est qu'un pion. Qu'est-ce que les Russes ont à leur disposition?

Ilia Kirilenko a posé la question d'une voix forte. Olena lui sait gré de ne pas s'être étendu, comme Belitch, sur l'aspect moral de la question. Il va droit au but.

— Des documents relatifs à des sociétés offshore. Lorsqu'ils m'ont versé des millions de dollars à investir dans TechTsentr, j'ai créé des structures ad hoc pour accueillir ces fonds. En clair, ils n'ont que le début de l'histoire, rien pour prouver l'existence de transferts ultérieurs ni leur utilisation. C'est une société aux îles

Vierges qui a acquis TechTsentr puis l'a revendue aux Russes. Ceux-ci peuvent juste prouver qu'ils ont d'abord transféré des fonds à cette société. Formellement, rien dans la structure administrative de cette compagnie ne me relie à elle, j'ai pris mes dispositions. Les documents ne sont de toute façon pas près de sortir. La réputation des paradis fiscaux dépend trop de leur discrétion. Au nom de celle-ci, ces guignols en chemises hawaïennes sont même prêts à résister aux services russes.

— En justice, le dossier ne vaut donc rien, réagit immédiatement Ilia Kirilenko. Les Russes vous menacent de «tout» révéler, mais ils n'ont à leur disposition que des documents parcellaires sur lesquels votre nom n'apparaît pas. On n'y trouve pas même la signature de vos avocats de l'époque?

Olena a oublié cet aspect-là.

— Si, dit-elle. Sepakine a coordonné les opérations, à l'époque... Il est mort.

— Bien, reprend Kirilenko sans s'appesantir, pendant que l'avocat Belitch, le successeur de Sepakine, regarde ses chaussures. Nos experts pourront clamer que ces documents sont des faux, et Sepakine ne sera pas là pour témoigner... Personne ne connaîtra le fin mot, à moins d'une fuite des données aux îles Vierges, d'un hacking... autant de choses improbables... Ce sera donc une bataille d'opinion, rien de plus. Or, savez-vous comment réagissent nos concitoyens à l'évocation de paradis fiscaux et de documents offshore?

— Mal?

— Vous avez tout faux.

— Comment ça?

— Ils s'en moquent royalement, conclut le jeune réformateur dans un sourire désabusé. Je le sais suffisamment : j'ai passé toute ma vie professionnelle à dévoiler les schémas financiers offshore de nos riches concitoyens, pour finir par me rendre compte que les Ukrainiens n'y accordaient pas la moindre importance. En réalité, c'est même pire que cela. Lorsque le mot « offshore » est prononcé, la moitié des gens ont déjà éteint leur poste, fatigués par avance des explications compliquées, des schémas infinis alignant les sociétés-écrans, les hommes de paille... Les Russes sous-estiment cela, l'ignorance et l'indifférence du peuple. Racontez, à l'inverse, qu'Untel a dépensé 100 000 dollars à Las Vegas et vous avez la une des journaux assurée, la moitié du pays prête à se soulever. Quand bien même les sommes sont ridicules à côté de ce qui transite sur les places offshore...

Les explications désabusées d'Ilia Kirilenko renforcent Olena dans son intuition. Elle peut prendre de vitesse l'offensive russe, la contrecarrer. Si, la première, elle dénonce publiquement le chantage de Moscou, évoque de faux documents forgés pour lui nuire, un complot, les Russes seront coincés. Les mêmes qui en Ukraine auraient été prêts à la pendre par les pieds comme agente des Russes prendront immédiatement fait et cause pour elle. Seulement, il y a un hic...

— La seule fois où je me souviens qu'un scandale lié à des comptes offshore a fait du bruit, poursuit Kirilenko, désormais intarissable, c'est dans le cas du député Azbakov. Pas pour la transaction elle-même, un banal pot-de-vin versé sur un compte aux Caïmans, mais parce qu'il est apparu que cet idiot avait finalisé l'affaire le jour de l'anniversaire de sa femme. Corrompu, c'était acceptable, goujat, ça ne passait pas, conclut le réformateur dans un éclat de rire où perce le dépit.

Le voilà, le hic, se dit Olena. La part imprévisible de l'opinion, l'émotion de la foule... Son Las Vegas à elle, ou «l'anniversaire de sa femme», ce pourrait être Larissa Ivanovna. La Chienne s'est bien gardée d'évoquer le prête-nom devant ses conseillers, encore moins de dévoiler son identité, mais c'est bien là son point faible. Si quelqu'un finissait par identifier la vieille institutrice, son visage rond et attendrissant de retraitée finirait par donner une incarnation à ces montages obscurs et incompréhensibles pour le commun des mortels. Le nom de Larissa Ivanovna n'apparaît pas sur les documents des Russes, il est gardé précieusement dans des fichiers aux îles Vierges, mais qui sait? Que ce soit sous l'effet des révélations russes ou de sa propre contre-offensive médiatique, le nom de l'offshore risque de se retrouver partout, répété en boucle. Impossible de savoir ce que fera l'institutrice. Peut-être qu'elle se manifestera d'elle-même, toute contente de raconter son histoire, ses souvenirs... Peut-être qu'elle parlera à des amis, des parents... Toutes les caméras se rueront sur Gouliaï-Polie, et dans l'esprit des gens, ce sera Hapko et la Caraïbe contre toutes les babouchkas d'Ukraine, la lutte des puissants contre les modestes... Sepakine a eu le bon goût de mourir, mais la vieille est un témoin mortellement dangereux, même si elle l'ignore. Elle et Semion Grandes-Mains, ne peut s'empêcher de penser Olena. Et même si l'institutrice se tient coite, qu'adviendra-t-il si le cahier refait surface ?

Comme en écho à ce dernier questionnement, Belitch intervient :

— Votre signature n'apparaît sur aucun de ces documents, c'est très bien... Mais vous n'avez pas commis l'erreur de donner à la structure offshore que vous avez utilisée votre nom, celui de votre mari, de votre chien... ?

La question confirme ses craintes. Le cahier l'accuse autant que les confessions de la vieille ou de Semion. Autant que toutes les signatures, tous les tampons d'avocat que les Russes pourront exhiber. Comment le FSB aurait-il pu inventer un nom aussi baroque que ce ridicule «noyau de cerise»? Voilà ce que se diront les gens devant leur télévision. Et si les chaînes du Technocrate exhibent dans le même temps le vieux cahier d'écolière, la défense de la Chienne s'écroulera. Tout la reliera à l'offshore...

Elle prend une inspiration profonde et lâche dans un souffle :

— La société que nous avons créée à l'époque aux îles Vierges se nomme Cherry Pit Ltd.

À quoi bon le cacher, puisque le nom est écrit en grosses lettres sur les documents que les Russes s'apprêtent peut-être à rendre publics ? Ce qu'Olena tait, c'est le rôle de l'institutrice dans ce choix saugrenu. Elle ne dit pas un mot non plus de l'existence du cahier. Pas seulement par pudeur, mais aussi parce que, elle le comprend désormais, sa sécurité dépend du secret. Sa sécurité et la leur.

Insensible au regard noir que lui a adressé par avance sa patronne, l'avocat ne peut s'empêcher de commenter :

— Le noyau de cerise ? C'est un drôle de nom. En général, lorsque mes collègues mettent en place une structure offshore pour accueillir un compte en banque, ils font preuve de moins d'imagination... Sunrise, Deep Sea, General Overseas... Ce n'est pas très original mais cela passe plus inaperçu...

— Je le sais déjà, le coupe Olena, avec une dernière pensée amusée pour l'avocat Sepakine.

Elle en a assez entendu. Se livrer lui coûte, plus encore que d'écouter les remarques acerbes de Belitch. D'un signe, elle indique que la réunion est terminée. Ses craintes ont été confirmées par les réactions de ses conseillers. Mais son anxiété s'efface devant la détermination qu'elle sent poindre en elle. Certes, le danger est là, mais elle peut désormais le cerner. Son plan tient debout. Il est 9 heures du matin et elle sait ce qu'elle doit faire : foncer sabre au clair, prendre les Russes et ce chien d'Eremeev par surprise. Dans leur monde, quand on est attaqué, on se terre et on attend que ça passe. On n'attaque pas au triple galop. C'est un plan qui lui ressemble, bâti sur le bluff, le culot, le charme. Il faut s'assurer que rien ne vienne l'enrayer. Aucun imprévu, aucun mot de trop. Il faut que Gouliaï-Polie reste un trou perdu dont personne n'entendra jamais parler, pas une source de menaces. En un mot, il faut faire le ménage. Elle frissonne. Depuis combien de temps n'a-t-elle pas employé ce vocabulaire hors d'âge ? Si elle donne des ordres rapidement, ses hommes peuvent trouver Semion Moissenko chez lui avant le déjeuner...

Lorsque Ilia Kirilenko passe devant elle, la Présidente l'arrête d'un geste de la main.

— Pourquoi acceptez-vous de me soutenir dans un dossier qui va contre vos convictions ? lui demande-t-elle dès que l'avocat a quitté la pièce.

— Avant de me consulter sur un sujet aussi sensible, un sujet qui pourrait vous coûter votre carrière, votre présidence, vous avez dû hésiter ? Puis vous avez dû vous résoudre à me faire confiance ?

— Oui.

— C'est la même chose pour moi. Je devrais me méfier de vous, mais je veux croire que vous allez réellement faire quelque chose pour ce pays. Je veux vous faire confiance, malgré les erreurs que vous avez commises. Je sais ce que veut dire agir en pensant à sa survie, ce n'est pas à moi de vous juger. Ce sera peut-être contre votre gré, mais vous seule avez la force de renverser ce système, d'assécher ce marigot. Parce que vous en faites partie.

J – 19, Kiev, quartier d'Obolon

Les fenêtres du deux-pièces ont beau être grandes ouvertes, le petit appartement suffoque dans une odeur âcre et sucrée. Semion a l'impression que c'est Obolon tout entier qui va bientôt étouffer dans les effluves veloutés qui s'échappent de sa cuisine et descendent dans les cours d'immeubles. À demi étourdi, le vieux bandit touille paresseusement la masse visqueuse au fond de l'immense marmite. Régulièrement, il s'arrête pour enlever la couche de mousse qui se forme à la surface et l'entreposer dans un autre récipient en métal. C'est la part des anges, la préférée des gourmands, onctueuse et gorgée de sucre. Ses pauvres dents ne supporteraient pas plus de trois cuillères, alors il portera la récolte aux vieilles de l'immeuble. Il imagine à l'avance la joie de tante Zoïa, sa voisine du dessus, qui en rajoute peut-être un peu pour montrer combien les visites, n'importe lesquelles, la réjouissent. Il l'entend en ce moment même se mouvoir au-dessus de lui, fourmi aux pattes fatiguées qui se traîne d'une pièce à l'autre avec son transistor crachant à fond, à longueur de journée, ses «émissions culturelles». Semion en a pris son parti. Il regarde la télévision le volume éteint et, finalement, les images des girafes qui broutent les branches hautes de la savane s'accordent plutôt bien avec les discours criards qui lui parviennent du dessus. « La supériorité de l'homme russe tient à sa capacité à regarder vers le ciel, à se projeter de manière spirituelle vers son créateur, dit la voix légèrement nasillarde d'un homme trop sûr de lui. C'est toute la différence avec l'homme occidental, qui, lui, se repaît des nourritures terrestres et se noie dans l'individualisme et les valeurs matérialistes, incapable de la grandeur d'âme du Slave. Les Ukrainiens doivent maintenant décider sur quelle voie ils veulent avancer : celle de la nouvelle Sodome européenne, ou celle ouverte par nos frères russes, le chemin d'une élévation de chaque individu dans une collectivité dévouée au bien collectif et à son chef... » Semion lève les yeux au ciel, exaspéré. Dire que l'idiot qui cause dans le poste est peut-être un prêtre, ou un autre pseudo-intellectuel du même tonneau, financé par de généreux subsides venus de Moscou pour éduquer la population ukrainienne... La placidité avec laquelle les girafes tendent leur long cou vers leur créateur et mâchonnent les feuilles vertes qu'il pourvoit suffit à le calmer. Et puis s'il fallait s'interroger sur les positions politiques de toutes les grands-mères à qui l'on veut donner de la confiture de fraises, le monde s'écroulerait, et avec lui les hautes tours d'Obolon...

Grandes-Mains prend un plaisir serein à préparer ses confitures, la tête vide, replongé cinquante ans en arrière dans la cuisine de sa mère. Le processus est exigeant. Il a d'abord fallu récolter suffisamment de fraises, les premières de l'été, dans les champs et les forêts du sud de Kiev. Semion connaît les coins, il y a consacré trois jours, récoltant un beau coup de soleil sur la nuque. La cuisson n'est pas difficile mais demande patience et doigté. Il faut verser la bonne quantité de sucre, chauffer à feu suffisamment fort sans brûler la mixture, puis mélanger doucement le liquide bouillonnant en évitant la formation de l'écume moelleuse. Semion s'écarte un instant de son laboratoire de narcotrafiquant. Il va à la fenêtre à la recherche d'une bouffée d'air, ne trouve qu'un rayon de soleil brûlant qu'on dirait saturé de sucre. Lorsqu'il baisse les yeux, un voile passe devant son visage. Le Range Rover et les berlines sont de retour, suscitant déjà un peu moins de curiosité parmi la faune de la cour. La colère monte en lui, instantanée, froide. Il ne se laissera pas surprendre une deuxième fois. Les veines gorgées de glucides, Grandes-Mains court à sa table de chevet et y attrape le Makarov. Il se précipite dehors, ferme derrière lui et prend position dans l'escalier, en surplomb de sa porte d'entrée. Amis ou ennemis il n'en sait rien, mais il ne peut pas accepter qu'on prenne son appartement pour un hall de gare. Il n'a pas à attendre plus d'une minute que deux affreux sont déjà devant sa porte. Il voit leurs épaules carrées, leurs nuques bien dégagées. En un bond il est à leur hauteur, plaque le canon de son arme là où un coiffeur a dessiné le dégradé le plus militaire de sa carrière.

— Bouge pas, connard.

Celui qui a une arme braquée sur son cerveau reste muet, mais le deuxième Terminator finasse :

— Tu permets qu'on sonne à la porte ou c'est déjà trop, Semion Grandes-Mains ?

La scène s'est figée, les trois hommes sont immobiles. Semion a l'impression de voir les volutes de fraise les encercler par gros nuages. Dociles, les deux hommes attendent, mais leurs nez palpitent légèrement, intrigués par l'odeur envahissante. C'est le moment que choisit la voisine d'en face pour ouvrir sa porte, sacs de courses à la main. Elle traverse le palier de Moissenko en jetant un regard parfaitement indifférent au pistolet que tient son voisin et aux costumes de marque de ses deux invités, se contentant d'un « Vous empestez tout l'immeuble avec vos confitures ! » jeté d'une voix aigre avant de poursuivre à petits pas dans l'escalier.

À nouveau plongés dans le silence, les trois protagonistes restent un instant interdits, avant que les épaules de celui qui risque à tout moment d'être transformé en chou-fleur se mettent à trembler imperceptiblement, puis de plus en plus fort. En une seconde, c'est l'explosion. Les deux hommes de main sont tordus en deux, leurs corps saisis de secousses, emplissant la cage d'escalier d'un rire incontrôlable. Il faut une bonne minute à celui qui doit être le chef pour se calmer et arriver à prononcer :

— Grand-père, sans vouloir te commander, la présidente d'Ukraine t'attend à l'Intercontinental.

Semion range son arme, ouvre la porte de son appartement et invite les deux hommes à y entrer. Il leur fait signe de s'installer sur le canapé et place une théière sur le feu.

— Il va falloir que la présidente d'Ukraine patiente. Mes confitures n'ont pas fini de cuire.

Trois heures plus tard, Semion Moissenko franchit les portes vitrées du palace qui sert de quartier général à son ancienne patronne. Il se sent aussi peu à sa place qu'un prisonnier soviétique conduit dans une grotte par des moudjahidines afghans. Avant de suivre ses deux Terminator, il a tout de même pris soin de passer une veste et d'enfiler des chaussures en cuir correctes. Pas pour montrer sa soumission au monde dans lequel on l'entraîne, mais pour passer le plus inaperçu possible. C'est la règle d'or de son métier, qu'il n'a jamais rejetée : la discrétion. Reste que fouler les moquettes épaisses et observer les visages soignés des clients plongés dans des fauteuils de cuir produit sur lui une impression étrange.

On l'amène rapidement au neuvième étage, directement dans les appartements personnels de la Présidente. Une minute plus tard, il se tient face à Olena Hapko. Elle est bien la même qu'à la télévision, mais Semion ressent tout de suite cette force magnétique qu'elle dégage, ce charme ensorcelant qui ne passe qu'en partie à travers l'écran. Les deux se dévisagent puis se sourient. Le vieux bandit tend un bocal en verre rempli d'une masse rougeâtre. Tant pis pour Tante Zoïa et son amour de la mousse, il lui amènera un simple bocal de ses confitures, quand celles-ci auront fini de reposer. Il dit :

— Désolé, ce ne sont pas des chocolats belges, bien sûr...

Olena attrape le cadeau et rit.

— Arrête de me faire passer pour une snob finie ! Tu crois que je ne mange que des pâtes italiennes et n'utilise que du savon français pour me laver ? Et ne me torche qu'avec du PQ japonais ?!

— Et que tu ne roules que dans des berlines allemandes ? Il m'avait pourtant semblé...

La Chienne rigole à nouveau, battue.

— Merci pour cette attention. J'aurais préféré te voir à la réception donnée pour mon élection, mais je mangerai ta confiture avec plaisir...

Semion s'installe dans un fauteuil, attrape un verre de Coca-Cola qu'un serveur apporte sur un plateau.

— Tu sais pourquoi les gens vont à ces fêtes ? Pas pour s'amuser ou pour te faire plaisir, mais pour faire des affaires : être vus, prendre des contacts... Rien de tout ça ne m'intéresse, et j'ai passé l'âge de me trémousser sur de la musique R'n'B.

— Je sais tout ça, reprend Olena, conciliante. Je sais aussi que tu tiens à ta réputation d'ours mal léché. Ça nuirait à ton image de te montrer avec tous ces ambitieux.

— Ça nuirait à ma qualité de vie, plutôt. Si j'ai raccroché, c'est pour pouvoir être tranquille, pas pour...

Il s'arrête, contemple le visage de la femme qui se tient face à lui, appuyée au rebord de la fenêtre. Force, détermination, beauté. Il connaît tous ses traits. Il voit aussi la fatigue, l'usure. Sous les rides, il distingue même une expression amère et nouvelle. Il l'interroge :

— Et toi, tu n'as jamais songé à arrêter ? À profiter de tout ce que tu avais gagné ?

— Pour faire quoi ? Des confitures ? Je ne sais rien

faire d'autre que ce métier. Si je m'arrête, je meurs. Ou bien quelqu'un m'assassine, plus probablement !

Olena a répondu du tac au tac, sans une hésitation. C'est donc qu'elle a réfléchi à l'hypothèse, avant de la balayer, probablement à tout jamais. Semion ne se formalise pas de la pique qui leur est adressée, à lui et à ses fraises. S'il a une qualité, c'est l'absence d'illusions. Avant même sa «retraite», il n'avait pas l'air fringant, avec ses cheveux gris et ses costumes bon marché, son allure de vieux Soviétique...

— Alors, pour ne pas t'ennuyer, tu as décidé de devenir présidente... Le problème c'est que rien ne dit qu'atteindre ce sommet suffira à te satisfaire. Ou à t'apaiser...

— Je n'ai pas besoin d'être apaisée, mais de réussir ma mission. Je dois quelque chose aux gens qui m'ont fait confiance. Je dois quelque chose à ce pays...

— J'ai déjà entendu ça à la télévision, coupe Semion d'un ton trop sec.

— Ce n'est pas comme avant. Quand nous nous emparions d'une usine ou d'un business, nous n'avions de comptes à rendre à personne, nous en faisions ce que nous voulions... En étant élue, je n'ai pas gagné un nouveau jouet mais des responsabilités. Terribles.

Semion ouvre la bouche, s'interrompt. Il pourrait continuer à argumenter : il sait que si elle rappelle leurs combats passés, c'est justement parce que la comparaison s'impose. Elle s'est emparée de la présidence du pays comme d'un trophée, en terrassant des adversaires aussi redoutables qu'elle. Quelles que soient ses bonnes intentions, elle reste un prédateur et continuera de se comporter en prédateur. Mais de quel droit irait-il lui faire la morale ? Lui aussi a cru en elle, après tout, alors pourquoi les Ukrainiens n'auraient-ils pas droit, à leur tour, à leur quart d'heure d'espoir ? Pourquoi n'aurait-elle pas le droit, elle aussi, de croire en ce qu'elle fait ? De changer ? Semion frémit. Il a suffi de cinq minutes pour que le sortilège opère. Déjà, il est prêt à la croire, à la suivre à nouveau. À moins qu'elle ne soit réellement capable de changer ?

Comme si elle lisait dans ses pensées, Olena pousse son avantage :

— Semion, j'ai besoin de toi. Un travail, mais qui n'a rien à voir avec ce que tu faisais avant. Ou même un service, disons... Une vieille menace qu'il s'agit d'éliminer... De manière douce.

Grandes-Mains est intrigué, il mord à l'hameçon. Olena se lance. Elle rappelle l'affaire Kliatch, le sauvetage miraculeux des Russes, la visite à Larissa Ivanovna... Quand elle mentionne le cahier, elle voit qu'il se souvient de tout, qu'il comprend tout : l'offshore, le nom choisi par l'institutrice, celui sur le cahier... Semion capte son regard, à ce moment-là, et ce qu'il voit le fait frémir. Une flamme mauvaise, celle de la méfiance. Elle se radoucit :

— J'ai besoin que tu ailles chercher ce cahier et que tu le fasses disparaître.

— Pourquoi moi ?

La question est légitime. Cela fait plus de dix ans qu'il n'a pas travaillé pour elle. Les hommes compétents et prêts, pour se faire remarquer, à rendre tous les services, même les moins avouables, ne manquent pas.

— Tu connais les lieux, tu connais la vieille. Tu étais là quand cette affaire a commencé, je voudrais que ce soit toi qui y mettes un terme...

L'explication romantique. Il n'y croit qu'à moitié, le lui dit.

— La vieille te connaît, poursuit Olena. Elle te fera plus confiance qu'à quiconque. Et si ce n'est pas le cas, tu sauras la convaincre. On ne va tout de même pas mettre le feu à sa maison pour faire cramer le cahier avec!

En l'entendant prononcer ces mots, Semion sent qu'elle en a envisagé la possibilité. Si elle y a renoncé, ce n'est pas seulement par bonté d'âme : pour peu que le cahier soit entreposé ailleurs que chez la vieille, à l'école ou chez des parents, l'opération serait un fiasco...

Olena poursuit :

— L'affaire est vraiment délicate et je ne sais pas en qui je peux avoir confiance. Tu sais comme moi que le SBU est noyauté jusqu'à la moelle par les Russes. Or c'est d'eux que peut venir le danger. Les enjeux ont changé, depuis l'élection, ils dépassent tout ce que tu peux imaginer. Des hommes auxquels je peux faire confiance et qui ont la finesse requise pour cette mission, je n'en connais pas beaucoup.

Elle a touché la corde sensible. La confiance. La loyauté. Il a jeté aux orties un pan entier de sa vie, mais ces principes auxquels il est stupidement attaché, il ne parvient pas à s'en défaire. La fidélité en fait partie. Peut-être a-t-elle honte de ce qu'il doit trouver dans cette ville dont elle ne parle jamais mais qui l'a vue grandir? Son rôle à lui n'est-il pas de l'aider? Il sait ce que peuvent être les blessures de l'enfance. Semion Grandes-Mains est vaincu. Pour la forme, il rétorque :

— Je ne fais pas partie de « tes hommes », Olena. Je n'en fais plus partie.

— Non, tu as raison. Mais tu vas accepter.

Elle est exaspérante. Il se tait pendant qu'elle sourit. Son visage a perdu de son amertume, le soleil traverse les rideaux et illumine ses épaules. Elle semble sur le point de rire. Il demande :

— Et la vieille ?

— Quoi, la vieille ? Tu prends le cahier, tu la remercies et tu l'embrasses sur les deux joues. Et si tu en as envie tu peux même glisser 100 dollars dans sa poche.

Il se lève, fixe ses yeux en espérant y trouver une réponse, peut-être une faille. Rien. Seule sa paupière est prise d'un léger tremblement qu'il ne remarque pas.

Été 1974, Gouliaï-Polie

Olena a 14 ans, elle ne guette pas encore son reflet dans les miroirs. Ce jour de fin juin, la télévision montre des images extraordinaires : le président des États-Unis d'Amérique est en visite en Crimée. Richard Nixon et le premier secrétaire, Leonid Brejnev, se sont rencontrés à plusieurs reprises ces dernières années. Mais de savoir le chef des Américains si proche de Gouliaï-Polie lui fait de l'effet. Comme si la télévision parlait un peu d'elle. Elle fait le calcul dans sa tête : le banc sur lequel les deux dirigeants devisent gaiement est à moins de trois cents kilomètres à vol d'oiseau. Elle ressent de la fierté, et aussi un autre sentiment, moins agréable : pourquoi l'Américain a-t-il l'air plus rusé, plus vif que le Soviétique ? Sous ses épais sourcils, Brejnev a les yeux vagues, le visage empâté. Nixon, dans son costume clair, paraît plus dynamique, plus carnassier. Et pourtant la télévision explique que le président américain est en difficulté dans son pays, pris dans un scandale au nom étrange, le « Watergate », dont elle ne comprend pas les détails. Cela la gêne un peu, ce décalage. La supériorité de l'Union soviétique ne fait pour elle aucun doute, mais pourquoi, alors, le premier secrétaire a-t-il l'air d'un ours endormi hypnotisé par cet Américain rusé?

Olena éteint la télévision et sort dans la rue poussiéreuse. Elle retrouve sa copine Ira non loin de la place Lénine, près du marchand de glaces, pressée de lui raconter ce qu'elle a vu, de confronter leurs impressions. L'autre l'écoute d'une oreille. Olena pense même qu'Ira surjoue l'indifférence, affichant volontairement une moue affectée, les coins de la bouche pliés comme le ferait une actrice. Olena s'acharne un moment, elle relate la balade des deux chefs d'État sous les palmiers de Yalta, décrite par la télévision comme historique, leur discussion sur un banc ensoleillé. Ira la coupe :

— Je rêve d'une glace! Si seulement on avait quelques kopecks…

Olena explose, excédée :

— Tu es jalouse, tout simplement!

L'autre s'esclaffe :

— Eh! Et jalouse de quoi?

— Que j'aie la télévision et pas toi!

Depuis un an qu'un poste de télévision a fait son apparition dans son foyer, Olena en tire une fierté immense. Elle ne peut s'empêcher d'y penser, quand elle sort dans la rue, et de toiser les passants. À l'école, elle a dû faire des efforts pour arrêter de raconter, tous les matins, les programmes, pourtant peu variés, visionnés la veille avec ses parents.

— N'importe quoi! rugit Ira en tapant du pied sur le trottoir. Et puis tu sais quoi? Je préfère encore ne pas avoir de télévision, plutôt qu'en avoir une comme vous l'avez fait!

Olena grimace. Au fond d'elle, elle pressent la catastrophe.

— Et comment on a fait pour avoir une télévision ?

— Oh, arrête, tu m'as comprise, répond Ira, soudain calmée.

Olena respire un grand coup, puis elle attrape l'adolescente par le revers de sa chemise et la tire à elle. D'une voix sourde, elle répète sa question :

— Dis-moi ce qu'on a fait pour avoir une télévision !

— Tout le monde le sait, que c'est grâce à ta mère… grâce à ta mère et…

— Oui, grâce à ma mère ! C'est parce qu'elle a été désignée meilleure ouvrière de son atelier que nous avons été mis en position prioritaire dans la file d'attente !

Ira ne peut plus se contenir, désormais. Abandonnant toute prudence, elle toise la brune Olena.

— Parce que toutes les meilleures ouvrières de l'abattoir ont eu droit à une télévision, peut-être ? Et tu sais pourquoi ta mère a été désignée meilleure ouvrière, alors même que ce n'est pas elle qui a obtenu le meilleur rendement ? Tu n'as jamais fait le rapprochement avec les visites chez le directeur ? Les promenades en voiture ? Et les vacances en Crimée, vous les avez aussi eues grâce aux « talents » de ta mère ?!

Le coup part avant qu'Olena s'en rende compte. Pas une simple gifle, un vrai coup de poing. C'est le premier qu'elle donne de toute sa vie, qui envoie Ira valser au sol. L'adolescente, choquée, se tient le menton. Elle étouffe une larme pour encore ajouter :

— Toute la ville le sait !

Cet après-midi-là, Olena traîne longtemps dans la rue avant de rentrer chez elle. Sans y prêter attention, elle marche jusqu'au vieux cimetière, à l'orée de la ville. Elle s'assied au pied d'un tilleul, près du coin interdit, celui des Makhno. Personne ne s'y attarde, comme si l'endroit portait malheur. Un nom condamné, comme le sien. Elle reste longtemps à regarder les tombes, le cerveau vide de toute idée, de toute envie. Puis elle rentre. Son père est assis sur le canapé devant la télévision. Les intonations qu'elle entend, celles d'un film comique, lui paraissent vulgaires, répugnantes. Comme elle passe à côté de lui, il lui lance un «Bonsoir» morne et lui fait signe d'approcher. Olena s'arrête, le regarde sans lui répondre. Sa mère non plus ne lui répond pas, a-t-elle remarqué. Il porte un débardeur blanc taché, un short à carreaux, des pantoufles. Son visage est bouffi. Pour la première fois, elle remarque ses sourcils épais. Son père, à cet instant, lui fait penser à Leonid Brejnev.

J – 18, région de Kirovograd

S'il est une chose pour laquelle Semion Moissenko apprécie à sa juste valeur l'événement historique que fut la disparition de l'Union soviétique, ce sont les hot-dogs de stations-service. Depuis que ces petits pains moelleux bourrés de sel et de sucre ont fait leur apparition dans le pays, sillonner les interminables routes d'Ukraine est devenu pour lui un plaisir. Quasiment toutes les chaînes de stations-service s'y sont mises. Partout, jusque dans les coins de la steppe les plus reculés, des caissières aux visages cireux observent des saucisses au teint similaire qui cuisent dans l'attente du voyageur de passage.

S'il le pouvait, Semion s'arrêterait toutes les deux heures pour prendre un hot-dog. Choisir avec gourmandise le type de saucisse – française, danoise ou bavaroise –, la quantité d'oignons frits à ajouter, le savant dosage entre mayonnaise et ketchup... Il aime croquer lentement dans le sandwich en observant la vie de la station-service. Les hommes en marcels, musclés et affairés, conscients de leur place sur la route. Routiers dopés au Red Bull, chauffeurs la tête farcie de musique pop, voyageurs en mission... Nul mieux que les Ukrainiens n'a cette capacité à rouler douze heures d'affilée en gardant une mine égale. Peu avenante, mais à peine fatiguée.

Sur la route, les hommes sont souverains, prêts à défendre sauvagement leur espace vital, leur honneur et leur liberté. L'autre, le compagnon de poussière, vous doit le respect et a droit, en retour, aux mêmes égards : ne pas doubler dans la file d'attente, ne pas engager de conversation trop intime. La moindre incartade se résout par une bagarre. Pas besoin d'intimidations, de cris. On frappe sec et chacun trace sa route. La station WOG où Semion s'est arrêté, juste avant l'entrée de Bohdanivka, le rappelle de manière comique. À l'entrée, sur un présentoir, s'alignent des battes de baseball siglées aux noms de marques de voitures. L'heureux propriétaire d'une Mazda pourra balader dans son coffre une batte marquée Mazda, et ainsi inscrire sur la mâchoire d'un autre chevalier errant l'emblème de sa maison. Ledit propriétaire de la Mazda pourra tout aussi bien jeter son dévolu sur une batte Audi, et se sentir ainsi basculer dans une confrérie de plus haute noblesse.

Ridicule fétichisme de la violence ! se dit Semion. Lui n'a pas de batte dans son coffre, et suffisamment d'expérience pour ne pas placer sa fierté dans des bagarres avec des inconnus. En cas de pépin, il sait que son regard sombre et ses mains larges comme des battoirs suffisent à dissiper les malentendus. Semion Grandes-Mains… Au pire, il lui reste toujours dans la boîte à gants son vieux Makarov PM. Une antiquité, comme lui, comme son Toyota Land Cruiser… Olena lui a proposé une voiture neuve, mais il a refusé. Accepter la mission était une chose ; accepter de nouveaux équipements de la présidence aurait signifié autre chose : redevenir un employé, un associé.

Semion revient d'un pas lent vers le véhicule garé à l'ombre d'un pommier, toujours accompagné par le léger boitillement de sa jambe gauche. Il n'a pas fait un cinquième du trajet et le 4×4 est déjà couvert de poussière, tremblotant... Il prendra son temps, voilà tout... Au rythme où il va, ralenti par les innombrables nids-de-poule qui parsèment la chaussée, il sera à destination ce soir. Si elle avait voulu faire vite, elle aurait envoyé quelqu'un d'autre. Les possibilités ne manquent pas, que ce soit parmi les hommes de main qui l'ont rejointe ces dernières années ou parmi les agents des services de sécurité qui sont désormais à sa disposition. Deux hommes envoyés en avion, et l'affaire, somme toute assez simple, était pliée en quelques heures. Il l'a prévenue, qu'elle assume.

Maintenant qu'il est loin d'elle, il repense à ses arguments et il doute. Quelque chose lui échappe, mais il ne parvient pas à comprendre quoi. Comparé aux hommes nouveaux, efficaces, qui entourent la Présidente, il est un dinosaure. Il ne sait pas utiliser un smartphone, ne s'habille jamais autrement qu'avec de vieilles chemises à carreaux et ne parle même pas l'ukrainien, la langue de son pays ! Seulement le russe de son Donetsk natal et quelques mots d'ourdou, appris dans les années quatre-vingt dans les montagnes afghanes...

Quand il avait raccroché, ils s'étaient quittés bons amis. Elle avait respecté son choix et lui n'avait jamais parlé des affaires accomplies ensemble. Elle lui avait même proposé différentes façons de se ranger, de prendre une retraite dorée... La direction d'une entreprise publique, celle de sa sécurité... Elle lui avait même proposé la tête des affaires du clan à Donetsk, chez lui... Il a tout refusé. Il est allergique à leur monde, à leurs dividendes, à leurs commissions et rétrocommissions, leurs flux offshore... Il savait qu'il serait dépassé, nul, incompétent.

Cette fois-ci, elle a eu le bon goût de ne pas parler d'argent. Il se doute bien qu'il touchera une prime, à son retour, du genre sérieux, mais si elle avait évoqué un salaire il aurait immédiatement tourné les talons. La richesse n'achète pas la confiance, pas la sienne en tout cas. Elle n'aurait eu qu'à se débrouiller. Et puis l'argent n'est plus pour lui un problème ni une motivation. Il a bien assez pour voir venir. Des tas de hryvnias sur un compte d'épargne, d'autres cachés à la campagne, dans la maison qu'il possède près de Tcherkassy. « Des tas »... cela ferait sûrement rigoler les types qui l'ont remplacé dans l'entourage de la Chienne ou chez Steel Invest. Eux comptent en dollars, et avec quelques zéros de plus que lui. Ils ne jurent que par les Bahamas, pas par les renfoncements de matelas. Il s'en fiche. Entre son studio d'Obolon, sa maison à Tcherkassy et son appartement à Donetsk, il a assez pour passer une retraite paisible et offrir à sa fille tout ce dont elle aura besoin. Lorsqu'elle rentrera de ses études en Allemagne... Si elle consent à rentrer...

Il n'est qu'un vieux Juif avec un début de calvitie aspirant à la tranquillité et à la prospérité des siens. Un vieux Juif du Donbass qui fait des confitures et garde un

Makarov à portée de main. Lorsqu'il allume le contact, le Land Cruiser se remet en route dans un toussotement indigné. Il ouvre la fenêtre, le vent tiède qui fouette son visage le fait rajeunir de vingt ans.

J – 18, Gouliaï-Polie

S'il avait un peu d'argent, Marko s'achèterait un nouveau vélo. Un bleu ou un rouge, peu importe, mais un de ces VTT modernes, avec de grosses roues crantées, qui bondissent sur les trottoirs et mangent les nids-de-poule. Comment espérer séduire Katia, avec le tas de ferraille qui grince sous ses fesses pointues ? Sa mère lui a fièrement dit qu'elle utilisait une bicyclette Droujba semblable dans sa jeunesse, mais il n'a pas compris pourquoi elle accompagnait cette révélation d'un grand sourire heureux. Une voiture, ce serait l'idéal, mais même dans son amertume il est prêt à accepter qu'un enfant de 15 ans n'ait pas le droit de posséder une voiture. Un enfant ? Voilà qu'il parle comme sa mère ! Est-ce qu'un enfant sait tirer au fusil, peut chasser les campagnols, conduire un tracteur, regarder des films porno, fabriquer des outils en métal ? Il est le roi de la débrouille ! Sans compter qu'il a presque déjà touché les seins d'une fille. Par-dessus le t-shirt.

Marko accélère sa descente de la rue Chevtchenko, l'un des trois axes qui forment l'armature de Gouliaï-Polie. Un village qui se prend pour une ville, soupire l'adolescent. Un gros bourg de dix mille âmes cerné de coopératives agricoles, avec son marché de plein air, ses buvettes minables, ses rues poussiéreuses. Et ses immeubles lépreux à cinq étages que les Soviets n'ont pu s'empêcher de poser dans toutes les localités de l'Union, de Tallinn à Bichkek, sans épargner les villages. Jusque dans le centre, on voit aussi les maisons basses en bois de paysans à demi écroulées, dont on s'efforce génération après génération de consolider les murs.

L'ennui... résume Marko en freinant d'un coup sec pour faire déraper sa roue arrière. Derrière lui, un coup de klaxon lui vrille les tympans, puissant comme celui d'une locomotive. Le garçon fait un écart pour laisser passer le camion qui a failli le percuter. Un monstre brinquebalant, la remorque pleine de grains penchant sur la droite. Avec quelle envie il regarde le camion poursuivre sa route ! Il aimerait goûter à cette vie de liberté et de voyages, maître d'un camion gros comme celui-là. Porter un débardeur à rayures, une casquette large, peut-être des lunettes de soleil... Des choses plus chics, en tout cas, que son faux maillot de l'équipe d'Italie qui paraît près de prendre feu sous l'effet du soleil brûlant. Voyager... Jamais sa mère ne l'a emmené plus loin que la mer d'Azov, pour quelques jours de vacances sur la côte de Berdiansk.

Gouliaï-Polie est un cul-de-sac. Au sud, cette mer trop salée et sans fond, enclavée ; à l'ouest, Zaporojie, la grande ville, à deux heures d'une route exécrable, qui cache mal sa misère derrière le gigantisme des constructions ; et vers l'est, la grande steppe, interrompue seulement par les terrils et les puits de mine du Donbass.

Peut-être qu'il tentera sa chance par là-bas, un jour, dans quelques années. Katia lui a dit de ne pas se précipiter, d'étudier, de prendre son temps avant de chercher un travail de prolo qui bousille la tête et le dos... Elle est gentille, Katia, et diablement jolie, mais étudier quoi? Avec quel argent? Ce qu'il aime, lui, c'est l'histoire. Lire des récits d'aventuriers, de batailles, savoir comment les gens vivaient avant lui. Mais ce n'est pas un métier, ça!

Devant le distributeur de la banque Aval, un groupe de garçons de son école tient le trottoir. Des types plus âgés, à part son copain Petko, qui était dans sa classe l'année dernière. Marko refait sa spéciale, son dérapage contrôlé de la roue arrière qui laisse une marque noire sur le bitume. Un des garçons rit bruyamment et applaudit.

— Salut, Marko, l'accueille le plus âgé, Bogdan, un gars de 19 ans qui a sa propre Lada, tunée avec aileron arrière et vitres teintées.

Comme les autres, il tient une bière à la main, malgré l'heure matinale.

— Salut, les gars, fait le jeune homme en serrant la main à chacun, poigne ferme comme le font les hommes.

— Il est bien, ton vélo, rigole Bogdan, en short Adidas et tongs, qui aime bien jouer au chef.

— Ouais, aussi neuf que ta Lada, rétorque Marko sans se démonter.

L'autre sourit, sachant apprécier une bonne répartie.

— Tu sais que si tu veux gagner 150 hryvnias, y a un plan en or aujourd'hui. Un rassemblement de gratitude à Olena Hapko, la nouvelle présidente, ce soir sur la grand-place.

— Un quoi ?

— Tu sais pas ce qu'est la gratitude, avoue !

— Je sais très bien ce qu'est la gratitude, marmonne Marko, un peu vexé, mais je ne vois pas de quoi on devrait remercier Hapko, ou même ce qu'elle peut bien avoir à faire avec nous…

— Tu sais que Hapko a grandi ici ?

— Bien sûr que je… Quoi ! ?

Marko a sursauté, involontairement. Il voit Petko lui jeter un regard moqueur.

— Ils l'ont dit aux infos, reprend Bogdan patiemment. Madame la présidente a passé une partie de son enfance à Gouliaï-Polie, avant de se tirer vite fait à Zaporojie.

Marko n'en croit pas ses oreilles. Il devrait davantage suivre la politique…

— Et pour quoi on va la remercier ?

— Ben, pour tout ce qu'elle a fait pour nous !

— Et qu'est-ce qu'elle a fait pour nous ?

— Rien encore, mais si on la remercie suffisamment, elle se sentira sûrement obligée de faire quelque chose. Empêcher la fermeture des kolkhozes, développer le tourisme… Qu'est-ce que j'en sais, moi ! Même en Afrique ça marche comme ça : le président élu doit faire des choses pour sa ville natale… Au moins construire une bonne route !

— Et quel est le rapport avec les 150 hryvnias ? demande Marko, toujours un peu interloqué.

— Tu crois qu'on a eu l'idée tout seuls du rassemblement de gratitude ? C'est les pontes de la ville qui font ça, et ils ont promis 150 hryvnias à chaque participant.

Je peux te dire qu'il va y avoir du monde et que ce soir toute la ville sera bourrée...

— Ils nous paient pour prouver leur gratitude de nous voir prouver leur gratitude, appuie l'adolescent pour bien montrer qu'il comprend parfaitement le mot. Mais qui paie ?

— Qu'est-ce que j'en sais, moi ? Le député, les flics, le patron de la coopérative... C'est tous les mêmes, de toute façon. Ils doivent y trouver leur intérêt, eux aussi.

Marko hésite, il est séduit par l'idée de gagner 150 hryvnias en s'amusant un peu, mais il sent un coup fourré. Il devrait consulter Katia, elle aura sûrement un avis sur le sujet. Et puis, avec 150 hryvnias, il pourrait sans doute faire plaisir à sa mère en ramenant de quoi préparer un bon dîner, mais il n'aurait même pas de quoi acheter une chaîne de vélo...

Marko pédale à toute vitesse, insensible à la chaleur comme seuls peuvent l'être les gamins. Il franchit la petite rivière Haitchour en réfléchissant à cette nouvelle troublante qu'il vient d'entendre. Olena Hapko, une enfant du pays... Peut-être que la ville n'est pas si mal barrée, après tout. Quoique, la dernière fois que Gouliaï-Polie a donné au monde l'un de ses rejetons, l'histoire ne s'est pas très bien terminée. Ce n'est sans doute pas pour rien que le monument à Makhno, sur la place centrale, est si modeste. Doré, certes, mais tout petit. « À taille humaine », disent les spécialistes. Mouais. Le type ne devait pas être si terrifiant, alors...

Marko a vu juste. Katia est bien dans le local où elle et ses amis passent leurs journées, été comme hiver, rue de Donetsk. Elle n'a que 24 ans mais c'est bien elle leur leader, elle qui les inspire, qui les entraîne. Elle qui a trouvé ce petit local, qui se débrouille pour en payer le loyer, notamment grâce à de l'argent étranger, venu du Danemark et d'Allemagne. «Initiative citoyenne de Gouliaï-Polie», dit la petite plaque à l'entrée. Qu'elle était fière, quand on a apposé cette plaque! Et Marko sentait son cœur battre la chamade, de la voir si fière. Il aime la regarder, belle comme elle est, mais il aime surtout l'admirer. Katia est intelligente, éduquée. Cent fois elle aurait pu partir ailleurs, tenter sa chance à Kiev ou même en Europe. Mais elle reste pour «défendre les droits des citoyens», comme elle le dit avec fierté. «Et surtout leur apprendre à se défendre eux-mêmes», ajoute-t-elle d'un ton professoral qui ferait aimer à Marko tous les professeurs du monde.

Même la mère de Marko reconnaît que Katia est courageuse. «Exceptionnelle, cette fille...» Quand elle dit ça, elle touche du bois, comme pour dire: «Espérons qu'il ne lui arrive rien.» Puis elle ajoute: «Pourquoi faut-il que ce soit toujours les filles qui se montrent les plus courageuses?» Katia est l'ennemie des puissants. Dès qu'il y a un scandale de corruption, un abus de pouvoir, elle réunit ses quatre ou cinq fidèles, écrit aux journalistes, mobilise les habitants de Gouliaï-Polie, organise des manifestations... Et elle a parfois même gain de cause. Comme avec la route de Pologui: Katia a déniché dans les comptes du conseil municipal un projet de route financé par la région à hauteur de un million de hryvnias, à la sortie de la coopérative.

Malgré ces sommes extravagantes, on s'était contenté d'un chemin de sable... Elle a fait un foin terrible et le maire a dû céder. Comme par miracle, on a retrouvé l'argent manquant. Bon, c'est vrai, deux ans plus tard, l'asphalte part déjà en morceaux... Malgré les efforts de Katia, qui pense que seulement le tiers du budget a été dépensé, les gens se montrent fatalistes : une route, même cabossée, c'est déjà pas mal, n'embêtons pas le maire pour des bêtises... « Voilà contre quoi je me bats », a expliqué Katia Galiouk, un jour, à Marko : le fatalisme, la « mentalité d'esclaves » des gens d'ici... Et puis il y a la « dignité » ! Ce mot-là, elle le répète en permanence, comme si elle s'en nourrissait. « Sans des gens comme elle, les petites villes comme Gouliaï-Polie seraient abandonnées à leur sort, confirme la mère de Marko, mortes sans même avoir combattu. »

Le garçon pénètre sans plus de manières dans le local. Elle l'a conçu comme ça : « un espace ouvert à tous, coopératif et libre ». Il aime bien les mots mais il se demande si elle n'en fait pas un peu trop, et où elle a bien pu trouver ça. Le local accueille des ateliers, des groupes de parole. On y parle finances publiques, psychologie de l'enfant, droit des femmes... Mais là, il fait apparemment un peu chaud pour ces choses compliquées, et Katia et ses volontaires sont simplement assis sur des canapés à boire de la limonade.

— Entre, Marko ! lance Katia de sa voix fluette, faisant chavirer le cœur de l'adolescent.

Elle est aussi brune que lui est blond, avec des cheveux coupés au carré, une coupe résolument « moderne ». Il est sûr qu'ils iraient parfaitement ensemble. Malgré la différence d'âge, il est déjà plus grand qu'elle, et ses muscles commencent à saillir. Le soir, quand elle serait trop fatiguée d'avoir défendu la justice, elle pourrait se blottir sans problèmes dans ses bras, son corps menu et un peu dodu reposant sur ses muscles durs. Puis il lui enlèverait ses lunettes et caresserait ses joues si mignonnes. Puis…

— Salut, finit-il par lâcher, réalisant qu'il a l'air un peu drôle, debout au milieu de la pièce, la bouche ouverte. Salut, dit-il encore en se tournant vers les autres volontaires présents, quasiment tous des femmes, toutes plus âgées que Katia.

Il finit par prendre le verre de limonade que la jeune fille lui tend avec un gentil sourire.

— Katia, demande-t-il, tu as entendu parler de la manifestation de gratitude pour Olena Hapko, ce soir ?

— Ne m'en parle pas, ça me met hors de moi depuis ce matin ! Ils nous prennent vraiment pour du bétail et le pire, c'est qu'ils ont peut-être raison… Toute la ville a l'air prête à se vendre pour 150 hryvnias… Tu ne comptais pas y aller ?

— Bien sûr que non ! s'offusque Marko. Mais je me demandais où était l'embrouille. Ils sont prêts à dépenser beaucoup d'argent, apparemment…

— Mais c'est notre argent, Marko ! souffle Katia d'une voix désespérée. Soit ils le prennent directement sur le budget local, sur nos impôts, soit ils considéreront plus tard qu'ils peuvent se rembourser. Et pour quoi ? Une manifestation payée, c'est répugnant et indigne, mais en plus celle-là ne servira à rien. Nos chères élites locales espèrent attirer l'attention de Kiev avec cette belle démonstration de soumission collective, mais ils n'obtiendront rien et nous non plus.

— N'empêche, c'est quand même incroyable, que Hapko soit de chez nous ! s'exclame Marko.

— Oui, c'est un sacré hasard. Tu sais, je n'ai pas voté pour elle, mais attendons de voir ce qu'elle vaut. Elle n'est pas la première à arriver au pouvoir en promettant d'en finir avec la corruption.

Marko fait mine de se glisser à côté d'elle dans un canapé mais il perd courage en sentant les regards des autres femmes posés sur lui. Il avale sa limonade et ressort rapidement dans la touffeur.

J – 18, Gouliaï-Polie

Il est un peu moins de 19 heures lorsque Semion arrive en vue de la ville et des premiers silos à grains qui constituent ses fortifications. Il a roulé sans interruption, toute la journée, laissant son bras griller à la fenêtre du Toyota. Les portions de routes en parfait état, sur lesquelles il peut pousser le véhicule à plus de cent trente kilomètres à l'heure, alternent, sans aucune transition, avec les portions défoncées, sur lesquelles le 4×4 chavire, mettant le dos du vieux bandit à rude épreuve. Il a roulé les cent derniers kilomètres plein est, le soleil dans le dos, laissant derrière lui un léger nuage de poussière, cow-boy solitaire dans la steppe. Aussi loin que portent les yeux, le paysage est à la fois époustouflant et hypnotisant de monotonie. Les champs d'un jaune vif se déploient sous un ciel bleu sans nuages : blé, maïs, et surtout tournesols immenses. Cette sensation de rouler sur un gigantesque drapeau ukrainien, sans limites, le grise. C'est par ces longs voyages qu'il a appris à aimer ce pays inconnu, par ces traversées des montagnes, de l'ouest jusqu'à la plaine orientale. Il se sent tout aussi ukrainien que les jeunes nationalistes qui s'amusent à faire pousser leur mèche à la cosaque. Quoique, un bon paquet de sang soviétique coule encore dans ses veines, il doit le reconnaître… Difficile de s'en défaire, quand on a grandi à Donetsk et fait la guerre en Afghanistan aux côtés de gars venus de Sibérie. À l'âge qu'il a, personne ne peut attendre de lui qu'il change. Que les plus jeunes se bercent de rêves d'Europe et de civilisation, son monde à lui, c'est celui des mines et des usines noires, des fermes aux barrières bien entretenues, des mécanos du dimanche, des putes délicates et rêveuses, des saunas et des bouteilles partagées entre hommes au cou de taureau et aux épaules larges.

Gouliaï-Polie lui apparaît sans charme. Depuis sa dernière visite, dix ou quinze ans plus tôt, les choses ne se sont pas arrangées. On voit plus d'immeubles abandonnés, de lézardes sur les façades, de trous gigantesques sur les trottoirs… La mort lente, l'enfouissement sous la rouille. Il a croisé des dizaines de villes semblables, endormies et langoureuses, dont les immeubles bas et les maisons de bois s'étalent paresseusement sur des kilomètres et s'enfoncent dans le sol. L'été, elles font illusion, deviennent presque majestueuses, noyées dans la verdure qui emplit jusqu'au centre-ville, grands arbres et massifs touffus.

Il repense à Olena, à son flair sans faille. Un autre point pour elle : Semion se fond mieux que quiconque dans le décor d'une telle ville, mieux en tout cas que les Terminator en costumes sombres. Il se sent d'attaque, sûr de sa force et de ses réflexes. Il conduit le Toyota au hasard, se fiant à son instinct pour trouver le centre. Il doit appartenir à une race en voie d'extinction, mais il se refuse toujours à utiliser un GPS, naviguant au doigt mouillé de rues Lénine en places Chevtchenko. Il se gare sur une grande esplanade qui pourrait prétendre au titre de place centrale, impression confirmée par la présence surprenante d'une petite foule de deux cents à trois cents personnes. Semion déplie son mètre quatre-vingt-dix fourbu par la route et fait quelques pas en direction de cette scène étrange. Les manifestants, puisque c'est de cela qu'il s'agit, piétinent mollement sous quelques banderoles étonnantes : « Merci, Président Hapko ! », « Votre ville natale ne vous oublie pas »... Dans la foule, on voit surtout des femmes, vieilles, en fichus et robes abondamment colorés. Les plus jeunes se tiennent à l'écart, sans cacher leur ennui, vêtus d'habits de sport. Et au milieu les hommes, les travailleurs, gardent l'air sérieux et concentré qu'il convient d'arborer lorsqu'on participe à une manifestation politique. Semion les observe un instant, se sentant replonger des années en arrière, dans un monde qu'il a abandonné depuis longtemps. Un monde de prolétaires aux allures de paysans, de taiseux renfrognés. Un monde où la ville et la nature se marchent l'une sur l'autre, toutes aussi brutales et rapaces, béton et métal contre arbres et verdure. Deux caméramans de la télévision régionale, encore moins enthousiastes que les participants, filment l'événement. Sans doute fera-t-il l'objet d'un court sujet aux informations du soir de Zaporojie 1.

— Salut. Tu viens pour l'argent, toi aussi ?

Semion baisse lentement les yeux vers le microbe qui l'a interpellé, quelques dizaines de centimètres plus bas.

Un jeune garçon à l'air comique, avec un visage encore enfantin et des cheveux d'un blond éclatant, presque blancs, rasés sur les côtés et rassemblés en mèches longues au-dessus du crâne. Il est en tongs, porte un jean troué et un maillot de l'Italie d'une époque difficilement datable. Appuyé au guidon d'un vélo encore plus désarticulé que lui, un antique modèle Droujba couleur rouille, il fait face à la manifestation, à une cinquantaine de mètres.

— Sympa, ton vélo, dit Semion en décrochant un sourire qu'il espère engageant.

— Eh, le boiteux, moi au moins je marche droit, alors laisse ma bécane tranquille !

Décidément, le gamin plaît à Semion ! Observateur, pour commencer, et bravache. Il s'est même relevé de toute sa taille pour paraître plus menaçant.

— T'emballe pas, Baresi. Je viens en paix.

— C'est qui, Baresi ? Bon, tu viens pour la manif, oui ou non ?

— Combien ils paient ?

— 150 hryvnias. Mais si tu y vas, y a 50 hryvnias pour moi, vu que je t'ai rencardé.

— Et pourquoi tu n'y vas pas, toi ?

Le garçon paraît troublé. Il se cabre légèrement et répond, un peu de rouge aux joues :

— Moi je n'ai pas besoin de 150 hryvnias ! Et puis, c'est contre ma dignité d'être payé pour participer à une manifestation.

Semion lui jette un sourire amusé, essayant de ne pas avoir l'air trop moqueur. Oui, le garçon lui plaît.

— Dis-moi, il y a un hôtel ici ?

— Bien sûr, le Lidia ! C'est tout près, je peux t'y conduire.

Semion visualise d'avance les lieux. Le nom évoquerait plutôt un hôtel de passe, mais tous les hôtels de province se ressemblent : un bloc de béton sans charme, des chambres sans confort, aux murs et aux draps orange ou verts, sur lequel veillent des réceptionnistes aux allures de dragons qu'une petite blague ou une parole douce suffisent parfois à apprivoiser.

Le bandit va récupérer son sac de voyage dans la voiture et se met en route derrière son guide.

— Tu viens faire quoi en ville, si tu n'es pas là pour la manifestation ?

— Je suis là pour affaires, répond Semion, pas mécontent de voir le gamin hocher la tête d'un air entendu.

— Et tu t'appelles comment ?

— Serafim.

— Serafim ? C'est ridicule comme prénom !

Semion fait mine de réfléchir et concède :

— Oui, un peu. Et toi, tu t'appelles comment ?

— Marko.

— Pas mal, mieux que Serafim.

Marko tourne la tête vers son nouveau compagnon, le regard éperdu de reconnaissance. Il reprend :

— C'est qui, le... Baresi dont tu m'as parlé tout à l'heure ? Un truc pour te foutre de moi ?

— Un joueur de foot italien, un défenseur. Mais bon, ça doit être un truc de vieux, maintenant...

— Boh, j'en sais rien, c'est surtout que ça m'intéresse pas, moi, le foot. Ma mère a pas trop les moyens d'être regardante sur les habits qu'elle achète. Et ce t-shirt-là, il a de la gueule, moi ça me va.

Semion regarde autour de lui, comme s'il cherchait sur les façades de béton quoi répondre. Il n'en a que trop vu, des bons petits gars d'Ukraine grandissant dans la pauvreté. Lui-même, enfant, n'avait pas de quoi s'acheter beaucoup plus qu'une chemise. Et comme le petit, une mère à qui il n'aurait jamais osé se plaindre. Il espère que celui-là ne deviendra pas un bandit.

— Et lui, c'est qui ? demande-t-il, trop content de changer de sujet, en désignant une drôle de statue dorée sur leur droite.

— Sérieusement, tu sais pas ? C'est Makhno, bien sûr ! Nestor Makhno, l'anarchiste ! C'est comme Hapko, il est né ici. Sauf que lui est resté et a fait de Gouliaï-Polie sa capitale... Tu connais pas l'histoire ?

— Vaguement.

— C'est vrai qu'on n'en parlait pas du tout du temps de l'Union soviétique, concède Marko grand seigneur. C'est ce que ma mère m'a dit, que sa mémoire avait été complètement effacée et que ceux qui parlaient de lui avaient des problèmes. Il faut dire qu'il leur a fait du mal, aux Rouges !

— Je croyais que c'était un anarchiste ? demande Semion, un peu perdu.

— Justement, les communistes, ils n'aimaient pas trop ça, les anarchistes. Et puis, Makhno, il était pas du genre discipliné. Il disait qu'il fallait taper sur les Rouges jusqu'à ce qu'ils deviennent blancs et taper sur les Blancs jusqu'à ce qu'ils deviennent rouges... Il a fait la guerre à tout le monde, il contrôlait un territoire immense pendant la Guerre civile : du Donbass à Odessa, et jusqu'à Kharkov au nord. «La liberté ou la mort!» Bon, il a tué plein de gens, mais sur ses terres tout le monde était libre. Et égal. Les communes étaient mobilo-gérées…

— Autogérées, tu veux dire?

— Voilà, c'est ça. Tu sais, dans le vieux cimetière, ici, y a les tombes de toute sa famille, ses parents, ses frères…

— Et pas la sienne?

— Non! Il a dû fuir l'Ukraine et il est mort en France, ouvrier chez Renault, pauvre comme tout…

Semion digère ce flot d'informations et jette un œil au petit homme représenté sur la statue. Il n'a pas l'air trop terrible, avec ses joues proéminentes et son nez un peu relevé. Puis il observe à la dérobée le drôle de garçon qui l'accompagne en poussant son vélo ridicule à deux mains.

— Tu as l'air très calé sur l'histoire de ton Makhno, dis donc…

— C'est qu'il n'y a pas grand-chose dont on peut être fiers, ici, répond doucement le petit en baissant la tête. Pendant longtemps personne n'en parlait, et puis, après la fin de l'Union soviétique, la ville a fait cette statue, et puis un musée. Ils espéraient que ça attirerait les touristes mais ça n'a pas trop marché…

Semion se tait, heureux de cette marche vespérale aux côtés du gamin. Après un silence, Marko reprend :

— En fait, il y a autre chose. Je vais te le dire, mais c'est un secret. Un secret immense, très peu de personnes sont au courant. Tu promets de ne pas le répéter?

Semion promet, et en promettant il se sent honteux

d'avoir menti au gosse, de lui avoir d'entrée donné un faux prénom...

— Voilà : je suis un descendant de Nestor Makhno.

Semion s'arrête un instant, sincèrement étonné par la révélation. Le gamin s'est arrêté aussi, la tête tournée vers le vieux, fier et anxieux à la fois.

— Ah oui, ça c'est la classe, confirme Semion avec entrain. Tu es Marko Makhno, donc ?

— Hmm, non, sinon ça ne serait pas vraiment un secret... Mon père est un descendant d'une sœur de Makhno, mais il s'appelle Fradkov, comme moi. Je ne le connais pas vraiment, mon père...

— Ça doit vachement bien marcher avec les filles, ton truc ! Le descendant du terrible Makhno !

— Je t'ai dit, c'est un secret... Ma mère dit que c'est encore un nom maudit et dangereux. Pendant des décennies, des gens sont morts pour l'avoir porté. Ma mère m'a fait promettre de garder le silence, mais je crois que ça a aussi un rapport avec mon père, qu'elle ne veut pas trop qu'on parle de lui en ville. Il y a une seule fille à qui j'ai prévu de le dire. Je suis sûr que ça va lui plaire, elle est encore plus courageuse que Makhno... Tiens, on est arrivés. Voilà ton hôtel.

Le gamin reste un gamin. Il a rougi en parlant de sa petite copine et semble soulagé de changer de sujet. Semion le retient encore un instant :

— J'ai une mission pour toi. Tu veux m'aider ?

Marko hoche la tête avec enthousiasme et Semion poursuit :

— Il faut que je trouve Larissa Ivanovna. L'institutrice. C'est avec elle que je dois faire affaire. Tu la connais ?

— Non, jamais entendu parler.

— J'ai une adresse, mais la vieille ne vit plus là. Tu vas poser des questions. Discrètement, sans dire que ça vient de moi. Pour un exposé à l'école, par exemple... On se retrouve demain matin et tu me dis ce que tu as découvert ?

— Vendu !

L'hôtel est exactement comme Semion l'avait imaginé, un bloc grisâtre sur lequel le nom «Lidia» s'affiche en grosses lettres roses suggestives. Dans le restaurant, il n'y a pas un seul client, mais une sono qui crache de la techno à plein volume et un aquarium où un iguane improbable, aussi immobile que s'il était mort, trône en majesté.

— Pas d'Internet, le prévient la réceptionniste, une femme massive aux joues fardées et aux cheveux rouges montés en une coupe sophistiquée, dont le badge indique qu'elle s'appelle Lioudmila.

Semion lui sourit de bon cœur.

— Pas d'Internet, répète-t-il avec satisfaction, et la grosse dame rougit.

J – 17, Gouliaï-Polie

Dès 9 heures du matin, les deux compères reprennent leur déambulation de la veille. Marko s'est posté devant l'hôtel une heure plus tôt, trépignant d'impatience, guettant la sortie du vieux bandit. Car il en est sûr, ce Serafim claudicant et si sympathique est un vieux bandit. Mais qui ne l'est pas ? Dans cette région, les hommes alternent sans cesse petits boulots plus ou moins légaux et, quand ils en ont l'opportunité, emplois plus stables. Dans certaines villes, un homme sur quatre a fait de la prison... Alors Marko se garde bien de juger. Au contraire, il est fier de donner un coup de main à ce vieux au visage osseux et aigu qui dispose ses cheveux gris en arrière pour masquer une calvitie naissante.

Sans se concerter, ils se sont remis en marche, décidant d'un accord tacite de ne pas parler « affaires ». Marko ne s'est pas résolu à abandonner son vélo, qu'il doit pousser devant lui sur les trottoirs larges et défoncés. Semion l'interroge encore sur Makhno, sur les malheurs de Gouliaï-Polie, et puis sur l'étrange manifestation de la veille. Ça lui fait bizarre de penser à l'enfance de la Chienne, ici, dans cette ville. Il essaie de l'imaginer, mais il sait l'exercice impossible : c'était non seulement un autre temps, mais un autre pays. Ceux de Gouliaï-Polie ne devaient pas avoir cette sensation d'avoir été oubliés, quelque part au bout du monde. Dans les années soixante, on croyait encore en quelque chose. Si ce n'est en l'avenir, au moins dans le bien-fondé du présent. C'est seulement après qu'est venu le temps du cynisme, et la stagnation, dans les grandes villes d'abord, puis dans tout le pays. Petitesse et médiocrité à tous les étages, noirceur des âmes et des sentiments.

Il songe à la Chienne, malgré tout. Au moins les trottoirs devaient-ils être moins défoncés, à l'époque, les autobus moins rouillés, les façades moins fissurées... Bizarrement, c'est sous les traits du petit Marko qu'il se la représente. Une fille aux allures garçonnes, cheveux ni vraiment longs ni tout à fait courts, pour se démarquer des autres, de tous les autres. Une fille au visage gentil, curieuse, attentive, mais trop tôt en guerre contre le reste du monde et qui, par prudence, apprend à parler en montrant les crocs.

— Tu veux faire quoi, plus tard ? demande-t-il au garçon qui marche en silence à ses côtés, attendant patiemment la fin de sa gamberge.

— Routier, répond l'autre sans hésitation.

— Ah, tu aimes les camions ?

— Non, je veux juste partir d'ici !

La réponse, violente, assomme Semion.

— Tu ne crois pas qu'il y a des choses à faire, ici ?

— Personne ne croit à ça, répond Marko, amusé. Tout le monde dit qu'on nous a oubliés, que les choses ne peuvent qu'empirer. Que ceux qui sont au pouvoir nous regardent comme des merdes et qu'ils n'ont pas besoin de nous. La seule qui croit à quelque chose, c'est Katia. Elle dit que ça ne tient qu'à nous de changer les choses, d'avoir des chefs normaux, pas corrompus, d'attirer les investisseurs. Moi je lui fais confiance, à Katia, mais qui va investir ici? Les seuls boulots qu'il y a, c'est dans la bouse de vache. Moi je préfère la ville. Ou la route…

— Katia, c'est ta copine? demande Semion.

Le garçon lui jette un regard d'animal traqué, qui rêve de recevoir une gentille caresse et un sucre, mais qui ne sait pas s'il peut faire confiance. D'une voix brusque, il dit:

— Et toi, tu as une femme?

— Non. Plus maintenant.

— Une copine?

— Plein! répond Semion en éclatant de rire.

— C'est vrai? poursuit Marko, soudain tout excité.

Semion lève les bras dans un geste d'impuissance.

— Tu m'as démasqué, je n'ai pas de copine. Mais c'est la vérité: à une époque j'en avais pas mal…

Le vieux se sent un peu niais, à fanfaronner ainsi devant un gamin. Et puis l'époque dont il parle commence à remonter légèrement. Celle des flingues et des billets, des filles excitées par la poudre autant que par les liasses. La mère de Ioulia était l'une de ces filles, et il a cru qu'il pourrait l'apprivoiser. Seulement, il a fallu qu'elle boive. Pas comme tout le monde – *plus* que tout le monde. Le genre d'alcoolisme qui disloque le corps et le cerveau et transforme la plus jolie fille en un cadavre puant. Il l'a quittée et elle est morte quelques années plus tard, Ioulia auprès d'elle. Au moment de raccrocher, il s'imaginait que sa « retraite » lui offrirait tout le temps nécessaire pour s'amuser, qu'il mènerait la grande vie, collectionnerait les aventures ou au moins les coups d'un soir. Finalement, sa libido a chuté en même temps que sa cote sur le marché du crime. À sa propre surprise, ça ne l'a pas dérangé. Il s'est même senti soulagé quand on lui a proposé un studio à Obolon, l'un des quartiers les moins glamours de Kiev. Il s'est rendu compte qu'il préférait croiser, tous les matins, des vieilles aux visages usés plutôt que des pétasses promenant leur caniche nain avec un garde du corps pour porter leur sac à main. Tout juste a-t-il entretenu, l'année précédente, une liaison avec une femme de vingt ans sa cadette, une intello qui lui a appris à lire. Enfin, à lire des livres... Comme par réflexe, il s'est barré dès que la nana a paru s'accrocher un peu trop. Il sait que ça ferait plaisir à sa fille de le voir se remarier, mais il n'est pas encore prêt à affronter une telle révolution. Ioulia... Il n'a cessé de penser à elle, ces derniers jours, chaque fois qu'il voyait le visage d'Olena Hapko à la télévision. *Avant*, il aurait ri de bon cœur devant le bon coup réalisé par la Chienne. Présidente d'Ukraine ! Elle qui a commencé sa carrière en s'attachant à piller méthodiquement les richesses de ce pays... Maintenant, il songe à Ioulia, sa fille. Sa fille qui hésite à rentrer en Ukraine, une fois ses études finies. Semion lui a promis qu'elle n'aurait pas à s'en faire pour l'argent, mais elle lui a expliqué qu'il ne s'agissait pas seulement de ça. Qu'elle voulait vivre dans un pays normal, où l'on ne paie pas pour voir un médecin, où les juges et les flics ne sont pas des menaces permanentes, où le moindre oligarque ne peut pas vous piétiner impunément. Ça l'a fait réfléchir. Ça l'a *éveillé*. Et puis ça lui a fait regarder d'un autre œil cette chose insensée accomplie par la Chienne. Il ne sait pas s'il doit se réjouir ou la maudire. Il sait qu'elle ne poursuit qu'un but, assouvir sa soif de pouvoir, et que son ascension vers le sommet se résume à cette seule impulsion. Mais il s'est pris à espérer. Quand elle lui a dit, à l'hôtel Intercontinental, son envie de faire quelque chose pour son pays, il a surjoué l'incrédulité et le cynisme. Elle le connaît si intimement, ce pays, ses souffrances épousent si bien les siennes. Si c'était elle, finalement, qui était en mesure d'offrir un avenir à Ioulia, «des perspectives», comme on dit bêtement? Elle, Olena Hapko, qui la convainquait de vivre dans son propre pays, celui des champs de tournesols, plutôt qu'à Tübingen ou Francfort?

— Comment on fait pour séduire une fille plus âgée?

Marko a sorti Semion de sa rêverie, mais le sourire que lui adresse le vieux bandit est un peu figé. Il est fatigué, soudain. Il veut en finir avec cette mission que lui a confiée la Chienne. Une mission dont il ne sait même pas si elle doit profiter à la nouvelle présidente, celle qui a promis le changement, ou à la femme d'affaires roublarde, celle qui a fait rouler tant de têtes à ses pieds pour le bonheur de voir croître son empire. Alors, prodiguer à ce gamin trop curieux ses conseils de mari et père de famille ratés lui paraît au-dessus de ses forces. «Sois audacieux», «Sois toi-même», «Impressionne-la»... Il n'a qu'à regarder dans son Internet...

J – 17, banlieue de Moscou, Russie

Le président de la Fédération de Russie observe les gouttes de sueur se former sur le corps gras et massif du patron de Rosneft. De ses yeux à demi clos, Vladimir Poutine détaille les replis de graisse dans lesquels la moiteur se condense pour former de véritables rigoles. Vladimir Poutine n'aime pas les gros, mais sous la graisse d'Igor Setchine il devine des muscles puissants, un cou de taureau. Tout de même, se dit le président, un ancien officier des services ne devrait pas se laisser aller ainsi. Surtout un personnage aussi important qu'Igor Ivanovitch Setchine. Lui, Vladimir Poutine, se laisse-t-il aller? Même durant les quatre ans qu'il vient de passer au purgatoire, hors du Kremlin, il ne s'est pas oublié un seul jour. Natation, musculation, hockey, judo... Pour se rassurer, il baisse le regard sur son propre corps. La peau, luisante de transpiration, est à peine affaissée. Seuls ses seins sont un peu tombants, mais d'un geste imperceptible il contracte ses muscles et voit ses pectoraux prendre une forme ronde et harmonieuse. Pour son âge, il est en excellente condition. Il se trouverait tout de même mieux plus maigre, muscles secs et silhouette affûtée. Le glaive d'une Russie prête à frapper ses ennemis.

Le président claque rapidement des mains et un domestique fait son apparition à la porte du sauna, une serviette autour des hanches. D'un geste du menton, Vladimir Poutine désigne le thermomètre accroché au mur de bois. Les hommes du Kremlin savent que la température du *bania* ne doit pas tomber sous les 90 degrés. Il y a du relâchement, songe Poutine, l'État n'est plus tenu. L'employé disparaît sans un mot, le temps d'aller glisser quelques bûches dans le foyer à l'extérieur du sauna. Puis il revient dans la pièce, verse une généreuse louche d'eau sur les pierres brûlantes. La vapeur monte immédiatement sur les bancs supérieurs, où Poutine et Setchine se font face.

Il a rongé son frein, pendant ces quatre années. Premier ministre, il a été condamné à observer ce minable de Medvedev faire des courbettes aux Occidentaux. Poutine n'a pas abandonné les leviers du pouvoir, ses hommes étaient partout, mais il ne pouvait pas tout contrôler, et quitte à avoir joué le jeu de la Constitution il devait bien laisser à l'autre quelques prérogatives. Cet inverti a été jusqu'à lâcher Kadhafi ! Non pas que Poutine apprécie particulièrement le Bédouin, mais les images de son exécution par une bande de rebelles financés par les Américains lui ont retourné les tripes. Son visage en sang et hagard, dans sa propre ville natale ! Malgré la chaleur, il frissonne en imaginant la scène : ses ennemis qui viennent le chercher à Saint-Pétersbourg, où il s'est réfugié après qu'une révolution de couleur a emporté Moscou. Puis il ricane pour lui-même, plissant encore un peu les yeux : ses ennemis seraient bien incapables de lui faire le moindre mal. Ces démocrates chouineurs ne sont pas des violents, et c'est pour ça qu'ils n'auront jamais le pouvoir. Ils seraient incapables de le pendre ou de le sodomiser, comme les rebelles l'ont fait avec Kadhafi. Même Medvedev s'est montré décevant. Il était dans l'ordre des choses qu'après avoir été placé sur le trône il tente de s'y maintenir. Il y a d'ailleurs songé, Poutine le sait. Mais sa tentative a été timide, indécise. Et assez brève pour qu'il puisse obtenir le pardon de son chef et quelques nouvelles années au poste de Premier ministre. Il n'empêche. Les Occidentaux et leurs relais sont toujours là, et lui, Vladimir Poutine, va devoir se montrer intraitable pour réaffirmer son emprise sur le pouvoir et dominer ses ennemis.

Comme s'il lisait dans ses pensées, Setchine grommelle :

— Putain !

— Quoi donc, Igor Ivanovitch ?

— On va leur montrer...

Puis il complète, comme si la chaleur rendait sa diction difficile :

— ... à ces chiens !

Le gros homme a l'air d'un ogre rusé, renversé en arrière sur le banc du *bania*, ses bras épais posés sur son ventre, son visage pris dans un rictus satisfait. Setchine a toujours su lire dans les pensées de son chef. C'est son principal atout, il lui permet de devancer ses désirs. Il a accompagné Poutine avec une fidélité sans faille depuis leurs débuts communs à la mairie de Saint-Pétersbourg, qui était alors encore

Leningrad, puis à Moscou, au sein de l'administration présidentielle. Les deux hommes se font face, s'observant comme deux vieux matous, paupières baissées, légèrement abrutis par la chaleur qui s'empare de l'étuve. Poutine ne peut s'empêcher de penser que l'autre a des yeux cruels. Ou avides. Dès les débuts, il a démontré ces deux qualités : c'est lui qui a obtenu la peau de Khodorkovski, en 2003, s'offrant au passage son empire pétrolier démantelé, Ioukos. Depuis, Setchine étend son influence sur deux fronts : au sein de l'administration présidentielle ou du gouvernement, où il cumule les postes à responsabilités ; et à la tête du géant pétrolier Rosneft. Pouvoir et argent, de quoi faire de lui un titan. C'est aussi à lui qu'a échu le dossier Hapko. L'idée a plu à Poutine, elle permet d'attiser la rivalité entre Gazprom et Rosneft. Mais l'objectif numéro un reste d'en finir une fois pour toutes avec l'indiscipline ukrainienne. Depuis le début des années deux mille, Kiev et Moscou ont multiplié les contentieux gaziers : dettes, volumes et tarifs pour le transit vers l'Europe. À plusieurs reprises, la partie russe a dû couper les robinets pour calmer les ardeurs ukrainiennes, s'attirant la colère des clients européens privés de gaz l'hiver. Le président russe a horreur de ces récriminations. Les plaintes des Européens privés de chauffage quelques jours le font doucement rire, lui qui a connu les rigueurs du Leningrad d'après-guerre. Et puis il sent que ses « partenaires » occidentaux sont trop contents de l'accuser, d'avoir enfin des arguments pour le traiter en barbare irresponsable. Ils l'ont toujours méprisé, ces petits-bourgeois soumis aux

Américains et aux homosexuels. Qu'ils aillent se faire enculer, songe-t-il, trop hébété pour bouger les lèvres.

Setchine doit profiter de l'arrivée au pouvoir d'Olena Hapko pour résoudre définitivement le dossier gazier à l'avantage de la Russie, et accroître dans le même temps la dépendance de l'Ukraine vis-à-vis de son voisin. Le plan conçu par Moscou permettrait de passer la bride aux rêves ukrainiens d'émancipation. Année après année, les oligarques ukrainiens viendront manger dans la main des Russes pour obtenir leurs précieux rabais. Poutine ne prend aucun plaisir à humilier ainsi le pays voisin et ses habitants. Tout serait plus simple s'ils restaient à leur place, celle du petit frère docile et satisfait de son sort. À vrai dire, dans l'esprit du président russe, l'idée même de peuple ukrainien est une vue de l'esprit. Les Ukrainiens ne sont rien de plus qu'une copie, certes un peu brouillonne, des Russes. Un prototype qui a mal tourné. L'indépendance ukrainienne a été une nouvelle trahison de ce pleutre de Gorbatchev et des Occidentaux. À présent ceux-ci cherchent à attirer l'Ukraine dans leurs filets. À lui, Poutine, de rétablir la balance.

— Vladimir Vladimirovitch, tout est en place à Kiev pour passer à l'étape suivante. Nous avons clairement fait comprendre à la présidente élue que nous n'étions pas prêts à tolérer des atermoiements sans fin. À toi de donner le feu vert, évidemment, mais je propose de passer à l'étape suivante. Accroissons la pression en rendant publique une partie des documents. Les médias ukrainiens amis sont prêts à nous suivre.

« À toi de donner le feu vert, *évidemment* » ! ? Comme

à son habitude, Poutine ne dit rien, mais il enregistre la remarque de Setchine. Celui-ci lui donnerait-il une autorisation ? Si c'est une évidence, à quoi bon la rappeler ? Bien sûr que c'est à lui de donner le feu vert, il est le chef ! A-t-il besoin qu'on le lui rappelle ? Et puis Setchine joue les fiers, mais il n'a pas eu à trop se creuser la tête pour mettre en place le dispositif Hapko. Il s'est avéré que les services étaient particulièrement bien préparés à l'arrivée au pouvoir de la femme d'affaires. Poutine en a même été étonné. Le travail préparatoire remonte aux années quatre-vingt-dix, il a été mené consciencieusement et Moscou y a même gagné les morceaux les plus importants de TechTsentr. À l'époque, lui-même était trop occupé à apprendre les ficelles du business avec ses amis pétersbourgeois pour penser à des plans à long terme aussi ambitieux. Il faudra se souvenir de féliciter les agents qui étaient alors en charge des affaires ukrainiennes.

— Pourquoi tant de hâte, Igor Ivanovitch ? Olena Hapko n'a même pas été investie présidente... Nous avons des arguments solides à lui faire valoir, mais qu'on ne peut utiliser qu'une seule fois. Le contrat gazier ne doit être renouvelé qu'à la fin de l'année...

— Nous avons dévoilé nos cartes, Hapko sait maintenant quels sont ces arguments. Je pense qu'il faut battre le fer tant qu'il est chaud... Ne laissons pas à la présidente élue le temps de se ressaisir. Elle doit comprendre notre détermination.

Le patron de Rosneft s'est levé de son banc et descend lourdement les marches. Il se tient debout face à son patron, son ventre en avant, comme pour l'encourager à donner le signal de la fin du *bania*. Ou bien cherche-t-il à en imposer au président par son physique massif? Poutine, gardant les yeux mi-clos, l'observe. Son sexe volumineux, plus que le sien, invisible tant que l'autre était assis, pend maintenant à quelques dizaines de centimètres des yeux du président. Poutine sent son exaspération croître. Il apprécie cette camaraderie à la russe qui s'accommode si bien de la nudité, mais tout de même, lui coller sous le nez ce sexe imposant…

— Tu es pressé d'empocher tes gains, c'est ça?

Tous les bénéfices tirés de l'opération Hapko seront pour Setchine et ses affidés en Russie et en Ukraine. La pratique est habituelle dans la Russie de Poutine : les nouveaux boyards défendent la patrie et se servent sur la bête. Les montants sont phénoménaux, ils se comptent en milliards de dollars. Le président sait que ses propres comptes, tenus par des prête-noms, seront aussi alimentés, mais la voracité de ses alliés l'exaspère. Et cette façon de l'enrichir, lui, le président, sans lui demander son avis, lui répugne. Comme si on voulait l'acheter. Comme s'il avait besoin de comptes aux Caraïbes pour être le glaive de la Russie !

Setchine proteste mollement, mais Poutine s'est braqué. Plus son irritation envers son subordonné croît, plus il songe avec bienveillance à Olena Hapko. La brune Ukrainienne l'a toujours intimidé, avec son physique d'héroïne de cinéma, et il a du respect pour ce qu'elle a accompli. Ils sont proches, tous les deux, songe Poutine. Tous les deux se sont faits seuls, alors que personne ne croyait en eux. Sa hargne mérite de la considération. Il aimerait pouvoir s'en faire une alliée, peut-être une amie...

— Voyons comment Kiev réagit à nos premiers avertissements, tranche-t-il. Notre but n'est pas de renverser Hapko mais de la pousser à nous obéir. De la finesse, Igor Ivanovitch !

J – 17, Gouliaï-Polie

Le jeune anarchiste a bien travaillé. L'institutrice a quitté son appartement de la rue du Prolétaire-Rouge il y a cinq ans. Plus ou moins expropriée par un neveu qui a ensuite revendu le bien pour une misère. Obligée de se réfugier dans une petite maison éloignée du centre. Depuis une heure qu'il l'observe, garé à une dizaine de mètres dans la rue des Spartakistes, Semion a eu le temps d'en repérer toutes les imperfections : le bois mangé par les termites et l'humidité, les murs qui penchent, le toit ébranlé, la peinture verte qui n'est plus qu'un lointain souvenir. La maisonnette garde toutefois son charme, avec ses dessus de porte chantournés, ses rideaux de dentelle blanche aux fenêtres. Au fond du jardin, trois arbres forment un verger modeste, leurs fleurs jettent des éclats lumineux. Au moins a-t-elle un potager, pense encore Semion depuis l'habitacle du Toyota. Bien entretenu, même. Le bandit distingue les plants de carottes, de citrouilles, de pommes de terre... Des légumes de pauvres, de ceux qu'on plante pour bouffer, pas pour occuper ses dimanches...

Pour sa peine, Semion a glissé à Marko un billet de

500 hryvnias. Il pensait lui faire plaisir mais le gamin a paru surpris, blessé. Il a quand même pris l'argent. La suite a été tranquille. Semion a passé la journée allongé sur le lit de sa chambre d'hôtel, à écouter les murs vibrer sous l'assaut de la musique techno du restaurant, poussée à fond dès 15 heures. À 18 heures, il s'est mis en planque devant la maison de la vieille, observant sa silhouette voûtée s'agiter à travers les fenêtres. Rien de suspect, ni chez l'institutrice, ni dans les maisons voisines, également occupées par des retraités. Tout juste Semion a-t-il tiqué quand il a vu passer dans son dos un 4×4 Mercedes un peu trop chic pour le quartier, pour la ville. Puis il s'est rappelé que dans toutes les localités, même les plus misérables, on trouve toujours des petits ou gros malins qui tirent leur épingle du jeu, qui s'approprient les maigres ressources des autres et ont tôt fait de les dépenser dans le signe extérieur de richesse le plus primaire : une voiture qui en impose.

Avant de sortir, il a jeté un dernier coup d'œil dans le rétroviseur. Il a souri en comprenant d'un coup pourquoi la Chienne avait insisté pour l'envoyer, lui, à Gouliaï-Polie. Son visage est sec, marqué de profondes rides, mais il a perdu tout ce qu'il pouvait avoir de terrifiant, à l'époque où son apparence constituait son principal gagne-pain. Avec sa chemise à carreaux au col soigneusement refermé et ses cheveux en brosse, il ressemble même à un bon grand-père, sévère mais pas désagréable. À voir la silhouette fragile de la vieille, il se dit que des hommes à l'aspect plus farouche, de ces hommes nouveaux dont s'entoure la Présidente, auraient pu lui provoquer un infarctus. Et puis, qui sait, peut-être auraient-ils considéré que le moyen le plus simple d'obtenir le cahier était de lui briser les genoux et de causer ensuite…

Semion jette un coup d'œil à la boîte à gants, décide d'y laisser le Makarov. À 19 heures, il extirpe sa longue carcasse du véhicule et va à petits pas lents toquer à la porte de la maison. Le temps a été encore plus cruel qu'il ne le croyait avec la vieille. Le visage jouflu entraperçu dix ans plus tôt a fondu. Sa peau, parcheminée, a une teinte grisâtre, et ses mains, déformées par l'arthrite, s'accrochent en tremblant à la porte d'entrée. Elle est vêtue d'un peignoir informe, oscillant entre le rose bonbon et un orange délavé. Semion frissonne : il a seulement quelques années de moins qu'elle ; combien de temps lui faudra-t-il avant de sombrer à son tour ? Ce pays est dur pour ses vieux.

En apercevant Semion, les yeux de l'institutrice, voilés par un début de cataracte, retrouvent la lueur d'excitation enfantine que le bandit avait décelée lors de sa première visite. Sa voix a gardé ses sonorités joyeuses et coquettes :

— Je vous reconnais, s'exclame-t-elle, vous êtes un ami d'Olena !

— Serafim Ivanovitch, répond Semion d'une voix chaude, tendant la main à Larissa Ivanovna. C'est Olena qui m'envoie à vous.

Cette introduction, censée rassurer la vieille, provoque chez elle un frémissement d'inquiétude.

— Vous allez me raconter tout ça, dit-elle sans rien laisser paraître. Mais entrez, je vais vous faire du thé…

L'intérieur de la maison est à l'image de la façade

– du vieux, masqué derrière des couleurs fanées. Les tentures exotiques sont usées, et les meubles qu'elles recouvrent respirent le moisi. Le canapé qui occupe l'essentiel de l'espace central, collé au gros poêle de brique et de fonte, est à demi affaissé. Semion y prend place, laissant Larissa Ivanovna s'agiter dans la cuisine. Sur une commode, il remarque deux photos qu'il n'avait pas vues la première fois : une belle jeune fille habillée en robe élégante, pendue au bras d'un type au visage poupin, souriant, engoncé dans une veste de paysan endimanché, sous le portrait d'un Lénine sévère. Sur la suivante, les deux mêmes, à peine plus âgés, dansent en pleine rue, un soir d'hiver, emmitouflés dans de gros manteaux, visages hilares. Probablement un soir de Nouvel An.

— Larissa Ivanovna, vous avez été mariée ? demande-t-il à la vieille comme elle revient en portant deux tasses et un plateau de biscuits secs.

L'institutrice prend son temps, dispose théière et plateau sur la table recouverte d'une toile cirée orange, puis lâche dans un souffle :

— Tchernobyl.

Comme si le mot suffisait à résumer des années de vie commune, peut-être de bonheur, et la fin d'un monde, celui d'un pays et celui d'un foyer. L'Est ukrainien avait été particulièrement mis à contribution après la catastrophe nucléaire. Les mineurs faisaient de bons liquidateurs, compétents et peu impressionnés à l'idée de travailler dans les déchets radioactifs. Et puis la main-d'œuvre était à proximité des lieux de la catastrophe.

— Anton était ingénieur en construction, il a été envoyé parmi les premiers, ceux à qui on a donné une protection minimale. Il est mort six ans plus tard, mais personne n'a bien sûr voulu reconnaître le lien avec son travail à la centrale... Pourquoi êtes-vous venu, Serafim Ivanovitch?

Fin des politesses, fin des questions déplacées.

— Quand nous vous avons rendu visite il y a un peu plus de dix ans, Olena et moi, vous nous aviez montré un cahier d'écolière lui ayant appartenu. Vous l'avez probablement toujours...

— Bien sûr, je ne l'aurais jeté pour rien au monde!

Semion sent qu'il devrait s'en tenir à la mission, récupérer le cahier et disparaître au plus vite. Il ne peut s'empêcher de demander:

— Pourquoi? A-t-il une valeur particulière?

La vieille éclate d'un petit rire étouffé:

— Pour moi, oui, c'était un cadeau! Olena me l'a offert à la fin de l'année 1975. Vous savez, quand vous êtes professeure de russe, que vous essayez d'enseigner l'amour de la littérature, c'est inestimable quand votre élève favorite vous écrit un récit entier, rien que pour vous, comme cadeau de fin d'année. Après, je me doute bien que ce n'est pas sa valeur littéraire qui vous amène ici, mais vos affaires tordues. Ces comptes à l'étranger...

La vieille, sentant qu'elle en a trop dit, s'interrompt. C'est Semion qui reprend:

— Effectivement. La Présidente préférerait avoir ce cahier par-devers elle...

— Elle est en danger? Ou moi?

— Pas si vous me laissez repartir avec le cahier, Larissa Ivanovna.

Semion se sent un peu honteux d'employer ce ton vaguement menaçant avec la vieille femme, mais tant mieux si ses craintes rendent les choses plus simples.

Sans un mot, avec une agilité étonnante, la vieille se lève du canapé et se dirige vers un meuble-buffet en contre-plaqué marron, vestige soviétique qui orne encore la quasi-totalité des foyers de la région. À genoux, elle y fouille quelques minutes, soulevant des piles de documents, des couvertures défraîchies, puis revient en tenant le fin cahier bleu pâle que Semion a déjà aperçu. Elle le pose délicatement, presque religieusement, devant lui, puis demande :

— Qu'allez-vous en faire ?

Le bandit ne répond rien. Il passe sa main sur la couverture de gros grain usée, déchiffrant l'inscription soigneuse, tracée en grosses lettres à l'encre bleue : « Le Noyau de cerise ». Et un peu plus bas, en lettres plus fines : « Olena Vladimirovna Hapko. 10e classe. 1975 ». La même écriture qui accompagnait ses chocolats belges... Il jette un coup d'œil à Larissa Ivanovna, comme pour demander une autorisation, puis tourne la première page. D'abord un avertissement, en page de garde : « Ceci est le récit du premier vol spatial habité, accompli non par le cosmonaute Iouri Gagarine, comme cela nous a été enseigné de manière mensongère, mais par la cosmonaute Alevtina Tevtouko, dont le nom a été oublié par l'Histoire et les historiens, mais dont la Lune garde la mémoire. » La page d'après, le récit semble réellement débuter : « Au matin du 9 mai 1954, celui de la mission tant attendue, la cosmonaute Alevtina Grigorievna Tevtouko enfila ses chaussures, puis sa combinaison, avec un drôle de pressentiment. Elle ne remarqua d'abord rien, si ce n'est une sensation désagréable au niveau de son pied gauche, comme si un caillou s'était glissé dans sa chaussure. Elle n'y pensa plus et finit de s'habiller avant de rejoindre le poste de contrôle situé au centre de l'immense base. »

Semion referme le cahier. Il se tourne vers la vieille, qui se tient toujours debout, et demande :

— Quelle enfant était-elle ?

Larissa Ivanovna hausse les épaules.

— Une petite fille ordinaire. Plus curieuse et plus intelligente que les autres, sans doute, mais rien de particulier. Aimable, polie… Toujours propre, bien habillée. Elle adorait les fêtes soviétiques. Le 1er Mai, elle était toujours au premier rang de la foule, à agiter son petit drapeau rouge…

— C'est vous qui l'avez encouragée à écrire ?

— Bien sûr. C'était une manière de stimuler sa curiosité, sa créativité, mais aussi de surpasser ses frustrations d'adolescente. À cette époque-là, dans un endroit comme Gouliaï-Polie, personne ne poussait une fille talentueuse à devenir quelqu'un. Vous savez, l'Union soviétique a constitué un bond en avant pour les femmes, elles ont pu devenir ingénieures, scientifiques, ou même cosmonautes, tiens ! Mais dans l'intimité des foyers, dans les mentalités, ces changements étaient plus limités qu'ils n'en avaient l'air. Dans une petite ville, le premier réflexe était de s'inquiéter pour une fille comme Olena, de se dire qu'elle ne trouverait pas de mari, qu'elle aurait une vie difficile... Ça n'a pas tellement changé d'ailleurs, plutôt empiré!

— Et pourquoi est-elle partie de Gouliaï-Polie pour s'installer à Zaporojie avec sa famille? C'était rare, à l'époque, les déménagements. Hormis quand on vous envoyait travailler du jour au lendemain à l'autre bout du pays...

— Il y a eu des rumeurs alors, un scandale étouffé. Je n'ai jamais connu les détails, mais il était question de sa mère, de ses relations avec un directeur d'usine. Je ne sais pas s'ils sont partis pour fuir les rumeurs ou si l'affaire est allée plus loin.

— Ça a dû être dur pour elle...

— Oui, probablement, mais qu'est-ce que vous cherchez à savoir, au juste? Vous voulez comprendre comment Olena Hapko est devenue... ce qu'elle est devenue? Femme d'affaires redoutable, politicienne avide de pouvoir... Vous aimeriez que je vous parle de traumatismes insurmontables, d'une enfance brimée et pleine de rancœur, d'une petite fille qui a dû se battre contre la terre entière... Ou bien vous aimeriez que je vous dise qu'elle était déjà retorse, cruelle, déterminée...? Qu'elle aimait torturer les souris et arracher les pattes des insectes?

Semion réfléchit un instant. Oui, bien sûr que c'est ce qu'il veut savoir, ou ce qu'il imaginait entendre. La dureté de la Chienne a toujours été un mystère pour lui. Elle dépasse de beaucoup ce qu'il a vu chez des gangsters aguerris, orphelins passés par la rue et la prison. Larissa Ivanovna ne le laisse pas répondre:

— Vous posez les mauvaises questions, Serafim

Ivanovitch. Ce qui est important, ce n'est pas de savoir quelle enfant était Olena Hapko, ni si elle a changé plus tard, et à cause de quoi. Ce qui a changé, c'est le monde autour d'elle. Il n'a pas seulement changé, il s'est écroulé en un claquement de doigts. Ces gamins, nous les avons élevés avec nos valeurs, nos références. Et puis, lorsqu'ils sont devenus adultes, plus rien de tout cela n'avait le moindre sens. Ces valeurs qu'on leur avait inculquées sont devenues le mal, du jour au lendemain. Tout ce qu'on leur avait dit de respecter est devenu nul et non avenu. Pour nous aussi, ça a été dur. Avec l'écroulement de l'URSS, c'est comme si on nous disait que nous avions vécu toute notre vie dans l'erreur. Mais au moins nous étions des adultes. Nous avions eu le temps de constater l'hypocrisie du système soviétique, son cynisme. Nous étions blindés contre tous les grands discours. Tout ce qu'on nous demandait, c'était de nous serrer la ceinture et de courber l'échine, une fois de plus, d'accepter que le passé était mort. Nous avons vu la violence des années quatre-vingt-dix comme un nouvel avatar de notre histoire dramatique, de notre destin. Qu'est-ce que ça pouvait nous faire, leurs «privatisations», à nous qui avions connu la collectivisation, les purges, la guerre, les camps... Mais imaginez ce qu'ont pu ressentir ces enfants qui arrivaient à l'âge adulte à ce moment-là, pleins de confiance et d'allant. Eux ne connaissaient ni la violence, ni la cupidité, ni les cadavres étendus en pleine rue. Ils s'étaient habitués à croire ce qu'on leur disait, et surtout à croire en l'avenir. Comment comprendre le bien et le mal, comment savoir à quoi s'accrocher, en quoi garder foi ? Qu'est-ce que ça veut dire, quand le monde entier se met à tourner dans tous les sens, rester la même personne ou changer ?

Semion demeure silencieux. Il plonge dans ses propres souvenirs. L'Union s'est écroulée peu après son retour d'Afghanistan. Pour lui, le choc a été double, en quelque sorte. Ses camarades et lui étaient partis pour une guerre qu'ils croyaient nécessaire et glorieuse. Ils pensaient rentrer en héros, comme avant eux leurs grands-pères revenus de Berlin. Ils n'avaient trouvé que mépris et indifférence : le pays les regardait comme des criminels et des parasites. Et puis le pays avait cessé d'exister, tout simplement. Il n'était plus question de rien d'autre que de survivre. Le capitalisme était venu tout recouvrir, et avec lui la quête désespérée du fric. C'est peut-être cela qui l'avait sauvé : comment s'apitoyer sur son sort quand c'est le monde entier qui se dérobe ? Ceux d'Afghanistan étaient passés dans la grande essoreuse en même temps que les autres, les mineurs, les métallos, les cadres du Parti, les mères de famille, les cosmonautes. Plus personne n'avait le temps de penser à ses états d'âme, à ses blessures. La guerre d'Afghanistan avait été reléguée à la préhistoire en une nuit et ceux qui l'avaient faite sommés d'oublier, quand bien même ils laissaient dans l'affaire une jambe ou un bras. Les plus fragiles s'étaient écroulés, dans la tombe ou tout comme, réduits à faire la manche, pendant que d'autres devenaient gangsters – hommes d'affaires pour les plus malins, hommes de main pour les autres. Semion appartenait à la seconde catégorie. Il était devenu Semion Grandes-Mains...

Un bruit de verre brisé interrompt sa réflexion. Comme un caillou lancé par des enfants à travers une vitre. Son regard se baisse. Ce n'est pas un caillou qu'on a lancé par la fenêtre de Larissa Ivanovna, mais une grenade, qui s'immobilise sur le sol du salon. Une putain de grenade ! Semion n'a pas le temps de se demander s'il s'agit d'une fausse ou d'une vraie, tant la seconde hypothèse paraît incongrue, absurde. Il se jette du canapé, comme mû par un ressort, et en une seconde il est sur l'objet. C'est bien du métal qu'il tient dans sa main. C'est bien une grenade que, dans un réflexe insensé, il a le temps de renvoyer par la fenêtre. Ensuite, tout va très vite : l'explosion puissante, les murs qui tremblent, le verre brisé, encore. Et un cri déchirant qui s'échappe de la pénombre. Poussé par le connard qui a jeté la grenade, espère Semion. Au même instant, il pense au Makarov qu'il a laissé dans la boîte à gants du Land Cruiser. Son cerveau fonctionne vite. Il se sent fort, sûr de ses muscles et de ses réflexes. Il attrape Larissa Ivanovna, qui est restée comme figée sur le canapé, et l'allonge sur le sol, tout contre le meuble-buffet marron.

— Ne bougez surtout pas, lui souffle-t-il avant de sauter par la fenêtre désormais éclatée de la maison.

À quelques pas, il distingue dans l'obscurité un homme étendu sur la route de terre. L'homme, en habit noir de commando, se tient le ventre, essayant de retenir les viscères qui s'échappent d'une plaie béante.

— Aide-moi, murmure-t-il en apercevant Semion, de la bave et du sang s'échappant de sa bouche.

Le vieux bandit ne s'arrête pas. Si les assaillants sont plusieurs, il faut agir vite. Le 4×4 Mercedes qu'il a aperçu un peu plus tôt est invisible, mais il sait que le danger est venu de là. Il court vers sa voiture, plié en deux. Toujours accroupi, il ouvre la portière passager, saisit son Makarov, revient vers la maison. Des flammes s'échappent de la façade arrière, là où la cuisine s'ouvre sur le potager. Le feu a visiblement été déclenché par les assaillants. C'est à ce moment-là qu'il entend les coups de feu. Deux. Abandonnant toute prudence, il court vers la fenêtre, jette un coup d'œil à l'intérieur. Larissa Ivanovna est toujours étendue, mais une mare de sang commence à se former autour d'elle. Un deuxième homme en habit noir inspecte la pièce, pistolet en main, probablement en train de le chercher, lui, Semion. Celui-ci ne perd pas de temps, aligne l'homme et lui tire deux balles dans le dos, l'envoyant valser sur le canapé. D'un bond, il se glisse à l'intérieur de la maison, où les flammes ont commencé à pénétrer. Il se penche d'abord sur Larissa Ivanovna, puis sur l'homme qu'il a abattu. Ils sont en train de se vider de leur sang. Morts tous les deux. Dans les mains de l'institutrice, Semion récupère le cahier bleu pâle et désormais taché de sang, sur lequel ses doigts se sont crispés.

Il sort une nouvelle fois dans le jardin et se précipite vers le deuxième assaillant, toujours en train de gémir au sol.

— Aide-moi, supplie celui-ci d'une voix devenue plus faible.

— Va te faire enculer, répond Semion en plantant sa main dans la plaie ouverte.

L'autre n'a plus la force de crier, sa bouche se met seulement à gargouiller plus fort.

— Qui était la cible ? reprend Semion. La vieille ou moi ?

L'autre grimace.

— Les deux, souffle-t-il.

— Et ensuite quoi ? poursuit Semion, la main toujours plongée dans les entrailles ouvertes.

— Ensuite on foutait le feu, fin de l'histoire... Une vieille et son agresseur qui disparaissent dans le brasier... Fin de l'histoire, répète-t-il en faisant un effort désespéré, visiblement content de la formule.

— Qui vous a envoyés ? Qui vous a envoyés, bordel ?

Semion agite sa main dans la plaie mais rien n'y fait, l'autre s'éteint. Fin de l'histoire. Peu importe sa réponse, pense Semion. Quelle que soit l'officine pour laquelle travaillaient les deux types, c'est évidemment la Chienne qui les a envoyés. Il revoit ses yeux scintillants quand il a évoqué l'offshore de TechTsentr. « Les enjeux dépassent tout ce que tu peux imaginer »... Comme il a été naïf de croire que sa mission se limitait à récupérer le cahier. Sa vraie mission était de mourir, et la vieille avec lui. Pour l'heure, son cerveau fonctionne trop vite pour qu'il y pense réellement. Bizarrement, il ne parvient qu'à envisager la façon de finir le travail qu'on lui a confié. Le plan de Hapko était cohérent. Des vieilles agressées – et pourquoi pas à la grenade ? –, cela n'a rien d'exceptionnel. La police n'enquêterait pas pour si peu, pour démêler l'identité des cadavres calcinés. Il ne voit nulle part autour de lui le Mercedes. Les deux assaillants comptaient sûrement repartir au volant de son Land Cruiser, pour ne laisser aucune trace. Sûr de lui et de ses actes, Semion va déposer le cahier dans le véhicule, puis il revient au type mort au sol. Il l'attrape par les aisselles et le traîne jusqu'à la maison, avant de le faire basculer par la fenêtre dans le salon déjà dévoré par les flammes. Comme en transe, il remplit la mission que la Chienne a fixée aux tueurs.

Lorsqu'il repart au volant du Land Cruiser, le ciel est rendu orange par l'incendie. Dans la rue, des voisins sortis sur le pas de leur porte le regardent passer, en une succession de visages hallucinés.

J – 16, Kiev

Les élections législatives sont attendues seulement à l'automne, mais il n'y a pas de temps à perdre. Il faut songer à l'avenir. Et l'avenir, ce sont ces faces écarlates qui l'observent avec suspicion : notables de province, députés en déshérence, directeurs d'usine, affairistes en quête d'un port d'attache... Beaucoup d'hommes, peu de femmes. Pas vraiment « la nouvelle Ukraine » dont elle a promis l'avènement durant sa campagne. Il faut faire avec : les esprits les plus vifs, les jeunes loups de la finance ou de l'informatique viendront plus tard. Pour l'instant, le noyau dur ce sera ça : ces hommes aux visages rouges d'apparatchiks, à moitié somnolents dans leurs fauteuils, dents en or, cravates violettes et costumes brillants. Olena Hapko se redresse, force sa voix. Seule sur l'estrade, elle tente d'imposer sa présence. Elle a coiffé ses cheveux de manière sévère, tirés en une simple queue-de-cheval. Ses yeux bleus sont encadrés par des lunettes à monture argentée. Les sourires humbles et séducteurs qu'elle réserve habituellement aux foules ne suffiront pas ici.

— Chers amis, un parti politique, ce sont d'abord des

ressources mises en commun au service d'une volonté collective...

Dans sa tête, elle se reprend : dans un monde normal, un parti politique, ce sont d'abord des idées et des militants prêts à les défendre, mais l'Ukraine évolue dans une galaxie à part. Elle aurait pu être plus directe : il faut du fric et il faut du temps d'antenne – le reste suivra.

La Présidente n'est pas une nouvelle venue sur la scène politique ukrainienne. Au fur et à mesure que son empire croissait, elle y a multiplié les contacts, les points d'entrée. Impossible de travailler autrement : sans appuis dans l'administration et dans le monde politique, les perspectives de développement sont limitées, les vulnérabilités trop importantes. Impossible de se prémunir contre les attaques des concurrents, impossible de remporter les contrats publics les plus juteux, impossible d'obtenir le contrôle d'entreprises publiques. À ce jeu-là, les députés constituent le nerf de la guerre : ce sont eux qui, au sein des commissions parlementaires, conçoivent les réglementations qui permettent aux businessmans de faire des affaires, eux qui surveillent l'activité des rivaux. Olena a toujours veillé à disposer, à la Rada, d'une poignée d'élus à ses ordres, et de quelques autres dans les parlements locaux des villes et régions où elle est implantée. Chaque année, le train de vie et la loyauté de ces hommes lui coûtent quelques centaines de milliers de dollars. L'investissement est justifié mais désormais insuffisant. Son statut et ses projets lui dictent de changer d'échelle. Ce n'est plus quinze députés qu'il lui faut, mais la majorité du Parlement. Ou au moins une masse critique suffisante pour peser dans les négociations, conclure des alliances et, au bout du compte, faire passer les lois qu'elle a promises aux Ukrainiens.

— Nous ne devons pas perdre de temps ! Il faut surfer sur les espoirs nés de l'élection présidentielle, sur l'enthousiasme qu'a suscité dans l'opinion publique mon arrivée au pouvoir. À chacun d'entre vous de se mobiliser...

Plutôt que d'acheter un à un les députés dont elle a besoin, à l'année ou au fil des votes, il existe une façon moins coûteuse et plus efficace de procéder : obtenir l'élection d'un groupe parlementaire qui lui soit fidèle. Pour cela, il lui faut un parti politique.

— Dans vos régions, dans vos entreprises, recrutez des volontaires, achetez des panneaux publicitaires, parlez à la télévision !

Le court laps de temps qui la sépare des élections législatives n'est pas un problème. Les Ukrainiens sont habitués à voir apparaître et disparaître des formations éphémères, constituées au gré des besoins des oligarques et des orateurs populistes qui pullulent sur la scène politique. Cela ne les empêche pas de voter pour eux avec l'enthousiasme du premier jour. La Chienne connaît son affaire : il y aura un vrai « congrès » d'inauguration, avec spectateurs par milliers, confettis, chanteurs populaires, distribution de cadeaux, discours enflammés... Mais, en attendant, il faut poser les fondations. Donner le cap, fixer les orientations. Et les présents comprennent bien ce qu'on attend d'eux : chacun, dans la mesure de ses possibilités, doit verser au pot, contribuer au grand mouvement pour plus tard espérer y jouer un rôle. Olena pourrait financer elle-même l'essentiel du projet, un vote ne coûte guère plus d'une vingtaine de dollars, mais obtenir que les notables mettent leurs billes dans l'affaire est la meilleure façon de garantir leur loyauté. Dans le processus, des talents apparaîtront, des visages que l'on enverra à la télévision défendre le projet présidentiel...

— Ce que nous allons proposer au peuple ukrainien, c'est ce que je lui ai déjà promis : la justice, l'enrichissement, la dignité !

En un mot : le changement. Olena sait que le point faible est là. Ceux à qui elle s'adresse n'ont aucun intérêt au changement. Une redistribution partielle des richesses, pourquoi pas. Quelques réformes libérales, également – des privatisations, un assouplissement des règles bureaucratiques, une transparence accrue... C'est dans l'air du temps et ça rendra le business ukrainien plus compétitif. Offrir quelques têtes à l'opinion dans le cadre de «la lutte anticorruption»? Acceptable également, à condition que les têtes tombent chez la concurrence, pas dans le clan au pouvoir... Mais une vraie modification des règles du jeu? Aucun d'eux n'y a intérêt. Laisser travailler les juges, permettre aux entrepreneurs les plus talentueux de gagner des marchés, lutter contre la corruption systémique, obtenir le recouvrement des impôts... Trop dangereux : personne n'a envie de voter les lois qui risquent de le pousser sinon en prison au moins au déclassement. Olena croirait entendre parler Ilia Kirilenko. Elle sait que son jeune conseiller libéral a raison, mais ce qu'il néglige, c'est que c'est précisément d'eux qu'elle a besoin maintenant. Ils sont le pouvoir, ces propriétaires de berlines allemandes et de voitures de sport italiennes qu'elle a aperçues sur le parking en arrivant. Ce sont eux qui dictent leur volonté aux politiques, aux fonctionnaires mal payés. Gouverner, c'est s'arranger avec eux, pas prendre la direction d'un ministère impuissant, corrompu, sans personnel ni moyens. La réalité est cruelle, et Kirilenko n'y peut rien : ceux qui veulent le changement, ceux qui dans les villes et les campagnes en ont réellement besoin, ceux-là ne lui sont d'aucune utilité. À part dans les urnes.

Profitant des applaudissements polis qui accompagnent la dernière envolée de la Présidente, un homme s'est approché de l'estrade. Olena reconnaît Magomed Bekbouletovitch, le directeur des services spéciaux du SBU. Lui n'a pas tergiversé : il n'a pas attendu la transition officielle pour rallier la Présidente, et son aide est précieuse. Sans un mot, il glisse un papier à Olena. Celle-ci le déplie et, tandis qu'elle lit les quelques mots griffonnés, son visage ne peut dissimuler une expression de stupeur :

« 2 hommes et 1 femme tués à GP. Incendie. Identification en cours. »

Le texte n'est pas compliqué à déchiffrer, malgré la précision prudente sur l'identification. La femme, elle la connaît ; les deux hommes, ça ne peut être que ceux envoyés par Bekbouletovitch pour la mission qu'ils ont pudiquement appelée « d'appui ». Autrement, ce dernier aurait été tenu informé par les survivants du commando. Autrement, surtout, il n'y aurait eu qu'un homme au lieu de deux à signaler au titre des pertes.

Sa première pensée, l'effroi passé, est rassurante : elle a si bien cloisonné les différentes manœuvres, dans ce dossier aux ramifications multiples, qu'aucun des exécutants ne peut en avoir une vue d'ensemble. L'homme du SBU ignore tout du rôle joué à une certaine époque par la « femme » de Gouliaï-Polie mentionnée dans son bref rapport ; il ignore l'identité de l'autre homme désigné comme cible, Semion, et à moins de faire preuve d'une curiosité potentiellement dangereuse pour lui-même il ne cherchera pas à en savoir plus. C'est d'ailleurs peut-être cette ignorance qui explique le ratage partiel de la mission. Les hommes de Bekbouletovitch ne s'attendaient pas à tomber sur un professionnel aguerri. Elle sourit à cette pensée. Ce vieux bandit de Semion l'a surprise.

— Dès le mois de juillet, je vous propose que nous nous retrouvions, tous ensemble, pour donner officiellement naissance à notre nouvelle maison commune, à notre parti politique.

Elle s'est ressaisie. Sa voix est moins assurée qu'avant l'interruption de Bekbouletovitch, mais elle sait ce qu'elle a à faire, elle sait quels mots son auditoire attend. Elle a toujours su ce qu'elle avait à faire : se battre, avancer. Un instant, elle voudrait s'arrêter, penser à l'institutrice. Se recueillir. C'est ce que ferait une femme normale. Mais elle n'est pas une femme normale. Autrement, elle ne serait pas sur cette tribune. Autrement, elle n'aurait pas été capable de prendre la décision vitale, inévitable, d'ordonner l'assassinat de son ancienne institutrice. À quoi bon songer à la douleur, à la honte, à la morale, quand tout, dans l'enchaînement des événements, conduisait à ce dénouement ? Quelle différence avec les décisions qu'elle sera amenée à prendre en tant que présidente d'un pays de quarante-quatre millions d'habitants, dans quelques jours, quand d'un signe de tête elle pourra ordonner aux services secrets de se débarrasser des ennemis du pays ? La mort de Larissa Ivanovna et celle de Semion Moissenko relevaient d'une question de sécurité nationale. C'est l'avenir du pays qui est en jeu. Après la mort de l'avocat Sepakine, ils étaient les deux derniers dépositaires d'un secret trop lourd, les témoins d'une époque qui doit désormais tomber dans l'oubli. Ce secret valait bien plus que leurs vies. Aucune des promesses de silence qu'ils auraient pu lui faire n'avait le moindre poids face à cela.

— Nous ne serons plus des dizaines, comme aujourd'hui, mais des milliers. Et demain, grâce à notre effort commun, nous avancerons ensemble par millions !

Olena, elle, n'a jamais su ou pu se laisser aller aux regrets. Inutile, insensé. Elle n'en a même jamais compris le sens. Qu'est-ce qui détermine la justesse des actes passés, sinon le présent ? Celui qui a raison, c'est celui qui l'emporte, qui survit, qui continue d'agir. La contrition, les questionnements, c'est pour les belles âmes comme son ancien mari, Valeri. Ceux-là finissent au cimetière ou au fond d'une bouteille. Et ce sont eux qui auraient raison ?!

— À nous, ensemble, de lever une armée ! Une armée pacifique, prête à tout renverser sur son passage, pour rendre ce pays plus fort, pour offrir à chacun de ses citoyens une vie meilleure, juste et prospère !

Seulement, Semion est vivant. C'est donc qu'il a raison, *lui aussi*. Surtout, il est désormais le seul, avec Olena, à avoir une « vue d'ensemble » sur le dossier. Il était là il y a treize ans, quand l'institutrice a scellé, par sa signature, l'acquisition de TechTsentr. Il était là, selon toute probabilité, quand la vieille est morte. Il n'était déjà plus fiable, depuis sa retraite excentrique, ce caprice de se retirer des affaires. Qui sait comment il aurait réagi à l'émergence du scandale Cherry Pit ? Qui sait comment il aurait réagi aux pressions des Russes, au chantage des ennemis de la Chienne ? Elle n'a pas eu de doutes, au moment d'ordonner sa mort : il l'aurait comprise, peut-être même approuvée. Elle a eu de la peine à l'idée de perdre son compagnon de route, mais pas de remords. Sauf que la situation, désormais, est bien plus grave : Grandes-Mains est vivant et il a toutes les raisons de la haïr. De parler, peut-être ; de se venger, sûrement.

— Vous serez les généraux de cette armée. À ce titre vous aurez droit à la gloire de ceux qui ont choisi une cause juste et qui ont su rejoindre le camp du bien dès le début. À ce titre, vous serez récompensés.

La Chienne, déjà, prévoit la suite. Elle s'en tiendra à son plan originel et à sa méthode – agir avec détermination, cloisonner les décisions. Bekbouletovitch va s'assurer de la discrétion et de l'absence de zèle de la police de Gouliaï-Polie. La mort de la vieille, pas plus que les cadavres calcinés, ne devrait pas provoquer de remous ni attirer l'attention. Pendant ce temps, elle enverra sa propre équipe s'assurer que rien, là-bas, ne dérape. Et retrouver Semion et son cahier.

J – 16, Gouliaï-Polie

Elle se murmure en ukrainien, répétée par les vieilles en fichus bariolés installées dès l'aube derrière les étals du marché. Elle se clame dans un russe rugueux, répercutée par des chauffeurs de taxi à casquettes de tissu. Ceux-là feignent de n'y voir qu'une énième histoire à raconter et s'efforcent d'effacer toute trace d'émotion de leurs voix fortes.

À 8 heures du matin, la nouvelle de la mort de Larissa Ivanovna s'est répandue dans tout Gouliaï-Polie, dans les arrière-cours ombragées, dans les jardins d'enfants, aux arrêts d'autobus, dans les sous-sols des troquets.

Quelques dizaines d'habitants de la ville aujourd'hui dans la force de l'âge l'ont eue pour institutrice. Ils ne peuvent s'empêcher de frissonner en se remémorant leurs souvenirs d'enfance, les heures de classe et la patience légendaire de Larissa Ivanovna. Les autres tressaillent en écoutant le récit de la fusillade de la rue des Spartakistes, l'explosion entendue dans tout le quartier, les coups de feu, l'incendie qui a dévasté la maison de la vieille. Les mères frissonnent, les pères de famille serrent les poings, rappellent que cela fait des années qu'ils préviennent que cela va mal finir. La violence de l'agression subjugue Gouliaï-Polie. Elle fait écho aux récits innombrables sur ces retraités agressés chez eux par des drogués ou des délinquants à la petite semaine. Ceux qui connaissent les armes ou les habitudes des bandes criminelles qui écument les petites villes de la steppe s'interrogent sur le scénario qui a pu conduire à la mort de deux voleurs. L'attaque à la grenade de la maison de Larissa Ivanovna sort Gouliaï-Polie de sa torpeur au moins le temps d'une journée.

Personne ne remarque, ce jour-là, un adolescent qui circule hagard sur un vélo Droujba hors d'âge. Il laisse partout traîner son oreille, les yeux baissés, n'intervient pas dans les conversations. Marko passe des heures à errer comme une âme en peine. Il cherche la compagnie de ses semblables avant de la fuir aussitôt qu'est prononcé le nom de Larissa Ivanovna. Il finit par trouver refuge dans le vieux cimetière, à la sortie de la ville. Il s'enfonce dans les broussailles épaisses, son coin secret, où se regroupent les quelques tombes siglées «Makhno». Il est perdu dans la généalogie de cette famille qui est aussi la sienne. Les dates remontent jusqu'au début du siècle. Sur les portraits encastrés dans le granit, tous ont le même air sévère. Ils sont aussi bruns que lui est blond, presque des Tsiganes, avec leur nez busqué et leur peau mate. Il y a une Maïa Ivanovna Makhno, dont il aime contempler le portrait. Née le 22 avril 1938, morte le 8 mars 1980, à qui la photo scellée au marbre de la pierre tombale offre une éternelle jeunesse, gracieuse et soignée. «Nous nous souvenons, nous aimons, nous pleurons», est-il gravé, en ukrainien.

Marko aime à penser qu'elle est une nièce du révolutionnaire, une jeune femme fragile née de la malchance, qui n'a jamais pu quitter Gouliaï-Polie, fichée dès sa naissance comme « ennemie du peuple », interdite d'entrée à l'université, condamnée à une vie de villageoise et qui a tout fait pour se faire oublier, au point de mourir à seulement 41 ans, par excès de discrétion. Marko ne veut pas être comme cela. Sa vie, il la rêve éclatante, mais à l'heure qu'il est il voudrait se cacher sous terre. Ses habits s'accrochent aux ronces tandis qu'il enfouit son visage dans l'herbe fraîche. Il voudrait se réfugier aux côtés de la douce Maïa. Même s'il est indigne d'elle, indigne de *lui*, surtout, le ténébreux sans tombe. Par sa faute, la vieille institutrice est morte.

— Nestor, lance-t-il timidement, conscient du ridicule de son interpellation.

Il ne comprend pas ce qui s'est passé, il n'arrive pas à imaginer que le grand Serafim ait pu tuer Larissa Ivanovna. Mais il sait que le vieux gangster est lié à sa mort, d'une façon ou d'une autre. Et que lui, Marko, l'a aidé.

J – 15, région de Zaporojie

Assis en tailleur dans la petite grange abandonnée où il a trouvé refuge, Semion Grandes-Mains ressemble à un ermite misérable. Hagard, le visage pâle mangé par les ombres et une barbe naissante qui lui grignote les joues. Ses habits sont tachés de sang et de boue. Il a dû tomber, quelque part dans un champ, il ne s'en souvient pas. Depuis plusieurs heures, il n'a pas bougé d'un centimètre, se contentant de fixer le mur en rondins qui lui fait face.

Après avoir quitté la maison en flammes de la vieille, il a agi en automate. Il a fui la ville aussi vite qu'il a pu, comme poursuivi par un démon, sans se soucier d'être discret. Il a roulé une demi-heure au hasard. Arrivé sur un chemin de terre où le Toyota s'est encastré dans une ornière, il s'est écroulé sur le volant et a dormi jusqu'au petit matin. Il a alors recommencé à rouler une dizaine de minutes sur le chemin défoncé, jusqu'à trouver la petite grange où il s'est installé. Dans l'aube froide, il a allumé un feu pour se réchauffer, trouvant une maigre consolation dans l'observation des flammèches colorées. Devant lui, le cahier bleu, posé à même le sol, qu'il n'ose pas toucher.

La mort de la vieille l'a plongé dans un état de profonde sidération. Il savait à quoi s'attendre, en repartant en mission : c'est-à-dire à rien ou à tout, à l'inconnu, à la violence toujours possible. Mais pas à cette petite vieille au regard bon et doux, pas à la sauvagerie face à laquelle ils se sont tous deux retrouvés confrontés. Bizarrement, il songe peu à la trahison qu'il a subie. Il s'en étonne à peine, même après tant d'années de complicité. Le monde de la Chienne est celui de la duplicité, de l'égoïsme et du sang. Il corrompt et la gangrène se répand d'autant plus vite que s'accroît la puissance. Cela, il ne l'a compris qu'après avoir raccroché. Elle, elle ne peut le voir. Dans sa course avec la meute, elle a chaussé des œillères. Sois le plus fort ou meurs.

Oubliant ses muscles endoloris, son dos qui crie, il reste encore de longues heures immobile. Il ne se lève que pour alimenter le feu, arrachant des rondins directement aux murs de la ferme abandonnée. Il n'arrive pas à accepter l'idée qu'Olena ait pu ordonner la mort de la vieille. Il se souvient des yeux heureux qu'avait posés l'institutrice sur son ancienne élève, treize ans plus tôt.

Il ignore où il se trouve, il n'a aucune idée de ce qu'il doit faire. Il s'en moque.

Il fait à nouveau jour quand il saisit le cahier devant lui.

1975

Au matin du 9 mai 1954, celui de la mission tant attendue, la cosmonaute Alevtina Grigorievna Tevtouko enfila ses chaussures, puis sa combinaison, avec un drôle de pressentiment. Elle ne remarqua d'abord rien, si ce n'est une sensation désagréable au niveau de son pied gauche, comme si un caillou s'était glissé dans sa chaussure. Elle n'y pensa plus et finit de s'habiller avant de rejoindre le poste de contrôle situé au centre de l'immense base. Trois kilomètres séparaient les quartiers d'habitation du Centre de contrôle des vols spatiaux. L'ensemble formait un immense complexe de bâtiments blancs posé sur la steppe du Kazakhstan. Même sans son casque sur la tête, Alevtina Tevtouko avait chaud. Elle accomplit le trajet dans un véhicule tout-terrain conduit par un jeune lieutenant de l'armée de l'air. Dans le Centre de contrôle, le colonel Henrik Kavadze l'attendait.

— Félicitations, camarade Tevtouko, dit-il à l'arrivante.

— Attendez ce soir pour me féliciter, camarade colonel ! répondit-elle en riant.

— Je ne vous félicite pas pour votre exploit,

camarade, dit le colonel avec un visage sévère. Toutes mes félicitations à l'occasion de l'anniversaire de notre glorieuse victoire, il y a de ça neuf ans. Dommage que le camarade Staline ne soit plus là pour assister à ce jour si particulier.

Alevtina sentit son dos se raidir, dans un réflexe patriotique. Elle aurait voulu se mettre au garde-à-vous mais elle se contenta de sourire.

— Je serai tout de même ravi de vous féliciter à votre retour, reprit le colonel Kavadze plus doucement. En attendant, nous avons une matinée chargée. Venez.

La cosmonaute mit ses pas dans ceux du colonel. Celui-ci était de haute taille, Alevtina devait presque trottiner pour le suivre. C'est en partie parce qu'elle n'était pas grande qu'elle avait été sélectionnée pour cette mission. Dans les capsules Vostok, chaque centimètre comptait. Son mètre cinquante-six avait compensé ses autres défauts : son âge, le fait qu'elle soit ukrainienne, et ce que les officiers avaient appelé son « statut marital ». Elle ne leur en voulait pas, elle comprenait que le Parti ne veuille pas transformer en héroïne une femme divorcée...

Au bout de quelques pas dans des couloirs calmes, le caillou qu'Alevtina avait senti un peu plus tôt recommença à lui taquiner le pied. Il faudrait qu'elle inspecte ses bottes, avant le grand départ. À cette idée, elle soupira. Elle entrevoyait le soleil éclatant par une grande baie vitrée, le ciel immense et sombre. Était-ce vraiment là-bas qu'elle allait ? Ni son expérience de pilote, ni celle accumulée par les ingénieurs grâce aux vols non habités ne pouvaient répondre à toutes les questions qu'elle se posait. Et ce n'étaient pas les deux chiennes envoyées avant elle dans des capsules Vostok qui pourraient lui raconter quoi que ce soit : l'une était morte et l'autre... l'autre était une chienne.

Kavadze et Tevtouko interrompirent leur marche forcée au niveau du mess des officiers, désert à cette heure. Le colonel invita la cosmonaute à s'asseoir.

— Petit déjeuner ! annonça-t-il gaiement.

Alevtina tenta de protester. Son estomac était trop noué pour avaler quoi que ce soit. L'autre s'impatienta :

— Ce sont les procédures que nos ingénieurs et nos médecins ont établies, et vous le savez. Vous devez manger un solide petit déjeuner soviétique avant le début de la mission. Nous ignorons encore tous les effets du vol dans l'atmosphère sur le corps humain et je préfère que vous vomissiez tout cela dans la capsule plutôt que de vous voir tomber d'inanition.

Le plateau posé devant elle était aussi engageant que les paroles de l'officier : une grosse assiette de bouillie d'avoine avec en son centre un cratère de beurre fondu et une petite montagne de sucre, deux œufs sur le plat d'une rondeur aussi parfaite que suspecte, deux tranches de pain noir, un verre de jus d'une couleur ambre et d'un goût indéfinissable. « Soviétique », avait dit le colonel...

— Colonel, dit-elle après s'être forcée à manger, vous m'aviez promis que je pourrais appeler ma fille. Il reste peu de temps avant le décollage...

Kavadze toussa.

— Nous avons revu les procédures de sécurité avec les officiers chargés de ce domaine. Nous avons décidé de ne pas vous laisser passer ce coup de téléphone...

Alevtina eut un hoquet. Elle n'avait pas parlé à Lena depuis deux semaines. Elle l'avait quittée en lui disant qu'elle partait pour un simple entraînement dans la région de la Volga. Et maintenant on lui interdisait de parler une dernière fois à sa fille ! Elle comptait sur cet appel pour se donner du courage avant le décollage... Elle se força à se calmer en se concentrant sur la légère douleur causée par le caillou dans sa chaussure.

— Colonel, quelles sont les chances de succès de la mission ? Rappelez-le-moi.

— D'après nos expériences des vols précédents et d'après les calculs de nos ingénieurs, vous avez environ 50 % de chances de réussir le premier vol spatial effectué par un humain...

— Et 50 % de risques de ne pas revenir ou de ne pas revenir vivante, l'interrompit-elle. Et vous voulez me dire que je ne peux pas parler à ma fille de 6 ans avant de partir ?!

— C'est justement parce que les risques d'échec sont réelles que vous ne pouvez pas faire cela. Cette mission est un secret planétaire. Si elle échoue, elle doit le rester. Et si elle réussit, vous aurez tout le temps de voir votre fille. Vous pouvez toujours renoncer. D'autres officiers sont prêts à prendre votre place, ce sera même pour eux un honneur...

Alevtina fit un geste de la main. Elle aussi voyait cette mission comme un honneur. Un honneur personnel, celui d'avoir été choisie malgré son mauvais caractère. Un honneur devant sa patrie, l'Union soviétique, devant la science, devant l'humanité...

Le colonel reprit, d'un ton plus conciliant :

— *Vous pourrez écrire une lettre à votre fille. Nous la lui remettrons si vous ne revenez pas. Cette lettre doit être brève et ne pas rentrer dans les détails de votre mission, ce sont les conditions posées par nos collègues des services de sécurité.*

L'affaire était classée, pour lui. Il annonça même, joyeusement :

— *C'est un secret mais je peux vous le communiquer : vous allez en revanche avoir droit à un coup de téléphone du premier secrétaire ! Le camarade Khrouchtchev a suivi avec la plus grande attention vos derniers entraînements…*

Autour d'eux, le mess commençait à se remplir. Alevtina termina son petit déjeuner et se remit en marche derrière le colonel Kavadze. Ce serait difficile mais elle s'en sortirait. Elle s'en était toujours sortie. Dans son enfance, dans la région de Kharkiv, au cours des années trente, quand les gens avaient faim ou disparaissaient… Heureusement, personne de sa famille n'avait été envoyé à l'Est, autrement on ne lui aurait jamais donné sa chance. Elle avait été une mécanicienne d'élite, pendant la guerre, la plus douée de l'unité aérienne à laquelle elle était affectée. Toujours prête à en faire plus que les autres. Elle avait conservé le même état d'esprit, plus tard, lors de ses entraînements de cosmonaute. Quand ses camarades faisaient cent longueurs dans la piscine, elle en faisait vingt de plus, pour prouver sa détermination, pour montrer qu'une femme pouvait être à la hauteur.

L'étape suivante était une ultime réunion avec les ingénieurs en chef du projet. Elle appréciait surtout Sergueï Korolev, le père du programme spatial, un homme agréable et bienveillant malgré son existence tourmentée. C'était censé être un secret, mais tous les cosmonautes savaient qu'il avait été arrêté durant les purges staliniennes et n'avait été sorti du goulag que pour diriger le laboratoire spatial russe, toujours en tant que prisonnier. Il avait réussi à sauver nombre de ses collègues. C'était grâce à lui que l'URSS était aussi en avance sur les États-Unis.

Korolev rappela brièvement les différentes étapes du vol, insistant particulièrement sur l'atterrissage, qui semblait le préoccuper plus que le reste, puis il s'approcha d'Alevtina et lui caressa gentiment la joue. Il l'entraîna légèrement à l'écart.

— J'ai une bonne nouvelle pour vous, camarade. Vous savez que les précédentes versions du Vostok étaient équipées d'un système d'autodestruction, pour éviter qu'ils soient capturés par l'ennemi en cas d'atterrissage en pays étranger ou si nous perdons le contrôle du vaisseau. La question s'est posée pour ce premier vol habité, et nos amis du KGB voulaient garder le système d'autodestruction. Cela a été serré mais nous avons remporté la partie. Si vous atterrissez dans le Michigan, vous devrez donc utiliser votre plus bel anglais pour revenir chez nous...

Pour finir sur une note plus solennelle, il tendit la main à la cosmonaute. Alevtina la saisit et elle sentit que la poigne de cet homme revenu de tout tremblait.

— Ne vous en faites pas, j'ai bien l'intention de rentrer, lui dit Alevtina.

À 11 h 35, après une conversation avec Nikita Sergueïevitch Khrouchtchev, Alevtina Tevtouko rejoignit le vestiaire de la base, dernier sas avant de monter dans le vaisseau. Elle enfila lentement sa sous-combinaison parsemée de tuyaux de plastique censés rafraîchir son corps lorsque la température dans la capsule grimperait. Elle s'assit ensuite sur un banc, défit ses sous-bottes et les agita, ouverture vers le bas, soulagée de libérer son pied gauche. Au lieu d'un gravillon, comme elle le croyait, ce fut une toute petite sphère de couleur beige qui heurta le sol dans un tintement agréable. Alevtina se pencha pour la ramasser et constata qu'il s'agissait d'un noyau de cerise. C'est lui, pensa-t-elle avec amusement, qui l'avait accompagnée toute la journée, son passager clandestin tout lisse, dans la moiteur de ses pieds, sur cette base ultrasecrète. Comment était-il arrivé là?

À ce moment-là, l'un des assistants pénétra dans le vestiaire avec un stylo et un petit morceau de papier, format carte postale pour qu'elle ne puisse pas trop en raconter. Elle tira à elle un tabouret sur lequel elle mit le papier et le stylo. À côté, elle posa le noyau de cerise. Sa main tremblait. Après quelques instants, elle prit le stylo et écrivit:

> Ma Lenotchka, mon tournesol,
> Ta maman n'a jamais arrêté de penser à toi, pas une seule seconde, même au moment de partir pour sa mission secrète très importante. Je ne suis pas revenue mais tu n'es pas seule. Mon amour t'accompagnera toujours. Quand tu penseras à moi, tu pourras regarder la Lune. Je suis partie y planter des cerisiers pour toi.
> Ta maman qui t'aime.

Elle déposa le stylo en essayant de maîtriser sa respiration. Puis elle saisit le noyau et le remit à sa place dans un recoin de la botte, là où il ne la gênerait pas. Elle finit de s'habiller, enfilant sa combinaison extérieure. En marchant vers la porte du vestiaire, elle sentit la présence du noyau de cerise, tout rond contre la plante de son pied, plus du tout désagréable. Son mauvais pressentiment avait disparu.

Lena grandit sans mère. Alevtina Tevtouko, la première cosmonaute dans l'espace, ne revint pas de sa mission. Jamais les autorités ne racontèrent cette première tentative ratée. Les raisons de cet échec sont restées inconnues. À Lena, on dit que sa mère était morte lors d'une mission de pilotage. Un an plus tard, on lui remit la lettre écrite par Alevtina dans le vestiaire de la base kazakhe. La petite ne comprit pas tout, mais elle sut que sa mère avait pensé à elle au moment de débuter sa mission et l'aimait. Elle fut une enfant heureuse. Souvent, elle regardait la Lune et elle pensait aux cerisiers plantés par sa mère. Des cerisiers aux belles fleurs blanches, qui donnaient à la Lune sa teinte particulière. Elle essayait de deviner leurs branches et peut-être, derrière, d'apercevoir sa maman.

Le 12 avril 1961, à l'âge de 13 ans, elle entendit la nouvelle du vol spatial effectué par le cosmonaute Iouri Gagarine. Elle pleura de joie, comme l'ensemble du pays et de l'humanité. Le 21 juillet 1969, elle avait 21 ans et embrassait pour la première fois un garçon quand elle apprit que Neil Armstrong avait posé le pied sur la Lune. Comme ses camarades de l'université, elle fut déçue que cet exploit ait été accompli par la puissance rivale, les États-Unis, mais elle se réjouit en se disant que cet accomplissement était d'abord celui de l'humanité tout entière. Elle espérait qu'il ouvre une période de progrès et de paix dans le monde. Aujourd'hui, Elena Tevtouko est une scientifique prometteuse, mariée à un ingénieur jeune et sérieux de Saint-Pétersbourg. Les soirs où elle est triste, ou simplement quand elle veut penser à sa maman, elle sort pour observer la Lune. Le 9 mai, quand tout le pays fête la victoire de 1945, Lena ne fait pas attention aux drapeaux rouges. Elle a remarqué que ces soirs-là la Lune était rose. Elle est la seule à savoir que ce jour-là, en l'honneur de sa mère, les pétales des cerisiers se teintent de rose.

J – 15, environs de Gouliaï-Polie

Semion referme le cahier et le dépose à côté de lui, délicatement, comme si les pages conservées depuis si longtemps dans l'armoire de l'institutrice allaient soudain s'effriter, après avoir été exposées à la lumière. Le silence est complet, troublé seulement par le crépitement du bois frais dans les braises. Il aimerait que ce silence noir dure. Il se lève, marche jusqu'au pas de la porte. Dehors, la brume de l'aube est épaisse, elle s'imprime comme un filtre sur le paysage, sur les champs alentour. Autour de lui, de minuscules gouttelettes de rosée scintillent, accrochées aux brins d'herbe. Il lève la tête et regarde vers la Lune sur le point de disparaître. Elle est d'un blanc pâle, un blanc de mort. Il songe aux monstres qui rôdent dehors, tous ceux qu'il a laissés derrière lui. En tête du cortège, il y a le cadavre de Larissa Ivanovna, avec ses poignets fins et son visage plein d'un reproche muet.

Il rentre dans la grange froide, se rassied devant le feu. Quels secrets s'attendait-il à découvrir dans ce cahier ? Des aveux, les preuves de crimes anciens, de trahisons ? Il n'y a rien, rien d'autre que le récit d'une gamine romantique, une gamine qui rêve en regardant une Lune rose. Et pourtant le secret lui paraît plus terrifiant encore. Il est simple et fragile comme une âme d'enfant, périssable comme les rêves d'une adolescente. De ses grandes mains, il a déterré ce secret, l'a profané. Ses grandes mains noueuses qui n'ont pas pu empêcher la mort de sa gardienne dévouée.

Il est arrivé à Gouliaï-Polie en se demandant s'il allait tomber sur la maison de la Chienne, sur les miettes de son passé. Il a trouvé bien pire. Au coin du feu, il a rencontré l'enfance d'Olena Hapko. Il a pénétré son intimité, son cœur. Olena Hapko a été cette gamine romantique de 15 ans. Puis elle est devenue la Chienne. Cet axiome simple lui fend le cœur, lui glace les sangs. Qu'est-il arrivé à la gamine rêveuse ? Le monde a changé, lui a répondu l'institutrice. « Le Noyau de cerise » est le témoignage vivant de cet effondrement, de cet abîme dans lequel, tous, ils sont tombés. La mort de l'institutrice n'en est que le dernier avatar, quarante ans après que l'âme d'Olena Hapko a commencé à se nécroser.

Il se revoit à 15 ans, à Donetsk, rentrant de son école dans le quartier Kievski. Avec lui, des fils de mineurs, de métallos, des gars francs et droits. D'aussi loin qu'il essaie de se rappeler, il ne connaît pas le mensonge. Il rentre chez lui et il entend des cris. Sur la table de la cuisine, une bouteille de vodka aux trois quarts vide. Il se précipite au salon, voit sa mère au sol, du sang qui coule de son nez. Son père se tient debout, l'air égaré. Semion ne comprend pas ce qui s'est passé, il ne lui vient pas à l'idée que son père ait pu frapper sa mère. Puis il fait le rapprochement, toutes ces bribes de violence que ses yeux d'enfant ont entraperçues : son père qui crie, son père hagard, les poings serrés, sa mère bousculée, ses yeux marqués, son silence... Son père se tourne vers lui, perdu. Il ouvre la bouche mais Semion ne lui laisse pas le temps de parler. Il saisit le fer à repasser, un vieux modèle antique, ses bras font un arc de cercle, son père bascule, s'affale au sol, à côté de sa mère. En une seconde, Semion est sur lui, il frappe à plusieurs reprises, oublie tout, n'entend pas les cris. Plus tard, il est à l'hôpital. Son père est dans la chambre voisine, lui dit-on, sévèrement blessé. La police vient, l'embarque. Un juge l'envoie en maison de correction. Il ne dit même pas adieu à ses copains, les fils de mineurs et de métallos. Il découvre de nouveaux camarades de jeu, des petites frappes, des enfants de gangsters et d'alcooliques qui attendent eux-mêmes de devenir gangsters et alcooliques. La violence qu'il découvre devient sa compagne pour la vie. Lui n'a aucune Lune rose à contempler, il ne revoit sa mère que six mois plus tard.

Elle, au moins, elle aurait pu se sauver. Elle, Olena, avait cette force, celle des rêves. Peut-être a-t-elle, elle aussi, découvert la violence, l'injustice, aperçu leurs crocs immondes et saignants... Il l'ignore et il s'en moque. Elle a accepté de tuer ce qu'il y avait de plus noble et de plus fort en elle pour devenir la cheffe d'une meute de chiots perdus et enragés. Il l'a toujours suivie, fidèlement, mais sans savoir que c'est la gamine de 15 ans qu'il cherchait, qu'il protégeait, celle qui est pure et sincère. Il est vieux et à ce moment-là il voudrait revenir en arrière. Devenir autre chose qu'un meurtrier. Il voudrait demander pardon. À son père, à sa mère, à Larissa Ivanovna, à des dizaines d'autres. Il voudrait pouvoir sauver Olena Hapko. Sauver les quelques miettes de sa propre enfance qui n'ont pas tout à fait disparu dans la maison de correction de Donetsk.

Il remet un rondin dans le feu. Il n'arrive pas à lui en vouloir pour sa trahison. Rien à présent ne lui paraît impossible ou même étrange. Pas même qu'elle ait ordonné la mort de l'un de ses plus fidèles compagnons, qu'elle l'ait piégé dans une maison branlante de la steppe et que d'un même geste elle ait décidé du sort de sa vieille institutrice. C'est à cette Olena Hapko qu'il a attaché son destin, il ne vaut pas mieux qu'elle. À elle qu'il a juré d'être fidèle. Il ouvre son téléphone et, comme on le lui a appris, avant son départ il allume le mode vidéo. Fidèlement. Il reprend le cahier bleu dans ses grandes mains, le dépose sur les braises, où il s'enflamme instantanément. Il filme. Fidèlement. Il envoie la vidéo au numéro qu'on lui a indiqué.

Il vient de sauver la Chienne, une nouvelle fois. Comme elle le lui avait demandé. Le cahier, la vieille l'incriminaient. Ils ne sont plus.

Il a rempli sa mission. À la Chienne, il ne doit plus rien. Il jette le téléphone dans le feu.

J – 13, région de Kiev

Lorsque la Mercedes se gare devant la grille de la propriété, Olena Hapko ne peut réprimer un léger tressaillement. Elle n'a pas encore vu la façade de la maison que déjà elle a l'impression de pénétrer dans un décor de cinéma. Les deux lions en bronze qui encadrent le portail, les obélisques qui se dessinent en contrebas, le long de l'allée, les grilles surmontées de piques dorées, les initiales du propriétaire forgées dans le métal, entourées d'une couronne de laurier… Le film pourrait s'appeler «Le Parrain chez les Zoulous» et tout serait dit.

C'est pour ça qu'elle aime le Chevelu, se dit-elle pour ne pas gâcher son humeur joyeuse. Parmi les Loups, Iossif Kozilevski est celui qui n'a jamais cessé d'être lui-même, qui n'a jamais ressenti le besoin de jouer un autre rôle que le sien. Un gangster juif d'Odessa, un petit escroc de la mer Noire devenu le plus gros poisson de la mare, voilà ce qu'il est, le titre qu'il prend plaisir à revendiquer. Avec lui, pas de faux-semblants. L'homme est rusé et retors mais il ne joue pas les raffinés, les pédants. Avec lui, on peut s'entendre. La grille s'ouvre lentement, laissant apparaître un garde avec un pistolet argenté passé à la ceinture.

— Seigneur… ne peut s'empêcher de souffler la présidente.

Elle a besoin du Chevelu, c'est pour cela qu'elle a accepté de venir jusque chez lui, dans sa résidence située sur «la mer de Kiev», l'immense lac artificiel formé sur le Dniepr, au nord de la capitale. Il lui a épargné une convocation dans son fief d'Odessa. Elle sait à quoi elle a échappé : en plus des gardes aux pistolets argentés, ce sont des types armés de lance-roquettes qui lui auraient ouvert la porte, accompagnés de filles en string aux sourires de démons. Le garde ne lui fait pas l'affront de vérifier son identité, d'un geste il invite le chauffeur à avancer sur l'allée de gravier.

Olena lui intime l'ordre de patienter, et les trois Mercedes d'escorte derrière elle font de même. Quitte à la jouer à l'ancienne, autant montrer à Kozilevski qu'elle peut le faire attendre. Pendant que le moteur continue à tourner, elle récupère son téléphone dans son sac à main. Elle veut regarder encore une fois la vidéo reçue deux jours plus tôt sur un serveur sécurisé. Ensuite, il sera temps de la faire disparaître définitivement, mais elle veut s'offrir une nouvelle fois ce plaisir, celui d'assister en direct à sa libération. L'image est mauvaise, tremblante. Mais quand le cahier bleu pâle apparaît à l'écran, elle le reconnaît. Deux jours plus tôt, quand elle a regardé la vidéo pour la première fois, elle a ressenti de la nostalgie, un sentiment fugace vite balayé par le soulagement. Celui de voir s'effacer un pan menaçant de son passé, tout ce qui pouvait la relier à TechTsentr et aux Russes. Celui, surtout, de voir réapparaître Semion dans d'aussi bonnes dispositions. Il faudra probablement plus de temps pour le réapprivoiser, mais en menant sa mission à bien *malgré tout* Grandes-Mains vient de faire preuve d'une loyauté à toute épreuve. Les compteurs sont remis à zéro : il ne cherche pas la guerre, alors il vivra. Elle sait qu'elle trouvera les mots pour l'apaiser, lui expliquer ses décisions. Elle aurait aimé lui parler, mais l'homme a disparu des écrans, injoignable, introuvable. En attendant, il ne représente pas un danger immédiat.

Désormais, alors qu'elle regarde les images une nouvelle fois, garée devant la demeure insolente de Iossif Kozilevski, qu'une nouvelle fois elle voit les flammes s'emparer du papier, tordre et engloutir les pages, c'est l'euphorie qui domine. Elle peut à présent engager la phase suivante de son plan, défier et affronter les Russes sur son terrain, sans craindre de voir surgir derrière elle cette preuve embarrassante, ce document qui aurait pu mettre à mal toute sa stratégie de défense. Elle a été la plus rapide : l'initiative est de son côté et ils ne pourront plus la rattraper. Olena reconnaît bien là le style de Vladimir Poutine – madré mais trop prudent. Lent, en un mot. Ses conseillers auraient dû le pousser à agir tant que l'avantage était de leur côté. S'ils avaient divulgué les premiers le nom de la vieille ou les documents contenant sa signature, celle-ci serait devenue intouchable. Désormais, toute initiative en ce sens aurait pour effet de faire apparaître les Russes comme suspects...

Elle fait un signe au chauffeur et les pneus de la voiture crissent dans l'allée. Elle a beau se sentir confiante, elle a tout de même besoin des forces et de la coopération du Chevelu. L'intérieur de la propriété est à la mesure de ce qu'elle entrevoyait de la route. Immédiatement sur la droite se trouve le port, deux pontons élégants auxquels sont amarrées des vedettes rapides. Ensuite, accolé à un pavillon de chasse, un bâtiment de style indéfinissable, sur lequel un panneau indique «VOLIÈRE». Suivent deux chalets en bois de taille impressionnante, visiblement réservés aux invités, qui ouvrent sur l'allée principale, laquelle mène en pente douce, à travers un jardin anglais, vers la résidence principale. Pendant que la voiture parcourt les derniers mètres, Olena s'assure que ses instructions ont été suivies : une équipe a été envoyée à Gouliaï-Polie pour superviser auprès des autorités locales la clôture en douceur du dossier Larissa Ivanovna. Personne ne fera de difficultés, que ce soit du côté de la police ou des magistrats locaux.

Le Chevelu l'attend sur le perron, bras ouverts, souriant. La maison ressemble à une imitation de la Maison-Blanche, avec de hautes colonnades et deux ailes qui se rejoignent pour former un arc de cercle. De part et d'autre de la large porte d'entrée, les inévitables lions, en marbre ceux-là. En voyant ce palais d'une blancheur immaculée, Olena ne peut s'empêcher de noter le contraste entre le soin avec lequel est entretenue la propriété et l'allure négligée de Kozilevski. Celui-ci semble mettre un point d'honneur à n'apparaître que dans des t-shirts informes qui dévoilent son ventre bedonnant. C'est comme ça que les Ukrainiens le connaissent, quand bien même le Chevelu n'a jamais cherché à devenir un personnage public. Ce style débraillé lui permet d'échapper en partie à la haine impitoyable que le peuple voue à ses oligarques.

Olena prend un instant pour rajuster sa coiffure dans son miroir portatif, vérifier son maquillage, son décolleté. Le Chevelu est sensible au charme des femmes, il ne manquera pas de plonger son regard vers ses seins, mais compter sur cet unique artifice pour imaginer le prendre par surprise relèverait de la naïveté. Elle s'approche de lui et accepte l'accolade qu'il lui offre. L'homme dégage une odeur rance, ses cheveux frisés et gris ont l'air gras, comme ses lunettes qui glissent sans cesse sur son nez épaté. Malgré tout, elle n'éprouve aucun dégoût, moins que si elle avait dû toucher les mains manucurées du Technocrate. Il s'efface pour la laisser passer. Dans l'un des salons, une table basse aux pieds dorés, encadrée de deux fauteuils du même style rococo. D'un geste qu'il veut large et digne, Kozilevski invite Olena Hapko à prendre place. Devant elle l'attend un verre en cristal rempli de cognac. Olena demande un jus d'oranges fraîches.

— Eh ben, la putain de ta mère, si on m'avait dit que tu aurais besoin de moi pas même deux semaines après ton élection !

Voilà pour l'introduction, et dans sa simplicité elle convient à Olena. Le Chevelu est connu pour ses jurons de taulard. Nul ne sait s'il en rajoute ou s'ils lui viennent spontanément.

— Iossif Efremovitch, j'ai effectivement besoin de ton aide. Je suis victime d'une tentative de chantage, menée conjointement par ce chien de Platon Eremeev et par les services russes. Si on ne parvient pas à s'entendre face à une telle menace venue de l'extérieur, l'avenir de notre pays ne vaut plus grand-chose.

Le Chevelu hausse les épaules.

— Boh, tu sais, moi, ces putains de Russes, j'ai toujours su m'arranger avec eux, à Odessa...

L'homme dit vrai, la capitale du Sud est ouverte aux groupes mafieux russes et aussi à leurs parrains légaux des services et de la politique. La réaction de Kozilevski confirme toutefois à Olena que le Chevelu n'aurait rien contre une guerre avec le Technocrate. Une petite guerre comme il en a mené des dizaines. Kozilevski est le seul qui ait débuté comme un vrai gangster des rues, à racketter commerçants et hommes d'affaires, dès le début des années quatre-vingt-dix. Ce n'est que plus tard qu'il est devenu un oligarque, sans jamais chercher à élargir son cercle de fidèles, les bourrins en veste de cuir qui étaient à ses côtés au début et continuent d'occuper les postes stratégiques dans son empire. Le SBU et la police de tout le quart sud du pays lui obéissent au doigt et à l'œil.

— La menace la plus directe a été écartée, poursuit-elle. Ils n'ont aucune preuve contre moi, mais ils vont quand même essayer de me déstabiliser en prétendant détenir des documents qui prouveraient que j'ai travaillé pour eux.

Kozilevski hausse encore une fois les épaules, un geste qui devient péniblement répétitif. Cette fois, il entend signifier que, quand bien même ces accusations seraient vraies, elles le laissent de marbre. La Chienne poursuit :

— Je vais désamorcer cette bombe en rendant toute

l'affaire publique, quelques jours avant mon investiture. Rien ne sert d'attendre... Mais j'ai besoin de ta force de frappe, sinon je me retrouverai isolée face à des ennemis qui disposent de plus de moyens que moi. J'ai besoin que tes télévisions soient prêtes à m'appuyer dès le premier jour, j'ai besoin que tes députés interviennent immédiatement pour prendre ma défense. Nous devons mener une guerre éclair, étouffer dans l'œuf ces accusations démentes. Et dénoncer le rôle d'Eremeev dans le complot. Si mes télévisions et mes députés agissent seuls, le dossier va s'embourber. Et j'ai besoin que tu m'aides à obtenir le soutien des autres oligarques contre Eremeev.

— Je n'ai rien contre taper dans les burnes de ce petit pédé et en profiter pour emmerder les Russes, mais venons-en à la seule question qui vaille : qu'est-ce que j'y gagne ?

C'est le moment délicat. Olena connaît les règles, elle sait quel type de revendications le Chevelu est en droit d'émettre. Elle le laisse donc prendre l'initiative.

— Je veux l'assurance que mes affaires ne seront pas touchées durant les cinq prochaines années, commence-t-il. Ni nationalisations surprises, ni actions judiciaires inconsidérées. Rien. Je veux que mes sociétés remportent les appels d'offres pour 30 % des contrats publics de construction qui seront lancés par l'État dans les prochaines années. Je veux que la raffinerie d'Odessa retrouve les licences d'exportation qu'un juge véreux lui a enlevées. Je veux que le port d'Odessa soit chargé d'écouler 80 % de notre production de blé, ce qui arrange tes affaires puisque celui de Marioupol est tenu par les Russes. Voilà pour les amuse-bouche, s'interrompt-il, une lueur d'amusement dans les yeux. Ensuite je veux le portefeuille des Finances dans ton prochain gouvernement. Je veux le contrôle des commissions parlementaires sur la construction et sur les hydrocarbures. Et je veux que les postes de gouverneurs soient attribués à mes hommes dans la région d'Odessa, évidemment, mais aussi à Kherson et Mikolaïv, ainsi qu'en Crimée.

Toute la ceinture méridionale de l'Ukraine, résume Olena pour elle-même... Cette demande est la plus coûteuse mais aussi la plus maline. C'est là, dans les régions, qu'est le vrai pouvoir. Non seulement le Chevelu y aura tout le loisir de développer ses affaires, mais son pouvoir de nuisance sera tel qu'il lui offrira une garantie contre les velléités de la Présidente de rompre unilatéralement le pacte. À la moindre menace, il peut déclencher grèves, rébellions des fonctionnaires, troubles sociaux, tensions ethniques... Toutes les joyeusetés qui font de l'Ukraine un pays si facile à déstabiliser. Le prix qu'il demande est élevé mais raisonnable. C'est une véritable alliance qu'ils sont en train de forger, dont les deux peuvent sortir gagnants. Kozilevski a l'intelligence de ne pas exiger les postes les plus élevés – procureur général, Premier ministre, maire de Kiev... Il comprend que le rapport de force est encore en faveur de la Chienne, il opère seulement un rééquilibrage et demande des assurances. Elle-même, depuis la soirée de fête durant laquelle elle a réuni tous les oligarques, a compris qu'elle ne pouvait pas régner seule, en tout cas pas seule contre tous les Loups. Le Chevelu n'est pas un partenaire pire qu'un autre. C'est autre chose qu'elle sacrifie... Elle songe à la tête que ferait le jeune Ilia Kirilenko en entendant cette discussion. Les institutions partagées sur un coin de table, la fin de ses espoirs...

La Chienne sourit en hochant la tête de manière imperceptible.

— C'est oui, répond-elle, s'empressant d'ajouter : À part la Crimée. Trop sensible pour que je te laisse y faire tes affaires sans contrôle. Et c'est non aussi pour le ministère des Finances et la commission sur les hydrocarbures. Les autres ne l'accepteraient tout simplement pas, toutes leurs affaires en dépendent. C'est moi qui resterai l'arbitre...

— Les transports, alors, concède Kozilevski, beau joueur.

Olena ne relève pas. Elle pense à la route qu'elle a promis de construire entre Odessa et Izmaïl. Son sort est maintenant entre les mains du Chevelu et du pantin qu'il placera au ministère des Transports avec mission de siphonner le plus d'argent possible...

— Ce que tu dois comprendre, reprend-elle, c'est que quand j'entreprendrai des réformes il faudra que tu t'adaptes. Que tu changes tes pratiques, que tu diminues tes marges, que tu laisses les entreprises publiques travailler... Si nous continuons à fonctionner comme cela, à siphonner la dernière hryvnia du budget de l'État, à ne pas laisser les entreprises se développer, à utiliser les juges dans nos intérêts uniquement, le pays va à sa perte. Et nous avec. Les gens acceptent de vivre pauvrement, pas qu'on les piétine.

Elle a lancé sa tirade comme un baroud d'honneur,

pour la forme. Le Chevelu l'a à peine écoutée. Il a hoché la tête pour ne pas se montrer désobligeant, mais il est incapable de comprendre un tel discours. Lui pas plus que les autres oligarques. Elle aurait sans doute fait comme lui à sa place, elle n'y aurait vu qu'une lubie, peut-être même un piège. Il réagit tout de même aux derniers mots d'Olena, doigt levé comme un maître qui reprend son élève :

— C'est parce qu'on les piétine que les gens se tiennent tranquilles...

La Chienne reste perdue dans ses pensées. Une fois qu'elle lui aura donné le contrôle, même partiel, elle ne pourra plus le reprendre autrement que par la force. En passant un pacte avec le Chevelu, ce sont ses projets de réformes que la future présidente enterre, elle en est consciente. Et ceux de Kirilenko. Elle pourra toujours agir à la marge, mais à partir du moment où elle se met à distribuer les postes, à tordre les institutions, celles-ci ne deviennent plus que des outils au service d'un clan. C'est exactement ce qu'aurait dit le jeune réformateur, de son insupportable ton professoral. Impossible d'attendre d'un juge qu'il travaille honnêtement si son voisin gagne cinq fois plus en accomplissant les ordres d'un homme d'affaires... C'est toute la machine qu'il faut réformer, par la menace, par l'exemple, par l'incitation... Olena aurait sans doute répliqué que le compromis est nécessaire pour gagner du temps, affermir ses positions, et qu'il sera toujours possible ensuite de mettre en branle la grande machine des réformes, quitte à renvoyer tous les gouverneurs de Kozilevski. C'est ce qu'elle se dit à elle-même en tendant la main au Chevelu, au moment de sceller leur pacte. Elle veut encore y croire, elle ne peut pas renoncer d'un coup à ses ambitions. Elle sait qu'à l'heure de l'inévitable affrontement elle sera la plus forte.

J – 12, Gouliaï-Polie

Les premiers arrivés se balancent d'une jambe sur l'autre, en silence, l'air penaud, intimidés par leur propre audace. Ils sont une poignée, regroupés devant le commissariat de Gouliaï-Polie. Certains, les pères de famille, ont enfilé leurs costumes du dimanche, des modèles démodés, usés, qu'ils réservent aux occasions les plus solennelles. Pantalons de flanelle trop larges, vestes aux épaules tombantes, vestons bigarrés, chemisettes pastel… Désormais ils gardent le regard baissé et les poings serrés au fond de leurs poches. On compte trois ou quatre élégantes, robes à fleurs estivales et coiffures soignées évoquant, pour celles ayant passé la quarantaine, des gâteaux crémeux et légèrement indigestes. D'autres sont en joggings ou en shorts, les pieds au frais dans des claquettes en plastique. On dirait le début d'un mariage, où les invités de tous horizons se jaugent, encore gauches, pas encore alcoolisés. Quelques-uns sont venus en habits de travail – salopettes tachées pour les hommes, courts tabliers bleus d'employées pour les femmes.

Tous se regardent, attendent la suite. Ils n'ont pas peur mais ils ne savent pas comment se comporter, quelles sont les manières admises en pareille situation. Aucun ne sait ce qu'est une manifestation. Ils seraient même prêts à se séparer déjà, quelques minutes à peine après s'être retrouvés. En face d'eux, les portes du commissariat désespérément closes affichent leur indifférence. Le bâtiment est d'une modestie désarmante, simple cahute écrasée de soleil aux murs de béton que personne n'a pris la peine de peindre. Et puis il y a ces regards intimidants que leur jettent les hommes en costumes regroupés de l'autre côté de la rue. Autant les policiers ne font peur à personne, autant ces types-là, des étrangers, ont l'air sérieux. Deux d'entre eux se tiennent bien droits, bras croisés, un troisième a posé ses fesses sur le capot d'un 4×4 BMW. Un quatrième fait les cent pas en fumant des cigarettes. Tous ont les yeux cachés derrière des lunettes noires.

Il faut toute l'énergie de Katia Galiouk pour maintenir à flot le moral des troupes. La jeune activiste volette d'un groupe à l'autre, sautillant dans ses sandales, encourage tout le monde d'un sourire, d'une main qui effleure l'épaule. Elle dit « Merci » à chaque nouvel arrivant, comme si c'était elle l'organisatrice du rassemblement – le deuxième à Gouliaï-Polie en moins d'une semaine, du jamais-vu. En réalité, personne ne serait venu sur la seule injonction de Katia. On respecte son obstination, ses engagements passionnés, mais pour les habitants pleins de bon sens de Gouliaï-Polie ils ressemblent à des jeux d'enfants. Ce qui a motivé la trentaine d'habitants de la ville à se retrouver devant le commissariat un lundi à 11 heures du matin, c'est une question simple : qui a tué Larissa Ivanovna ?

Avec une célérité inhabituelle, la police a rendu ses premières conclusions, dont le journal local s'est fait l'écho dans un bref entrefilet :

L'assassinat sauvage de l'institutrice à la retraite Larissa Ivanovna a choqué notre ville, mais il apparaît que l'affaire est très simple. Selon nos sources, deux délinquants ont attaqué la retraitée dans le but de la voler puis ils se sont disputés, entraînant une fusillade et l'incendie de la maison située rue des Spartakistes. Les voleurs ont été identifiés comme des drogués récemment libérés de la prison de Berdiansk, A. Soudak et Gu. Forel, des étrangers à notre paisible ville. Le chef de la police, Stepan Privitchkine, a promis que ses hommes allaient renforcer les contrôles et arrêter tous les individus suspects venus chez nous pour des motifs répugnants.

Cette version, dans sa grande simplicité, est parfaitement convaincante. Les journaux locaux et les sites Internet regorgent de récits sordides sur des retraités attaqués chez eux. Les assaillants sont parfois prêts à tuer pour quelques hryvnias, la pauvreté est partout. On trouve même des maniaques suffisamment pervers pour violer les vieilles dames.

Seulement, les réponses des autorités n'ont fait que contribuer au trouble diffus qui s'est emparé de Gouliaï-Polie depuis la mort de la vieille Larissa Ivanovna. Rien sur l'homme que plusieurs témoins ont vu s'enfuir au volant d'une voiture après le départ de l'incendie. Rien sur un autre 4×4, de marque Mercedes, qui est resté garé à cinq cents mètres du lieu du drame pendant deux jours avant de disparaître, la troisième nuit, emporté par on ne sait qui, et qui ne correspond pas vraiment à un véhicule utilisé par des toxicomanes. Rien sur les blessures reçues par les différents protagonistes, dont l'étude aurait pu éclairer le déroulement des faits...

Ce n'est pas tant l'absence de réponses qui exaspère la foule – chacun, ici, est habitué à l'incompétence de la police, à voir les dossiers traîner des mois et des mois sans que quiconque s'en préoccupe. C'est justement son empressement qui est suspect, sa hâte à donner ses conclusions et à taire les dernières zones d'ombre de cette affaire prétendument simple.

Seulement, au lieu de réponses, il n'y a qu'un banal commissariat provincial que l'on dirait vide. Que faudrait-il faire ? Défoncer les portes ? Katia finit par se lancer. Dans le silence de la place, on entend sa voix fluette prendre son envol, tremblotante, tout près de s'écraser :

— Nous voulons la vérité... articule-t-elle lentement.

À mesure que les mots sortent, elle réalise comme ils se bousculent, comme ils butent les uns sur les autres. Le slogan n'est pas des plus faciles à répéter... C'est le moment où tout peut basculer, où la révolte de Gouliaï-Polie peut s'éteindre avant même d'avoir commencé. Katia remarque l'absence du jeune Marko, son admirateur. Le voir à ses côtés lui aurait donné du courage, réalise-t-elle. Une voix puis une deuxième enchaînent, dans son dos :

— Nous voulons la vérité !

Elle entend d'abord les voix aiguës des femmes, les employées des magasins en tabliers bleus. Elles sont les premières à la suivre, peut-être par simple solidarité, peut-être parce qu'elles sont les plus téméraires. Katia reconnaît ensuite les intonations rauques et pressées des travailleurs, encore hésitants mais dont le raclement de gorge sonne comme un avertissement. Bientôt ce sont plusieurs dizaines de voix qui crient à l'unisson. Des passants s'approchent, juste à temps pour voir apparaître sur le parvis du commissariat la silhouette reconnaissable entre mille de Stepan Privitchkine.

Le gros flic débonnaire bénéficie d'une cote de sympathie étonnamment haute, malgré ses petites combines – extorsion chez les commerçants, racket des automobilistes, distribution de passe-droits – dont chacun, à Gouliaï-Polie, peut se retrouver un jour la victime. Le chef de la police est un gars du coin. Il a patiemment grimpé les échelons sans faire trop de mal, obéissant avec les puissants, jamais trop désagréable avec les humbles. Il porte sa casquette légèrement relevée en arrière sur la tête, signe d'une certaine tranquillité d'esprit, et a passé les mains dans sa ceinture. Il les sort lentement, pour faire le signe mondialement reconnu de l'apaisement et dans le même geste demander le silence.

— Écoutez, les gars, c'est pas des paysans comme vous qui vont jouer les détectives, maintenant !

Sa voix est détendue et la pique sonne juste. Tout dans son attitude, jusqu'à son ventre tendu sans façon dans son uniforme froissé, montre qu'il s'inclut dans lesdits paysans.

— Alors dites-nous la vérité, Stepan ! lance Katia, appuyée par quelques grognements venus de la foule.

Sentir dans son dos « les gars », comme les appelle

Privitchkine, lui donne de l'assurance. En leur absence, Katia sait que le chef de la police et ses hommes n'auraient aucun scrupule à la boucler pour quelques heures, le temps qu'elle «se calme», auraient-ils dit.

— On n'a pas encore tous les détails, répond le policier, mais franchement, c'est quoi le problème? Des affreux prêts à dessouder une vieille pour quelques billets, ça s'est jamais vu ou quoi? J'ai rarement vu un dossier aussi simple…

Ces mots sont accueillis par quelques grognements, pour certains approbateurs. Katia tente de reprendre:

— Et pourquoi vous ne cherchez pas le troisième assaillant? À qui appartient la voiture abandonnée pendant plusieurs jours près du lieu du meurtre?

— Vous ne vous payez pas assez sur notre dos pour travailler vraiment, bande de fainéants? lance un homme, protégé par l'anonymat de la foule.

Une autre voix, enhardie, ose:

— Moi je sais ce que c'est, une voiture comme celle-là! C'est pas un truc de bandits, c'est les 4×4 qu'utilise le SBU…

Privitchkine éclate d'un gros rire.

— C'est ça, et en plus de nos types on a trouvé des agents du FSB et du Mossad! dit-il, mettant quelques rieurs de son côté. Arrêtez vos bêtises, les enfants. Je vais même vous donner une information confidentielle: on a eu droit au renfort d'un juge d'instruction spécialement envoyé de Zaporojië avec toute une équipe d'enquêteurs expérimentés. C'est pas vous ou moi qui allons leur expliquer leur boulot, quand même!

Le capitaine a visé juste, la nouvelle jette le trouble

dans la foule. Si des hommes de la grande ville confirment les conclusions de ceux de Gouliaï-Polie, les choses doivent être en ordre. Vainqueur aux points, Privitchkine s'apprête à tourner les talons pour aller casser la croûte dans le commissariat, quand une voix s'élève. Un grand type resté silencieux depuis le début s'extrait de la foule et vient se placer devant l'officier de police. Le doigt qu'il tend vers lui, jusqu'à toucher son nœud de cravate, est noir de la crasse de ceux qui travaillent la terre. C'est un « immigré », comme on dit ici, un Tchétchène installé là depuis bien vingt ans et qui s'emploie comme manœuvre dans les firmes agricoles du coin. Son visage sombre et creusé est impassible, mais on y lit un frémissement d'indignation. Il emploie le « tu » sans qu'on sache très bien s'il faut y voir du mépris ou des restes de camaraderie montagnarde :

— Capitaine, tu nous as dit que l'affaire était simple, vrai ?

— Vrai.

— Que des vieilles attaquées par des détraqués ou des bandits, ça se trouvait toutes les semaines dans tous les villages d'Ukraine ?

— Bien sûr, la semaine dernière encore...

— Alors dis-moi une chose, capitaine. Pourquoi on vous a envoyé toute une équipe de messieurs de la ville pour une affaire aussi simple et banale ?

Privitchkine ouvre la bouche pour répondre mais il ne peut que la garder ouverte. Au bout de quelques instants, il finit par soulever sa casquette et se gratter pensivement le crâne.

— C'est vrai que...

Le Tchétchène ne le laisse pas finir. Il fait encore un pas, son visage est à quelques centimètres de celui du policier. Malgré tout, il ne baisse pas la voix. Personne, ni dans la foule ni dans le petit groupe d'hommes en costumes attendant dans le coin de la place, n'en perd une miette.

— Je vais te dire ce que je crois, moi. C'est que toute ton équipe de procureurs et de flics a été envoyée par Zaporojie, ou même par Kiev, pour étouffer une histoire bien crapuleuse. Le genre d'histoires où y a des paquets de fric en jeu, des secrets d'État... Et qu'on n'a même pas pris la peine de vous mettre dans la boucle, vous, les flicaillons du coin, ni de trouver une version un peu crédible pour nous, les péquenots. Personnellement, je m'en fous, de leurs sales histoires de fesses ou d'argent, mais ce que je n'aime pas, c'est qu'on tue les vieilles de chez nous comme on tue les chatons, sans pitié, à bout portant. Et ce que j'aime encore moins, c'est quand on me prend pour un con.

En martelant ces derniers mots, l'homme appuie son gros doigt sur le torse du policier ; déséquilibré, celui-ci bascule en arrière et atterrit sur son postérieur dans la poussière de la rue. C'est du trottoir qu'il voit la foule fondre sur lui.

— C'est du foutage de gueule, Stepan, vos histoires !
— On veut des explications !

Il a fallu une minute mais l'opinion s'est retournée. Elle a pris son parti, et ce n'est pas celui de Privitchkine. Le ton n'est pas encore menaçant, juste défiant et farouche.

— Vous croyez qu'on peut nous cracher au visage

comme ça, nous prendre pour des moins-que-rien, qu'on va courber l'échine et se taire comme on l'a toujours fait ? Nous aussi, on a notre dignité !

Restée en retrait, perdue dans la cohue, Katia sent un frisson lui parcourir l'échine. Dignité. Être traités en citoyens, pas en serfs... Ceux qui à présent hurlent sur le pauvre capitaine de police l'ont si longtemps regardée sans la comprendre... Quand un procureur, peut-être le même que celui envoyé aujourd'hui dans leur ville, empoche 100 000 euros pour laisser le maire bâtir sur un terrain illégal, ils s'en moquent, ils se taisent. Mais qu'on les humilie en leur mentant droit dans les yeux, ça, ça les révolte ! Leur colère éclate, et la sienne avec :

— Dignité ! hurle Katia Galiouk d'une voix qui se brise sur la dernière syllabe.

Et cent bouches, pleines d'indignation, de colère, de désespoir, reprennent avec elle :

— Dignité !

J – 12, Kiev

— Mes chers amis, vous qui avez accepté de venir à ma rencontre ce soir, vous mesurez l'importance des liens entre nos différents pays, entre nos économies. Vous savez d'où vient mon pays. Il y a vingt ans, l'Ukraine n'existait pas. Elle n'était qu'une province de l'Union soviétique. Son économie n'était bâtie que pour alimenter la machine de production soviétique et nourrir ses citoyens. Sa culture était asservie, ses élites bâillonnées. Quant au capitalisme, nous n'en connaissions que le nom. Il nous a fallu tout apprendre, tout commencer, non pas à zéro mais avec l'héritage de quatre-vingts ans de totalitarisme. Bâtir des institutions, une économie, une conscience nationale, assurer notre sécurité, la reconnaissance de nos frontières, l'indépendance de notre armée, la loyauté de nos fonctionnaires. Nous avons fait de notre mieux... et nous avons mal fait!

La Présidente marque une pause, savoure son effet. Elle sent qu'elle a touché juste : le public de diplomates et d'hommes d'affaires étrangers auquel elle s'adresse a relevé la tête, intrigué. Elle sait que les Occidentaux sont fatigués par les discours lénifiants, les excuses sans cesse ressassées. Si elle veut les accrocher, s'en faire des alliés, elle doit jouer franc jeu, elle doit montrer qu'elle est avec eux. Elle poursuit :

— Je suis déterminée à changer les choses, mais pour cela j'ai besoin de votre aide. Nous pouvons faire toutes les promesses du monde à notre population, demander tous les sacrifices à nos fonctionnaires, sans argent nous sommes impuissants. Sans argent, les médecins continueront de demander des pots-de-vin à leurs patients. Sans argent, les juges continueront de rendre des verdicts sur mesure. Sans argent, nos députés continueront de se mettre au service des puissants. Et l'argent, c'est vous qui l'avez.

Olena s'interrompt une nouvelle fois. Le pupitre derrière lequel elle s'exprime est transparent. Les organisateurs de la conférence ont voulu passer par là un message subliminal, un signe de modernité, un appel à se défaire des pratiques opaques. En parlant, la Chienne se rend compte que les premiers rangs, remplis quasi exclusivement par des hommes, sont plus occupés à fixer ses jambes qu'à l'écouter. Elle reconnaît l'ambassadeur du Danemark, qui deux jours plus tôt présidait une table ronde sur l'intégration des femmes dans le monde du travail ukrainien. Sa bouche est ouverte. Elle se reprend, poursuit :

— Nous ne vous demandons pas de payer nos médecins, nos juges, nos députés. Nous vous demandons de nous faire confiance, d'appuyer les réformes que nous allons engager. Vous, diplomates représentants de pays amis, nous avons besoin que vous poursuiviez, que vous intensifiiez les coopérations bilatérales déjà engagées, que vous souteniez la voie européenne choisie par l'Ukraine. Vous, hommes d'affaires, investisseurs, c'est de vous que nous avons le plus besoin. Ayez confiance dans notre pays, investissez, créez des emplois, des usines. Vos actifs seront protégés, personne ne tentera de vous extorquer de l'argent.

En prononçant ces mots, elle jette un coup d'œil à la table où ont été installés les investisseurs ukrainiens les plus prestigieux. Charge à eux, après l'intervention de la Présidente, de donner corps à ses mots en proposant à leurs collègues occidentaux diverses opportunités de partenariats, de rachats d'entreprises, d'implantations d'usines. Les discussions auront lieu dans les salons de l'hôtel Hyatt, où se tient cette première édition du forum Invest Ukraine, qu'elle a voulu placer sous son patronage. Olena observe un instant ses compatriotes, essayant de comprendre ce qui les différencie de leurs collègues occidentaux. Fini le temps où les Russes et les autres postsoviétiques se distinguaient par leurs chaussures en croco, leurs costumes à rayures. Ils ont adopté les mêmes codes que les Occidentaux et, pourtant, on peut encore flairer ceux de l'ex-URSS à un kilomètre à la ronde. Quelque chose dans les gènes ou dans leur attitude, dans leurs mines fermées, peut-être. À les voir tous ensemble, Olena songe à un banc de requins. Les plus vieux, ceux qui ont l'air d'être en pleine digestion, à moitié assoupis, ressembleraient plutôt à des mérous. Mâchoire puissante sous la chair tombante, œil vif qui ne semble qu'à moitié se reposer... Les plus jeunes ont les cheveux en brosse, des polos de marque sous leurs vestes de costume, des bras puissants qu'ils travaillent à la salle de sport… «Vos actifs seront protégés», a-t-elle dit… Aucune garantie de la sorte n'existe en Ukraine, pas même pour les étrangers. Combien d'Allemands, d'Italiens, d'Américains ont perdu leurs billes, floués par un partenaire véreux, dépouillés par un oligarque gourmand? Olena fixe du coin de l'œil Eremeev, le Technocrate, son ennemi. Elle sait qu'au cours du cocktail il va faire fureur auprès des invités, avec ses manières parfaites, sa réputation de philanthrope accompli. Comment ne pas faire confiance à un homme qui a créé le seul musée d'art contemporain de Kiev et sponsorise un festival de jazz? Elle se souvient encore de la façon dont, cinq ans plus tôt, il a arraché un centre commercial entier à un groupe suédois. Un harcèlement léger par les services de l'hygiène, des vérifications fiscales pour déstabiliser l'adversaire, lui rappeler qu'il est en terrain hostile, puis la grosse artillerie: le Technocrate est allé jusqu'à mobiliser des juges de la Cour suprême pour faire valider les titres de propriété tout neufs lui assurant le contrôle du bien. Les managers ukrainiens qui continuaient de résister ont été convaincus à la batte de baseball. Les Suédois ont déguerpi, et il leur faudra plus qu'un beau discours d'Olena Hapko pour qu'ils aient envie de tenter à nouveau leur chance.

La Présidente descend de la tribune, sentant toujours les regards des invités sur ses jambes, ses fesses, son décolleté. Pas même concupiscents, simplement curieux. Dans la cohue qui suit la fin du discours, elle voit s'approcher Magomed Bekbouletovitch, l'homme des services spéciaux du SBU. Leur contact est bref, Bekbouletovitch se contente d'un rapport succinct:

— La situation est parfaitement sous contrôle à Gouliaï-Polie. L'enquête a rendu ses conclusions, rien que du très banal. Deux ou trois fortes têtes essaient d'agiter l'opinion, pour tirer profit de l'affaire, mais mes hommes sur place vont ramener le calme.

Olena se contente d'un léger signe de tête et s'éloigne. Elle savoure l'instant, ces regards qui la scrutent, ce qu'elle est en train d'accomplir pour son pays avant même d'accéder au pouvoir. Et l'horizon qui s'éclaircit. Le cahier et la vieille ne sont plus qu'un lointain souvenir, et avec eux c'est la possibilité pour les Russes d'attaquer de manière convaincante sur le thème des offshores qui est écartée. Semion Moissenko n'a toujours pas reparu, mais par son silence il semble confirmer ses intentions pacifiques. Gouliaï-Polie va bientôt retomber dans l'oubli… Dans quelques mois elle pourra même offrir un jardin d'enfants ou une école à sa ville natale, pour lui montrer sa gratitude. Ou bien, encore mieux, elle y effectuera une visite présidentielle, touchante et intime… Il ne lui reste plus qu'à mettre en place la deuxième phase de son plan, en accord avec Iossif Kozilevski, le Chevelu, pour remporter définitivement la partie.

En attendant, elle ne peut résister au plaisir de s'approcher de Platon Eremeev. Elle veut renifler la chair de son ennemi, le regarder se débattre avant de lui planter ses crocs dans la gorge. Elle sera impitoyable avec lui, le moment venu. Il a trahi son pays et osé la défier ; elle ne lui laissera rien, l'abandonnera en sang sur le bord du trottoir, les tripes offertes aux corbeaux.

— Platon Anatolievitch, quel plaisir de vous rencontrer ici ! Je ne pensais pas avoir la chance de vous apercevoir avant mon investiture. Vous savez, n'ayez pas d'inquiétude, j'ai dit à mes équipes de tout faire pour vous trouver une place dans la grande salle du Parlement... Vous n'allez tout de même pas assister à cet événement dans votre canapé ou dans la rue...

Elle joue à la perfection. Les Occidentaux qui l'observent ne voient que son large sourire, ses mains ouvertes en signe d'amitié. Les autres, ceux qui connaissent les rites de la violence, voient parfaitement la lueur sauvage au fond de ses yeux bleus, plus meurtrière qu'une rafale de kalachnikov.

Le Technocrate réplique en prenant une voix tout aussi mielleuse :

— Le délai entre l'élection présidentielle et l'investiture est si long ! Il s'y passe toutes sortes d'événements inattendus. Je ne m'étais jamais rendu compte à quel point ces misérables trente jours pouvaient durer une éternité... J'espère vivement que nous pourrons assister tous les deux à ce moment si important pour le pays.

Ses cheveux sont d'un noir foncé, probablement teints et huilés, ramenés en arrière à l'aide d'une bonne couche de laque. Il pourrait être beau : des pommettes hautes, un nez aquilin, des lèvres fines, des yeux clairs... Un faux air de Pierce Brosnan, mais la conscience de sa supériorité s'affiche trop nettement sur son visage, le rend repoussant. Olena est heureuse que ce soit lui son ennemi le plus mortel. Parmi les Loups, il est sans doute le plus intelligent, mais il l'a toujours sous-estimée. Sous leurs allures barbares, les autres ont au moins eu le bon sens d'accepter qu'une femme puisse jouer dans leur cour, les concurrencer, chasser le même gibier qu'eux. Lui, qui se prétend pourtant le plus européen de tous, ne l'a jamais compris.

— C'est aussi une période favorable à l'introspection, répond Olena. Chacun a la chance et le temps d'évaluer ses actions, de rectifier ses erreurs. De réfléchir aux amis qu'il s'est choisis…

Elle s'interrompt en voyant l'ambassadeur danois s'approcher du petit groupe qui s'est formé autour d'elle et du Technocrate. Résolument, elle tourne les talons et montre son dos à l'oligarque. Elle prend une profonde inspiration et d'un mouvement brusque du haut du corps elle projette sa poitrine vers l'avant en même temps qu'elle tend une main chaude au diplomate scandinave.

J – 10, Gouliaï-Polie

Depuis deux jours, ceux qui l'aperçoivent au détour d'une rue, d'un terrain vague, ont l'impression de voir un spectre. Un spectre monté sur un indéfinissable tas de ferraille, mais un spectre. Ses yeux d'ordinaire brillants sont enfoncés dans leurs orbites, sombres, fatigués. Ils regardent fixement devant eux, comme si le monde extérieur avait disparu. Même sa mèche blonde paraît en berne. Seule sa façon de pédaler, ce matin-là, laisse entrevoir une détermination nouvelle. Il en a terminé avec l'errance. Ses mollets bronzés appuient vigoureusement sur le métal, ils crient au vélo d'avancer.

La première nuit, il l'a passée dehors, sur la tombe de la douce Maïa Makhno. Puis il a repris son errance à travers la ville, observant, guettant de loin comme une bête sauvage. Le soir, quand il est rentré chez lui, sa mère n'a pas posé de questions. Elle l'a forcé à prendre une douche, l'a nourri et envoyé au lit. Elle ne lui a même pas parlé du coup de téléphone inquiet reçu de l'école, plus tôt dans la journée. Cela lui a fait du bien d'être traité en enfant, d'oublier son secret. Puis la culpabilité est revenue. Il a assisté de loin au rassemblement devant le commissariat, sans oser s'y mêler. Il a espéré qu'on vienne le trouver, que quelqu'un pense à l'interroger. La colère des manifestants lui a fait chaud au cœur, elle lui a redonné espoir. Mais le souffle est retombé. Les habitants de Gouliaï-Polie ont certes acquis la conviction qu'on se moquait d'eux, puis ils ont semblé l'accepter, passé le mouvement d'humeur initial. Aucun autre rassemblement n'a eu lieu. Marko est convaincu, toutefois, que Katia n'accepte pas cette reddition. Il sait qu'elle s'épuisera jusqu'à ce que la vérité soit connue. Alors il doit lui parler. Tant pis pour les risques. Ou, plutôt, le risque : qu'elle le regarde avec dégoût, qu'elle le méprise pour sa cupidité, pour la facilité avec laquelle il a vendu des informations à un étranger.

Marko passe à toute vitesse devant l'étang municipal, sans même jeter un œil aux gamins qui s'y baignent joyeusement. En temps normal il se serait arrêté et aurait piqué une tête dans l'eau. L'étang fait la fierté de la ville. Il est certes mangé par les roseaux et d'une propreté douteuse, mais le toit du tracteur qui en ressort en son milieu est unique dans la région. Les gamins l'utilisent pour plonger ou pour bronzer, s'écorchant les pieds sur le métal rouillé. La façon dont le monstre de fabrication biélorusse est arrivé là est moins glorieuse, et Marko connaît l'histoire par cœur, comme tout habitant de Gouliaï-Polie. Elle s'est déroulée quinze ans plus tôt, au cœur de ces années quatre-vingt-dix que tous les adultes évoquent avec horreur mais qui avaient quand même l'air, d'après les récits qu'entend Marko, d'un bon moment de rigolade... Deux employés du kolkhoze – il y avait encore le kolkhoze, à l'époque

– étaient partis pêcher en barque sur l'étang. Leurs femmes avaient bien vérifié qu'ils n'emportaient pas de bouteille mais en route ils ont obtenu quatre litres de gnôle artisanale chez la vieille Zouleïkha, contre deux meules de foin volées au kolkhoze. Toute la journée et toute la nuit, ils sont restés à boire et à chanter, dans leur petite barque. Les voisins entendaient leurs hurlements, et les deux ivrognes sont même revenus sur la rive pour acheter encore plus de gnôle. Ils ont ainsi passé une deuxième journée, ivres comme des cosaques, à parler d'amour et d'amitié, à se battre, à se réconcilier, à s'enlacer, mais sans jamais arrêter de pêcher. Personne ne sait d'où est venue leur chance, ces deux jours-là, mais on aurait dit qu'ils avaient pêché la moitié des poissons de l'étang. La barque s'est remplie jusqu'au rebord de gardons, de tanches, de brochets, si bien que l'embarcation a commencé à prendre l'eau. Les deux alcooliques ne se sont rendu compte de rien jusqu'à avoir les fesses dans l'eau. Ivan Griazniï a alors eu l'idée de génie de nager jusqu'à la rive – bourré comme il l'était, c'était un exploit – et de courir au kolkhoze chercher un tracteur, convaincu qu'il pourrait s'enfoncer dans l'étang et ramener la barque chargée de son précieux butin. C'est finalement le tracteur qui est resté dans l'eau boueuse, entouré pendant des jours de centaines de poissons crevés. Avec le temps, les poissons ont disparu, les deux idiots sont morts, mais le tracteur est toujours là, monument improvisé à l'alcoolisme paysan et à la corruption.

L'histoire plaît beaucoup à Marko, mais il n'est pas d'humeur joyeuse. Ce matin-là, il a même passé sa chemisette à carreaux jaunes, celle qui le fait paraître encore plus maigre mais lui donne au moins un air sérieux. Il poursuit son quadrillage de la ville, rue après rue, de manière systématique. Il n'ose pas poser de questions, il n'est pas encore prêt à ouvrir la bouche, alors il garde les lèvres closes et cherche son amie du regard. Elle n'était ni au local de l'Initiative citoyenne ni chez elle. Et pourtant il peut presque la suivre à la trace, en pistant les affichettes collées çà et là sur des poteaux de signalisation, sur des halls d'immeubles. «Rendez-vous à 16 heures sur la place centrale. Justice et vérité pour Larissa Ivanovna. Dignité pour Gouliaï-Polie.» Marko est sûr que c'est elle qui est derrière cette agitation. Il veut lui parler avant cette «manifestation», avant 16 heures. Il ne survivra pas au-delà, sa poitrine va exploser. Il a besoin de dessouder ses lèvres et de soulager sa conscience, de raconter ce qu'il sait de sa rencontre avec Serafim. Et peut-être que ses révélations seront utiles à Katia, peut-être lui fourniront-elles une arme supplémentaire dans le combat qu'elle a engagé. Instinctivement, il sait que ce combat est juste.

Au coin de la Grande Rue et de la rue de la Paix, il remarque dans son dos un 4 × 4 qui roule à faible allure. BMW modèle X5; il les adore. Ce qu'il aime moins en revanche, c'est la tête des types dans la voiture, quand celle-ci le dépasse. Quatre gros bras en lunettes de soleil qui scrutent les façades. Et qui n'ont pas du tout l'air de touristes.

J – 10, Gouliaï-Polie

Perdue dans ses pensées, Katia avance comme un automate dans les rues de sa ville. Depuis quatre jours, elle est fiévreuse, tout entière tendue vers une cause qu'elle a elle-même du mal à définir. Larissa Ivanovna? Bien sûr, le meurtre de la vieille dame la révolte. Comme tout le monde, elle connaissait l'ancienne institutrice. Mais sa colère va au-delà. Son espoir, aussi. Pour la première fois, elle sent le pouls de sa ville battre à l'unisson du sien. Pour la première fois, elle la sent frémir, se réveiller. Combien de fois a-t-on moqué ses colères, ses cris, ses tentatives de perturber le conseil municipal... Enfin ils ont compris! Il a fallu pour cela qu'on tue l'une des leurs, et qu'à la violence on ajoute l'humiliation. Sans limites, sans pudeur : les autorités viennent de décider que Larissa Ivanovna serait enterrée à Zaporojie. Demande de la famille, a-t-on assuré. Katia le sait, elle, qu'ils sont prêts à tout. Tout plutôt que de permettre un nouvel attroupement, une nouvelle éruption de colère à l'occasion de l'enterrement. Alors c'est à elle de prendre les choses en main. Elle a bien vu, après le rassemblement du commissariat, que les gens ne savaient pas quoi faire, quoi dire, quoi penser. Même les plus déterminés.

Sur l'ordinateur de l'association, elle a préparé sa petite affiche au format A4, quelques mots simples. Puis elle l'a imprimée en une centaine d'exemplaires. Elle en a déjà accroché une vingtaine. Ses jambes lui font mal, ses mains sont couvertes de colle. Elle n'a aucun doute, les citoyens de Gouliaï-Polie répondront présents à son appel. Ils peuvent accepter beaucoup, mais eux aussi ont leurs limites, comme une vieille mule sur laquelle on ne cesse de cogner et qui finit par se cabrer. Voilà l'erreur des autres, les puissants. Ils ont oublié que ce peuple accommodant, facile à diriger et à manipuler, pouvait devenir incontrôlable si l'on touchait trop ouvertement à sa fierté. Sans doute parce qu'ils l'ont enfouie trop loin au fond d'eux, leur fierté… Elle ne veut pas la révolution, simplement être entendue : que les policiers qui ont couvert le meurtre soient punis, que d'autres soient affectés à l'enquête. Que le maire prenne publiquement position dans cette affaire.

Ce sera son dernier combat. Après cela, elle abandonnera la partie. La pensée du départ, qui la travaillait depuis plusieurs mois, s'est imposée ces derniers jours. Elle a 24 ans et la sensation d'en avoir vingt de plus. Ce n'est pas seulement le poids des combats et des indignations. On a toujours vieilli plus vite, dans les villages. La peau fane au soleil, sèche dans le froid, les mains se flétrissent à force de laver, porter, réparer, creuser… Il y a un mois, sa mère a pris sa retraite. Pendant près de quarante ans, elle a fait la cuisine à la cantine de l'école. Elle s'est occupée de sa fille, seule. Et ce mois-ci, quand elle est rentrée du travail pour la dernière fois et s'est laissée tomber dans le canapé, Katia a compris qu'elle ne se relèverait plus. Irina Galiouk n'a pas encore 55 ans et elle considère sa vie comme finie. Ce n'est pas seulement une question d'argent, même si les 150 dollars mensuels de sa retraite la condamnent à une vie de bouts de chandelles. Sa mère est tout simplement épuisée. Elle fera semblant encore quelques années, se réveillera un peu si Katia lui offre un petit-fils ou une petite-fille, mais elle n'a plus d'envies, plus d'énergie. Katia songe à ce groupe de touristes allemands venus visiter la ville natale de Makhno, l'année précédente, et avec qui elle avait discuté quelques instants, dans son anglais hésitant. Quand les femmes du groupe lui avaient dit leur âge, elle n'en avait pas cru ses oreilles. Avec leurs cheveux courts, leurs chaussures de marche et leurs vestes sportives, elle leur aurait donné 45 ans. Elles en avaient 60, 65, 70…

Elle partira et elle proposera à sa mère de venir avec elle, tout en sachant pertinemment que celle-ci refusera. Pour ceux qui ont eu la chance d'échapper aux grands mouvements de population du siècle précédent, les déportations, les massacres, les exodes, mourir dans son village est un privilège. Un luxe. Katia, elle, ne veut pas de ce confort-là. Elle songe à la ville, à la capitale. Là-bas, à Kiev, elle trouvera des amis, des gens qui portent sur la vie le même regard que le sien. Elle en est persuadée, les gens de la grande ville doivent être mieux éduqués, plus sensibles, plus généreux. Peut-être pourra-t-elle trouver un travail et reprendre des études… Elle reviendra voir sa mère aussi souvent qu'elle le pourra, se dit-elle sans parvenir à tout à fait gommer la sensation de honte qui accompagne la pensée de son départ. Si elle reste encore un an à Gouliaï-Polie, ses ailes seront trop engluées pour pouvoir partir un jour. Elle épousera un garçon drôle et enjôleur, et cinq ans plus tard elle ne sera rien de plus que sa bonne ou sa mère. À cette pensée elle songe au petit Marko. Elle ne peut pas dire précisément pourquoi, mais elle serait déçue de ne pas le voir à la manifestation de l'après-midi. Elle sait que le gamin est amoureux d'elle. Peut-être qu'elle passera un peu de temps avec lui, avant son départ pour la capitale. Bien entouré, guidé, ce garçon qui comme elle a grandi sans père pourrait faire quelque chose. Peut-être même, le jour du grand départ, lui offrira-t-elle un baiser, un vrai, sur la bouche, pour lui laisser un souvenir et des rêves.

À cette pensée, elle s'esclaffe silencieusement. Elle colle une affichette sur le panneau STOP qui marque l'entrée du parking du supermarché situé sur la rue Lénine puis s'écarte de la route pour descendre le talus broussailleux qui mène à la rivière Haitchour. Par là, elle atteindra plus vite la station-service de l'entrée est de la ville. En zigzaguant dans les herbes hautes, elle repense à son idée saugrenue d'embrasser les lèvres du petit Marko. Elle sent ses joues rougir et rigole encore, à haute voix cette fois. Lorsqu'elle déboule sur le chemin de terre qui longe la rive, elle souffle un instant, les mains appuyées sur ses genoux.

Elle ne remarque pas le 4 × 4 BMW qui se rapproche lentement. Elle ne voit pas les deux hommes qui en sortent, ne les entend pas se rapprocher. Elle ne se retourne qu'en sentant une main d'acier se poser sur son épaule. Leurs visages sont masqués. Katia Galiouk a juste le temps de penser : S'ils se cachent le visage, c'est qu'ils ne sont pas venus pour me tuer...

J – 9, région de Kiev

Le bateau a été choisi avec soin, élégant mais d'un luxe volontairement suranné. Avec sa longue silhouette blanche et ses deux étages de cabines ouvrant sur de larges ponts ponctués de fines colonnes, il rappelle les vaisseaux qui arpentent paresseusement le Mississippi. Le navire est une adaptation des bateaux qui, à l'époque soviétique, transportaient les passagers sur les interminables fleuves du pays – les cabines de première et deuxième classes ont seulement été transformées en lieux d'agrément, piscine, casino, salle à manger, suites bénéficiant du confort d'un hôtel de luxe...

L'ensemble a le côté rétro et apaisant que recherchait Olena. En accueillant ses hôtes à bord du *Constantinople*, elle les plonge dans une atmosphère conviviale et faussement modeste qui convient parfaitement à ses plans. Ces hommes habitués aux côtes monégasque ou monténégrine, à des yachts rutilants aux lignes agressives, ne pourront qu'apprécier la fausse simplicité du *Constantinople* et la sauvagerie du Dniepr. La modestie de l'expédition se veut une déclaration d'amitié.

Le Chevelu s'est révélé le plus sensible au charme désuet de l'invitation. C'est tout juste s'il n'a pas versé une larme, quelques minutes après avoir franchi la passerelle, sur l'embarcadère privatisé, placé sous la surveillance de dizaines de gardes privés et de membres des forces de l'ordre :

« Ça me rappelle les années quatre-vingt, putain ! a-t-il tonné. C'est à bord d'un bateau comme celui-là que j'ai rencontré ma première femme ! C'était sur la Volga, entre Samara et Kazan. Elle passait du bon temps avec des copines et moi j'étais là pour le boulot...

— Et puis tu l'as larguée dix ans plus tard, quand tu as fait ton premier million, pour une plus jeune... »

C'est le Gendre, Teodor Valkov, qui a interrompu le récit. À son œillade égrillarde, le Chevelu répond d'un regard noir.

« C'est elle qui m'a largué, dix ans plus tard, quand j'ai purgé ma première peine, espèce de jaunisse ! Ces abrutis du Commissariat au plan n'appréciaient pas mes projets de restructuration de l'industrie minière du Kouzbass et ils ont comploté pour me mettre à l'ombre. Quand je suis sorti, leur putain d'Union soviétique n'existait plus et ils avaient commencé à bien consciencieusement piller les mines... Selon mes putains de plans ! Eh oui, tout le monde n'a pas eu la chance d'épouser la fille du premier président de l'Ukraine et de se goinfrer de pétrole jusque dans sa chatte !... »

Olena sourit, faisant semblant d'être choquée. Elle lève son verre de champagne pour porter un toast à « la restructuration de l'industrie minière du Kouzbass », autrement dit les fusillades par lesquelles le Chevelu tentait, dès la fin des années quatre-vingt, de mettre la main sur le charbon de Kemerovo, en Sibérie.

Tous sont venus. Le Chevelu, le Gendre, mais aussi Filip Zolkov, le magnat de l'électricité et financier des partis pro-russes, Stanislav Kolenko, le maître de Lviv, qui se targue d'être le plus nationaliste de tous, Pavlo Levitski, le roi des supermarchés, et encore trois ou quatre autres de rang inférieur, qu'elle a invités pour que les Loups ne se croient pas les seuls maîtres à bord. Tous... sauf Platon Eremeev. L'absence du Technocrate est un signal clair : elle le déclare pestiféré, et celui qui osera s'afficher avec lui sera considéré comme un ennemi.

Quoi qu'en pensent les autres, aucun n'aurait pris le risque de refuser l'invitation. Olena a même insisté pour qu'ils viennent en famille, sans façon, et tous se sont exécutés, sauf le Chevelu, célibataire endurci. L'expédition a des airs de partie de campagne. Les oligarques se sont habillés à la bonne franquette, en polos de couleurs claires qu'ils voient comme le comble du chic occidental décontracté. Des enfants courent en criant dans les coursives. Seules les épouses et les maîtresses sortent du cadre, qui n'ont pas pu renoncer à leurs habits de luxe. Elles sont de deux types, deux générations : les jeunes, jambes interminables, culs moulés dans des minishorts Gucci, sourires ravissants dans lesquels Olena ne peut s'empêcher de voir un peu de mépris, ou peut-être seulement l'inquiétude de savoir leurs jours comptés ; et puis il y a les vieilles, celles qui ont survécu aux affres du temps, aux orages conjugaux, et qui font tout pour tenter de concurrencer les premières. Leur ancienneté, ou leur peur d'être surpassées par une maîtresse, se mesure au gonflement de leurs lèvres, un peu plus marqué année après année.

Le passage à table se fait au son d'un orchestre joyeux, des airs de Muslim Magomayev et Iossif Kobzon. Les musiciens portent des costumes blancs impeccables, plus formels que les uniformes de l'équipage, marinières à la mode soviétique et casquettes de travers. On se croirait plongé dans les années soixante-dix, jeunesse insouciante... La table est du même ton charmant. Assiettes de hareng, salades russes débordant de mayonnaise, brochettes fumantes, *plov* ouzbek, poissons fumés... le tout agrémenté de carafes de vodka glacée et de jus de fruits. La Chienne a bien fait les choses. Pas question pour elle de réitérer les erreurs commises lors de leur réunion précédente, le soir de sa victoire, quand elle avait paru les prendre de haut en leur annonçant, brusquement, ses nouvelles «règles du jeu». Elle se montre en toute simplicité et, pour attendrir ses hôtes, elle leur propose un voyage dans les eaux d'un passé qu'ils fantasment heureux et paisible, oubliant les trahisons, les morts violentes, les nuits d'angoisse.

Olena n'a pas à se forcer, la conversation roule toute seule, joyeuse, conduite par les hommes et égayée par la vodka. Elle écoute amusée Zolkov s'écharper avec Iouri Vitsberg, le patron des stations-service UkrNet, sur les mérites comparés de Joseph Brodsky et Marina Tsvetaïeva. En même temps, le Chevelu hausse la voix pour raconter une histoire dont elle n'entend que les «putain» et les «chatte» qui servent de ponctuation. Face à lui, la femme de Levitski, une rombière d'une cinquantaine d'années, rougit de plaisir au point que son visage prend peu à peu la teinte de ses cheveux. Le banquier Kolenko, son fils Kolia sur les genoux, transpirant, chemise ouverte jusqu'au nombril, déclame des poèmes du folklore ukrainien tout en discutant avec Valkov de l'ouverture d'une raffinerie près de Lviv. Ce dernier enchaîne les verres avec une régularité parfaite et finit, dans un accès de tendresse alcoolique, par faire des confidences au Chevelu, dont la veste beige est parsemée de taches grasses :

— Tu… tu sais, balbutie-t-il, quand tu avais gagné le contrat pour la construction du gazoduc de la mer Noire, il y a une dizaine d'années ?… Et qu'une explosion avait arrêté le chantier et déclenché une enquête, tout un merdier ? Tout le monde avait cru à un coup de la mafia de Kherson… Eh ben, c'était moi !

Kozilevski fait mine de s'esclaffer mais Olena voit que l'affront est dûment enregistré, allant rejoindre dans le cerveau du Chevelu la montagne de rancœurs classifiées et de vengeances en suspens. Lui aussi, se dit la Chienne, mourrait d'ennui dans sa retraite en Suisse, où il possède plusieurs propriétés.

C'est elle, finalement, qui propose une pause dans les agapes. Elle a besoin d'eux à peu près sobres, pour la suite, ou au minimum qu'ils se rappellent des conversations.

— Messieurs, je vous propose un cigare dans le salon des officiers, annonce-t-elle, ouvrant le chemin à une troupe gauche et hésitante, obligée de se tenir aux murs pour avancer mais dont la fortune cumulée équivaut au PIB de plusieurs pays africains.

Quand elle ouvre la bouche pour passer aux affaires sérieuses, elle se rappelle toutefois immédiatement pourquoi ce sont eux et précisément eux qui ont fait leur chemin dans la jungle du postcommunisme ukrainien. Dès qu'elle évoque «l'importance de cette réunion», elle n'a plus face à elle que des visages concentrés et des yeux perçants d'intelligence. À l'exception peut-être de ceux du Gendre.

— Il y a trois semaines, lorsque j'ai évoqué devant vous ma vision de l'avenir, je m'y suis mal prise et je le regrette, attaque-t-elle, et cette contrition inattendue accroît la curiosité de l'assistance. Il y aura des changements, mais nous avancerons progressivement, et tous en même temps. Je peux vous assurer qu'aucun d'entre vous ne sera lésé. Aucune réforme ne sera utilisée pour nuire aux intérêts de l'un ou de l'autre. Nous devrons tous nous adapter à de nouvelles règles, plus transparentes, ou bien nous disparaîtrons tous. Vous croyez que notre acier peut rester compétitif face à l'acier indien si dix intermédiaires se servent à chaque étape ? Vous croyez que nos entreprises vont résister à la concurrence européenne quand nous ouvrirons nos marchés ? Vous croyez que nos concitoyens vont tolérer longtemps le pillage du pays ? Internet est dans chaque foyer, les gens voient comment vivent les Européens, ils voient comment nous vivons, nous !

— Nous connaissons ce discours, finit par la couper Teodor Valkov. Il est très sensé mais sa conclusion est toujours la même : nous devons vous laisser prendre la main sur les entreprises d'État, sur les institutions judiciaires et sécuritaires... Au nom de l'État et du bien commun, évidemment!... Mais avec toujours le même résultat pour nous: c'est à nous de nous serrer la ceinture parce que le gâteau diminue.

C'est le moment qu'Olena attendait. Le moment clé pour convaincre son auditoire, et pour identifier d'où viendra la menace.

— Le gâteau ne va pas diminuer, dit-elle.

Elle sourit, prend le temps de regarder chacun dans les yeux, et continue:

— Vous avez tous remarqué l'absence de Platon Eremeev. Il ne s'agit pas d'une bouderie, ou d'un conflit larvé qui va durer quelques mois. Eremeev a invité Moscou dans nos affaires. Il s'est allié avec les Russes pour tenter de me détruire. En cela il a fait plus qu'enfreindre les règles du jeu – il a trahi notre pays, a déclaré une guerre ouverte à nos institutions et à nos intérêts. Je n'aurai aucune pitié pour lui. Le Technocrate sera détruit, et j'utiliserai pour cela toute la puissance de l'État.

Elle fait une pause, scrute ses interlocuteurs. Aucune réaction. Elle reprend:

— Les actifs de Platon Eremeev seront redistribués. Ce qui doit revenir à l'État reviendra à l'État. Je veillerai à ce que vous ayez accès au reste de manière équitable, dans des conditions plus que favorables. En signe de bonne volonté, je m'abstiendrai de réclamer quoi que ce soit à titre personnel. Voilà pourquoi le gâteau ne va pas diminuer.

Elle sourit encore. Face à elle, toujours le silence, rompu seulement par la voix de Stanislav Kolenko:

— Qu'est-ce qui vous fait dire qu'Eremeev a réellement comploté avec les Russes?

— Vous en apprendrez assez très prochainement. Je ne compte pas vous donner plus de détails.

D'une voix forte, le Chevelu s'insère dans l'échange :

— Moi, j'achète.

Sa façon sobre de soutenir la Chienne a plus d'effet que s'il avait tenu l'une de ses habituelles tirades.

Cela n'empêche pas Kolenko, enhardi, de reprendre :

— Et si nous disons oui, qu'est-ce qui nous garantit de ne pas être les prochains sur la liste ? Je ne vois pas en quoi Eremeev a mérité cette mise à mort. Il nous est arrivé à tous de chercher des appuis là où nous le pouvions, quand nous étions en difficulté…

Olena manque de s'esclaffer. Kolenko, le champion du nationalisme ukrainien, qui justifie une collaboration avec le FSB ! Cela ne l'étonne qu'à moitié. Le cynisme des oligarques est sans fond, et le Kremlin, de son côté, a toujours manipulé ou infiltré les mouvements nationalistes… Elle ne sait pas si l'oligarque de Lviv a fait lui aussi allégeance aux Russes ou s'il a décidé de mettre ses pas dans ceux d'Eremeev. Ou si ses inquiétudes sont sincères… Peu importe, il sera toujours temps de le déterminer. En attendant, sa résistance représente un danger et l'autre a eu l'imprudence de l'afficher trop crânement. Elle jette un coup d'œil par le hublot et, conformément aux consignes données au capitaine, constate que le bateau se rapproche de la rive. Après deux heures de navigation, le *Constantinople* a atteint la ville de Kozyn, et il s'immobilise à quelques mètres d'une superbe plage de sable où seuls quelques locaux sont installés.

— Messieurs, annonce-t-elle, du café et des glaces

vont vous être servis. Je propose que nous poursuivions cette discussion dans quelques minutes. Vous pouvez prévenir vos enfants et vos épouses que nous allons rester ancrés un moment près de la plage. S'ils le souhaitent, ils peuvent s'y baigner en toute sécurité.

Les hommes s'égaillent rapidement, pendant qu'Olena va s'entretenir avec les membres de sa sécurité. Quand tous sont à nouveau réunis dans le fumoir, la Chienne ne revient pas sur l'accrochage récent. Elle leur expose les grandes lignes de sa politique agricole, les réformes qu'elle entend faire pour augmenter la productivité des paysans et favoriser la vente des terres. Le pays en profitera et il y aura des opportunités pour ceux qui sauront les saisir, explique-t-elle, fidèle à sa ligne.

Il ne faut pas quinze minutes pour que du pont extérieur parviennent des cris, des bruits de course effrénée. Une voix de femme hurle, plus forte que les autres, et l'on entend nettement un prénom : « Kolia ! » Blême, Stanislav Kolenko se lève de son fauteuil et quitte en hâte le salon, rapidement suivi par la petite troupe des hommes d'affaires.

Le fils de l'oligarque de Lviv est étendu sur le pont inférieur. Son petit corps fluet est saisi de hoquets et un filet d'eau s'écoule de sa bouche. L'infirmier du bateau est déjà près de lui et les parents du garçon ne peuvent qu'attendre. À mesure que les gerbes d'eau quittent son corps, Kolia reprend vie. Il faut encore cinq minutes avant qu'il puisse prononcer quelques mots, expliquer ce qui lui est arrivé. Il se baignait non loin de sa mère quand il a senti quelque chose lui agripper la jambe et l'entraîner vers le fond. Il y est resté suffisamment de temps pour s'étouffer et sentir l'eau entrer dans ses poumons. La mère n'a rien remarqué et l'a seulement vu réapparaître, à demi noyé. Elle n'a pas non plus vu quiconque s'éloigner vers la rive.

— Quelle horreur ! s'exclame Olena. Sans doute quelqu'un de la plage, un pervers ou un fou... Faites contrôler tous ces gens, s'ils ne sont pas partis, ajoute-t-elle en se tournant vers son chef de la sécurité. Ou peut-être son pied a-t-il accroché une racine ?

Pendant qu'elle achève son numéro, la Chienne sent les regards posés sur elle. Ceux, curieux, des femmes et des autres assistants. Et ceux, pleins d'effroi, des Loups. Elle se tourne vers Stanislav Kolenko, toujours à genoux sur les lattes de bois, tenant son fils contre lui. Le banquier la regarde, les yeux exorbités. Ses lèvres sont saisies d'un tremblement incontrôlable. Il fait mine de parler, ouvre la bouche, la garde quelques secondes ouverte, puis, lentement, la referme.

J – 7, Gouliaï-Polie

La gomme finit de se consumer sur la chaussée, répandant une pâte visqueuse dont l'odeur flotte au-dessus de la place, piquant les narines des hommes et des femmes rassemblés dans le matin froid. Le mois de juillet approche mais le thermomètre a chuté de plusieurs degrés, alimentant la rage pyromane des révoltés de Gouliaï-Polie. Tous les soirs, c'est le grand brasier. Les paysans rapportent à la force de leurs tracteurs des arbres entiers, qui sont jetés en haut des barricades enflammées. Au début, on a brûlé du mobilier urbain, quelques meubles, les restes de maisons abandonnées. Mais la ville est pauvre et les munitions se sont épuisées. Restent les arbres et les pneus, qui brûlent longtemps et produisent une fumée épaisse qui masque le campement des rebelles. Pneus de voitures, pneus gigantesques des tracteurs.

Sur la statue de Makhno, le seul endroit intact de la place, on a accroché deux photos de la jeune Katia. Pour se souvenir, pour entretenir la rage. Sur la première, son visage poupin est souriant, toutes dents dehors, ses cheveux bruns lâchés en mèches rebelles.

Des fossettes sont visibles sur ses joues, qui lui donnent un air taquin, pas celui de la pasionaria en colère dont tous se souviennent. Un visage radieux et intelligent. Sur la deuxième photo, Katia Galiouk est allongée sur un lit d'hôpital. Ses plaies les plus graves sont cachées sous des bandages et ceux qui ont le cran de regarder la photo plus de quelques secondes frissonnent à l'idée que l'horreur qu'ils ont sous les yeux est la partie de son pauvre corps la moins abîmée. Le côté gauche de son visage est d'une couleur indéfinissable, entre le jaune et le vert, la peau craquelée, couverte de crevasses et de saillies. Elle a les yeux clos. Après avoir été aspergée d'acide, Katia a été plongée dans un coma artificiel, les médecins de l'hôpital de Zaporojie ignorent si elle va survivre. Le passant qui l'a trouvée au bord de la rivière, quelques jours plus tôt, a d'abord cru voir le cadavre brûlé d'un animal, avant de distinguer dans la silhouette roulée en boule une forme humaine. Les habitants de Gouliaï-Polie ont été encore plus effarés d'apprendre, le lendemain de son transfert à l'hôpital, que la jeune activiste avait, en plus, plusieurs côtes brisées. C'est la plus bénigne de ses blessures, rien qu'on puisse comparer à ses chairs brûlées au troisième degré, mais chacun peut se faire le film de l'agression : un homme, forcément un homme, qui jette à la face d'une femme d'un mètre cinquante-six le contenu d'une bouteille d'acide sulfurique, puis qui s'acharne en donnant des coups de pied dans son corps hurlant et agonisant. De l'autre côté de la statue, une photo plus modeste de Larissa Ivanovna, en noir et blanc. Les martyres de Gouliaï-Polie.

Le premier soir, trois jours plus tôt, les habitants de la

ville étaient comme tétanisés. Le lendemain, la stupeur passée, une cinquantaine d'hommes ont donné l'assaut au commissariat. Il y a eu un début d'incendie, et les policiers locaux ont fui sans demander leur reste. Les gens du bourg sont restés seuls, livrés à eux-mêmes sans savoir quoi faire de leur désarroi. Aucun d'eux n'est un activiste professionnel. Dans leur esprit, les révolutions et autres pertes de temps du même type sont réservées aux oisifs des villes, de Kiev même. Rien de plus que des bonnes blagues où l'on s'offre des frissons à peu de frais. C'est l'arrivée des forces antiémeute de Zaporojie qui a donné un sens, une direction à cette rage brute qu'ils ressentaient. Les policiers ont tenté de disperser les manifestants regroupés sur la place centrale, de les séparer en plusieurs groupes pour les évacuer. Ils avaient visiblement reçu l'ordre de ne pas attaquer la foule, mais l'apparition de ces étrangers a suffi à déclencher la colère. Les hommes de Gouliaï-Polie ont contre-attaqué, se jetant sur les premières lignes des forces de l'ordre. De leurs poings nus, ils ont cogné comme des sourds sur les casques et les boucliers de métal. Les policiers se sont à nouveau retirés, emmenant deux blessés. Depuis, c'est le face-à-face, la drôle de guerre.

Puisqu'on a voulu les en déloger, la place centrale est devenue le quartier général des manifestants, la statue de Makhno leur point de ralliement. La journée, un bon millier d'habitants s'y retrouvent. Certains y restent en permanence, d'autres seulement quelques heures en sortant du travail. Les paysans des alentours se relaient: un jour ici, un jour dans les champs. Ils viennent avec leurs fourches, qu'ils tiennent bien en vue quand ils vont apostropher les policiers craintifs massés autour de la place. L'ambiance, d'abord recueillie et inquiète, se modifie de jour en jour. Les visages sont graves, mais on se laisse parfois aller à plaisanter, on se donne des coups de coude fiers et amusés. Les conversations dévient sur les problèmes du quotidien, la récolte, les brimades au travail, les élections, la corruption, les salaires des officiels... On ne sait pas très bien ce qu'on attend, mais on attend. Les voisins apportent des vivres, sandwichs ou grandes marmites de soupe. Sur la place, quelques braseros ont fait leur apparition.

La nuit, ne restent qu'une centaine d'hommes et quelques femmes. De plus en plus organisés : certains se reposent et occupent le terrain au centre de la place pendant que les autres guettent au sommet des barricades, fourches et barres de fer en main. On a entassé à la va-vite des sacs de sable, des résidus métalliques, de vieux meubles. Çà et là, des tracteurs garés de travers complètent le dispositif. Ce sont des hommes solides, dans la quarantaine ou la cinquantaine, des travailleurs manuels aux poings durs comme la brique. Les plus jeunes sont refoulés des premières lignes. Les vieux les rabrouent en leur disant qu'ils sont trop faibles mais, consciemment ou non, ils estiment surtout que s'il y a un mauvais coup à prendre, c'est à eux de le recevoir, pas aux gamins.

Quelques mètres plus à l'avant s'entassent les pneus et les arbres coupés. Tout le jour, la montagne est reconstituée, et la nuit on la fait flamber. Pour se protéger, mais aussi pour se tenir chaud, pour avoir l'impression de faire quelque chose, de continuer à manifester sa présence. Pour éloigner les policiers, enfin, tenus à l'écart comme des bêtes sauvages.

Marko arrive sur le camp tous les matins à l'aube. Chez lui, il attrape du pain ou des biscuits, un thermos de café, fourre tout ça dans son sac à dos et enfourche sa bicyclette. Il met un point d'honneur à être le premier à apporter à ceux des barricades leur ravitaillement du matin. Il aimerait rester avec eux, il tient même à disposition, caché sous son lit, un épais bâton de frêne bien poli qui constituerait une excellente matraque. Mais il a fallu négocier. Sa mère le laisse libre pendant la journée s'il promet de rentrer à la maison avant la tombée du jour. Que pouvait-elle faire ? L'école a de toute façon été fermée, et elle-même se rend dès qu'elle le peut sur la place, après ses ménages au dispensaire. Elle observe, avec un mélange de fierté et d'inquiétude, son fils se transformer. L'enfant est plus grave, moins bavard. Et quand il parle, c'est d'une voix posée, calme, comme s'il avait réfléchi à chacun des mots qu'il prononce. Elle connaît son attachement à Katia Galiouk et elle s'attendait à le voir s'effondrer. Il a pleuré une journée entière puis il a cessé, remplaçant les pleurs par ses passages sur la place. Il lui a fait promettre, aussi, de l'emmener à Zaporojie dès que Katia serait en état de recevoir des visites.

Les deux premiers jours, il n'a pas cessé d'aborder les plus anciens ou ceux dont les visages lui paraissaient les moins obtus. Dix fois il a raconté son histoire, se sentant plus léger à chaque récit : Serafim, l'étranger arrivé de nulle part, ses questions sur Larissa Ivanovna, l'argent, sa disparition... On l'a écouté avec intérêt, mais à la fin tous ont réagi de la même façon, haussant les épaules. L'histoire paraît ancienne déjà, le visage vitriolé de Katia a tout effacé. Et puis, que peut-on faire du récit du gamin ? Il n'apporte aucune preuve, aucun signalement valable, rien surtout qui permette de déterminer pour le compte de qui l'inconnu a agi. Si tant est que la police ou quiconque ait envie de le savoir…

J – 6, Moscou, Russie

La vue sur la Moskova et, au-delà, sur les murs de brique rouge et les arbres du Kremlin n'a pas l'effet apaisant qu'Igor Setchine lui trouve habituellement. Depuis son bureau situé au dernier étage du palais Empire, sur le quai Sainte-Sophie, siège de Rosneft, le panorama est pourtant splendide, réchauffé par les premières couleurs de l'été. Mais Igor Setchine ne décolère pas. Pour la troisième fois d'affilée il répète « Vous êtes des incapables ! » et jette un coup d'œil rapide par-dessus son épaule pour vérifier que son interlocuteur garde la tête baissée. Sur l'inconfortable siège visiteur est assis le général Dmitri Kondratiev, chef de la division « Ukraine » du FSB. Il tente une nouvelle fois de protester :

— Nous avons été mal informés...

Setchine explose. Il se retourne d'un bond et penche son énorme corps au-dessus du large bureau, comme s'il cherchait à engloutir son interlocuteur. Igor Setchine, cent vingt kilos et une centaine de millions de dollars de fortune personnelle, des cadavres dans tous les placards et la confiance absolue de Vladimir Poutine – de quoi faire bafouiller n'importe quel général.

— C'est bien ce que je vous reproche, bande d'idiots ! Votre service a toujours eu les coudées franches en Ukraine. Pour nous le pays est du ressort des affaires intérieures, ce n'est pas le putain de Zimbabwe, bordel ! Et d'ailleurs aucun autre service, à commencer par nos amis du GRU, n'est jamais venu jouer sur le terrain ukrainien. Alors vous m'expliquez pourquoi c'est par la télévision ukrainienne que j'apprends que des émeutes secouent la ville natale de la présidente de ce pays de macaques ?!

— Techniquement, Olena Hapko n'est pas encore la présidente...

— Ne vous foutez pas de moi, Kondratiev. Des émeutes dans sa ville natale, son ancienne institutrice assassinée... Tout cela peut très bien être lié aux montages construits par Olena Hapko à l'époque de TechTsentr. Non seulement nous avons perdu un temps précieux mais, surtout, nous aurions dû avoir l'œil sur cette Larissa Ivanovna *avant* qu'il ne lui arrive quelque chose. Et même s'il s'avère que cela n'a aucun rapport, nous devons être prêts à exploiter la moindre opportunité...

— Gouliaï-Polie est un trou paumé, murmure le général, vaincu d'avance. La ville ne fait pas partie des lieux prioritaires où nous entretenons un réseau d'agents. Ensuite, les émeutes semblent avoir été déclenchées par l'agression d'une militante locale, pas par le meurtre de cette retraitée. Et puis, vous le savez, la présidence de Dmitri Medvedev s'est accompagnée de reculs budgétaires pour nos services...

Igor Setchine ne prend pas la peine de répondre. Il

enverrait bien Medvedev se faire pendre, mais après avoir été le vice-Premier ministre de son gouvernement pendant quatre ans il lui paraît mal avisé de se plaindre de lui devant un officier du renseignement.

— Personne ne vous demande de payer des agents à nous pour passer l'année à se tourner les pouces en admirant le cul des vaches, général ! Pourquoi nos innombrables relais dans la police et dans les services secrets ukrainiens ne nous ont-ils avertis de rien ? Voilà ma question...

— Il semble que ces troubles à Gouliaï-Polie ne soient pas considérés comme une affaire importante en Ukraine même, Igor Ivanovitch. C'est une révolte de paysans dans une ville qui n'intéresse personne. Les télévisions en parlent peu, et simplement parce que les gueux refusent de se calmer et que l'agression de cette jeune militante a été particulièrement spectaculaire...

— Eh bien, moi je pense que nous devrions garder tout cela à l'œil ! Maintenant aller attendre dans l'antichambre, je vous donnerai des directives.

À ce moment-là, comme si elle guettait derrière la porte, une secrétaire apparaît pour guider le général vers la sortie. Sa jupe droite lui moule parfaitement les fesses, faisant apparaître des chevilles fines enserrées dans des bottines élégantes. La jeune femme possède un visage d'ange sur lequel se dessinent des lèvres de démone. Le patron de Rosneft sourit en surprenant le regard du fonctionnaire sur la jeune femme. Faire comprendre à ses interlocuteurs qu'il saute sa ravissante secrétaire l'excite encore plus que les brefs moments où il la culbute contre un mur.

Une fois seul, Igor Setchine se met en relation avec la présidence, de l'autre côté du fleuve. Il lui faut une vingtaine de minutes avant de pouvoir parler au boss. Et une minute et demie de plus pour lui exposer la situation en Ukraine, ainsi que ses arguments.

— Vladimir Vladimirovitch, je pense plus que jamais qu'il faut accélérer. Olena Hapko se moque de nous, elle n'a pas l'intention de s'engager sur le contrat gazier et tente de nous prendre de vitesse. Ces troubles à Gouliaï-Polie pourraient être liés à de telles tentatives.

— Où ça, tu as dit?

La voix de Vladimir Poutine grésille dans le combiné. Les communications sont à ce point sécurisées que la qualité des échanges en est affectée.

— Gouliaï-Polie, la ville natale d'Olena Hapko. C'est un trou paumé rempli de paysans, dans la région de Zaporojie. Hapko y a grandi, son père travaillait au kolkhoze, sa mère à l'abattoir. C'est inhabituel mais ils ont déménagé quand la petite avait 15 ans, nous ignorons pour quelle raison.

— Pourquoi ce nom me dit-il quelque chose…

Le président ne semble pas avoir écouté son plus proche collaborateur. Celui-ci se retient de souffler pour marquer sa lassitude et récite:

— C'est aussi la ville de naissance de Makhno, l'anarchiste. Il en avait fait sa capitale.

— Voilà! Quel type, celui-là… Seul contre tous, brutal et violent à souhait… Bon, si vous ne savez pas ce qui se passe à Gouliaï-Polie, vous n'avez qu'à y envoyer des agents. Tu n'as tout de même pas besoin de mon accord pour ça!?

— Nous allons envoyer des gens, Vladimir Vladimirovitch. Mais je pensais surtout accentuer la pression sur Hapko. Il faudrait passer à l'étape suivante, rendre les documents publics, évoquer son rôle dans la liquidation de TechTsentr...

— Et une fois que nous aurons fait cela, qu'arrivera-t-il ? Nous aurons grillé toutes nos cartouches, non ?

— Si elle tombe, l'avertissement sera assez explicite pour le suivant. Ce ne sera pas un coup en vain : le temps joue pour nous et nous pouvons nous permettre d'attendre un autre Hapko, sur lequel on trouvera bien d'autres moyens de pression. Dans le cas, probable, où elle s'accrocherait au pouvoir malgré le scandale, nous pourrons continuer à distiller les détails des transactions effectuées à l'époque. Le rachat de TechTsentr, la liquidation de la branche hélicoptères, la façon dont nous avons récupéré la production des ailes pour nos bombardiers stratégiques. Nous n'avons pas les documents sur tout, mais cela n'a jamais été un problème. Nous en savons assez pour fournir un feuilleton suffisamment convaincant durant quelques semaines, le temps de ramollir Hapko et de l'amener à réfléchir sérieusement.

Vladimir Poutine grogne. Igor Setchine n'a pas besoin de demander d'explications. Il sait ce que pense son patron. Qu'Olena Hapko n'est pas le genre de femme à se laisser « ramollir ». Il en ressent un peu de jalousie. Combien de fois a-t-il démontré, lui, Igor Setchine, qu'il était du métal dont on fait les épées ? Déterminé, intrépide, impitoyable... Jamais le président ne lui a adressé le moindre satisfecit, hormis ces grognements dans lesquels il faut savoir distinguer la colère du contentement.

Pas même à l'époque où ils étaient à Saint-Pétersbourg. Setchine en rajoutait dans son rôle de serviteur dévoué, portant les mallettes de son supérieur, mais leurs affaires communes reposaient alors en grande partie sur lui. Débarqué de Dresde, Poutine ressemblait à un provincial perdu dans le monde du business russe. C'est lui, Setchine, fort de ses expériences en Afrique et de ses contacts avec la pègre pétersbourgeoise, qui lui avait expliqué le parti que l'on pouvait tirer du plan proposé par les Occidentaux : matières premières contre nourriture. Il suffisait de livrer les matières premières – bois, minerais – et de revendre l'aide alimentaire destinée à la population. Setchine garde pour lui ses récriminations. Il est vivant, riche et en liberté, c'est le meilleur signe que le tsar est satisfait de lui...

— Nous avons un autre atout dans notre manche, reprend-il. Les révélations que nous allons faire vont susciter des remous en Ukraine, c'est certain, mais l'intensité de ces remous dépend de nous. Le camp nationaliste ukrainien est largement sous notre contrôle, grâce aux relations privilégiées que nous entretenons avec Stanislav Kolenko...

— Qui c'est, encore, celui-là ? coupe Poutine.

Igor Setchine sent que le président est à cran, qu'il a intérêt à abréger son exposé.

— Le principal oligarque de l'Ouest ukrainien, qui possède trois réseaux bancaires dans le pays. C'est lui qui finance les nationalistes. Et comme c'est nous qui le finançons...

— Tu veux dire que les nationalistes ukrainiens travaillent pour nous ?!

— Est-ce que ça n'a pas toujours été le cas ? Nous avons toujours eu nos hommes chez eux...

« Nous ». Nous, les hommes du KGB, qui avons toujours défendu les intérêts de la Russie, quel que soit son régime, son orientation idéologique. Nous, la noblesse d'État, les guerriers au cœur pur... Setchine sait que le président est sensible à ces rappels complices. Il en profite pour pousser son avantage :

— Quand les documents offshore seront rendus publics, la frange nationaliste de l'électorat va se faire entendre, mais c'est nous qui tiendrons la télécommande : manifestations, émeutes, talk-shows et harcèlement sur les chaînes de télévision ukrainophones... C'est à nous que reviendra le choix. Nous n'aurons qu'à demander à Kolenko, et Olena Hapko comprendra vite à qui s'adresser pour faire redescendre la pression.

D'un grognement, Vladimir Poutine fait savoir qu'il est convaincu. Il faut encore deux minutes pour fixer la date du début de l'offensive. Setchine souhaiterait aller le plus vite possible ; le président ne veut pas que le tapage ukrainien interfère avec son intervention à la Douma, trois jours plus tard. Le président russe a prévu d'y dévoiler le lancement d'un programme de fabrication de nouveaux missiles supersoniques. Ce doit être un moment phare de son début de mandat. L'Ukraine attendra encore un peu.

J – 5, Kiev

Le bassin d'Anton a adopté un rythme régulier, efficace. Le jeune garde du corps ne se sent pas obligé de donner de violents coups de boutoir pour prouver sa vigueur, pour asseoir sa domination sur le corps de la Chienne. Il s'enfonce profondément mais sans hâte, ressort, puis envoie à nouveau son sexe au fond de celui de sa partenaire. Celle-ci est à quatre pattes, ses fesses tendues vers son jeune amant, qui s'y accroche comme à une bouée. La partie avant du corps de la Chienne repose sur ses coudes, son visage entre ses mains. Elle sait qu'elle n'atteindra pas l'orgasme mais elle observe avec curiosité le plaisir monter. Elle ne parvient pas à imaginer de meilleur partenaire que ce garde au corps sculptural, endurant et patient malgré son jeune âge. Dans un coin de la chambre d'hôtel, la télévision est allumée, sans le son. Olena scrute les images d'un œil, et en même temps que le plaisir elle sent croître son irritation. Jour après jour, et quand bien même ils n'ont rien de nouveau à raconter, les journaux télévisés consacrent de plus en plus de temps aux « événements » de Gouliaï-Polie. Les images sont les mêmes sur toutes les chaînes, en boucle. Même si elle le voulait, Olena n'aurait pas le pouvoir d'empêcher les siennes de couvrir l'événement – une différence de plus avec la Russie voisine.

Les journalistes font et refont le tour de la place centrale, montrent les barricades sous toutes les coutures. Les badauds interrogés dans la rue se disent tous solidaires des protestataires. Certains journalistes sont invités à l'intérieur du campement, leurs caméras montrent des visages durs, déterminés. Olena les connaît, ces visages de prolétaires et de paysans. Ils n'ont pas beaucoup changé depuis son enfance. Elle croit, à travers l'écran, distinguer leur odeur de feu de bois, de champs, de sueur et d'oignon. Elle sait le pouvoir de la foule, c'est même cela qui l'inquiète. Dans le passé, elle a déjà brisé des grèves simplement en allant parler aux ouvriers, en se montrant parmi eux, en les écoutant, en reprenant à son compte les plus raisonnables de leurs arguments. Ceux de Gouliaï-Polie lui ouvriraient la porte de leur camp, si elle débarquait là-bas. Mais que pourrait-elle leur dire ? Pardonnez-moi, mes hommes sont un peu nerveux, il leur arrive d'avoir la main trop lourde… ? C'est bien elle qui a lancé la machine, en envoyant Semion à Gouliaï-Polie, mais si elle s'est emballée, c'est à cause de la bêtise de ceux qui travaillent pour elle. Et de ces abrutis de flics de Zaporojie, qui ont été incapables de couvrir correctement la mort de l'institutrice. C'est le problème de la corruption généralisée, songe Olena. Même s'ils voulaient travailler efficacement, les agents n'en seraient plus capables. Ceux qui ont tenté de disperser les manifestations par la force sont tout aussi idiots. C'était bien mal connaître ces hommes durs au mal que croire qu'ils allaient sagement rentrer chez eux à la vue de quelques matraques en caoutchouc... Elle fulmine surtout contre ceux qui ont agressé cette jeune militante anticorruption. Elle a vu les images, comme tout le monde, elle en a pleuré. Elle aussi a lu dans les yeux de la jeune fille la générosité et l'intelligence. Olena voudrait étriper les criminels qui ont fait ça. Au lieu de cela, elle les a envoyés se cacher. Elle se sait responsable : c'est elle qui a laissé la main au SBU et à Bekbouletovitch pour les « détails ». À des hommes comme ceux-là, des tueurs endurcis, il faut des ordres clairs, pas de vagues hochements de tête. « S'assurer que les manifestations ne repartent pas », « Décourager les leaders »... Ils ont compris ça de la seule manière qu'ils connaissent : la violence brutale, vicieuse, celle qui sert à effrayer un rival, un groupe criminel, pas à contrôler une foule...

Et Semion ? Il aurait géré la situation de manière plus fine. En pensant à lui, elle se rend compte que son lieutenant lui manque. Où a-t-il disparu ? Elle le voudrait à ses côtés ; maintenant, il faut qu'il rentre au bercail.

Anton s'agite dans son dos, lâche quelques grognements discrets, pas désagréables. Il ne va pas durer longtemps, malgré ses efforts pour satisfaire sa patronne autant qu'elle le souhaite. Celle-ci sent son ventre se contracter, en même temps qu'elle regarde l'écran. Des séquences brèves montrent des « manifestations de soutien à Gouliaï-Polie » organisées dans quelques villes de la région. Le tableau n'est pas trop effrayant, quelques dizaines de personnes chaque fois, mais Olena comprend que l'émotion n'est pas près de retomber.

Elle est capable de mesurer le choc causé par le visage brûlé de cette jeune fille innocente, érigée en modèle de courage et d'honnêteté. Si on était en Russie, pense Olena une nouvelle fois, il aurait été facile de la salir, de faire d'elle un agent des États-Unis, une lesbienne hystérique ou n'importe quoi d'autre. Mais les journalistes ukrainiens se sont pris de passion pour ce visage d'ange calciné.

Si elle meurt, il ne sera plus question d'émotion mais de colère. Ce n'est certes pas après elle que les foules en ont, mais Olena n'a pas envie de débuter son mandat dans un climat délétère, à l'ombre du visage vitriolé de la gêneuse. Le président sortant est avec elle, sur ce coup-là : il n'a pas envie de voir une explosion sociale marquer son départ du pouvoir. Alors les autorités se contentent de temporiser. À Gouliaï-Polie, la police observe les révoltés de loin. Ailleurs, les manifestants sont traités sans animosité, presque avec déférence.

Les caméras sont de retour à Gouliaï-Polie. Le sexe d'Anton frémit, le jeune homme se penche sur sa partenaire, attrape un sein pendant de la Présidente. Olena voit passer rapidement sur l'écran une pancarte, une simple pancarte accrochée à l'extérieur des barricades. Une main y a tracé au marqueur, en grosses lettres : « PRÉSIDENTE HAPKO, SAUVE GOULIAÎ-POLIE ! SAUVE LES TIENS ! » Anton gémit derrière elle. Elle le sent à regret qui se retire. Elle lui a bien appris qu'il ne devait pas jouir en elle, encore moins sur son dos ou une autre joyeuseté de la sorte. Olena tourne la tête juste à temps pour voir son sperme gicler sur le dessus-de-lit en soie.

Le garde a déjà disparu de la chambre, remplacé

par une femme de ménage qui emporte le tissu souillé. Olena parcourt la pièce en robe de chambre. Elle s'arrête un instant devant le miroir, se voit fatiguée, défaite, les cheveux en bataille, la marque des draps imprimée sur le corps. Elle se trouve belle, malgré tout.

— Tu ne mourras pas, murmure-t-elle au miroir.

La pancarte entraperçue dans le reportage télévisé lui trotte dans la tête. Non seulement ce n'est pas à elle qu'on en veut, mais c'est d'elle qu'on attend des réponses – pas uniquement parce qu'elle est native de Gouliaï-Polie, ce que les journalistes ne manquent jamais de rappeler. Dans l'esprit des gens, elle est déjà la Présidente. Elle n'est pas tenue pour responsable du chaos, mais elle peut tenter d'apaiser les cœurs, d'apporter des réponses. C'est précisément ce qu'elle doit faire, comprend-elle soudain, presque en sursautant. Elle peut faire d'une pierre deux coups, désamorcer la bombe que les Russes brandissent devant son visage et calmer les esprits à Gouliaï-Polie et dans le reste de l'Ukraine. Son plan initial était le bon – parler, dénoncer. Elle doit simplement voir plus large. Temporiser n'est pas dans son style, elle n'obtiendra rien d'une telle attitude. Au contraire, d'autres prendront la place vacante, combleront le silence et apporteront *leurs* réponses. Qui sait si des fouineurs ne finiraient pas par trouver un lien entre Gouliaï-Polie et TechTsentr ? C'est à elle de l'établir, ce lien, pour mieux le trancher.

Quand elle prend son téléphone pour appeler son directeur de cabinet, elle se sent délestée d'un poids. Agir, c'est vivre, et c'est tout ce qu'elle sait faire. Contre-attaquer, quoi qu'il en coûte. Elle commence par envoyer un rapide message au Chevelu. Le moment est venu pour lui de montrer sa loyauté. Puis elle donne l'ordre de convoquer pour le lendemain l'ambassadeur russe, Konstantin Ivanov, au restaurant Guramma, où elle l'a rencontré pour la première fois. Une invitation similaire est envoyée à Platon Eremeev : même lieu, même heure. Aux deux, elle dit son intention de négocier.

J – 4, Moscou, Russie

C'est Ivan Zakharov qui, le premier, déconne. Il est le plus gradé, pourtant, il devrait montrer l'exemple. Mais c'est bien lui, le premier, qui dit :

— Allons nous en jeter un petit.

Et qui, en guise de ponctuation ou d'excuse, ajoute :

— Cent grammes de cognac chacun, ça nous aidera à passer la nuit…

Sur ces paroles pleines de bon sens, Ivan Zakharov et Sergueï Vitroukine prennent la direction d'une gargote située sur la place qui s'étend devant la gare de Kiev, à Moscou.

Sergueï Vitroukine n'a pas tellement besoin d'être convaincu. D'abord un chef parle d'or, par principe. Ensuite, passer seize heures dans un train n'a rien de terrifiant, mais il n'est pas contre un petit coup de pouce, lui qui n'est pas exactement un grand lecteur.

Les agents russes ont toujours privilégié le train pour leurs missions en Ukraine. Les contrôles aux frontières y sont encore moins stricts que dans les aéroports, pourtant connus pour être des passoires. Mais il faut d'abord se fader de longues heures sur des banquettes inconfortables à regarder défiler la nuit.

Quinze minutes après que les deux hommes se sont installés sur leur couchette, c'est au tour de Vitroukine de prendre l'initiative. Il sort de sa sacoche une flasque. Du cognac, toujours.

— J'avais prévu ça pour moi, mais puisqu'on a commencé…

La modeste flasque ne leur dure guère plus de trente minutes. Trois verres chacun, avalés en silence. Ivan Zakharov, le grand, passeport au nom d'Ivan Petrov, et Sergueï Vitroukine, le gros, voyageant sous l'identité de Sergueï Viktorov, ont déjà travaillé ensemble. Ils se connaissent assez pour ne pas avoir à faire connaissance, pas assez pour bavarder à bâtons rompus. Le subordonné est toutefois suffisamment en confiance pour proposer :

— Et si on allait au wagon-restaurant ? Il faut bien qu'on mange de toute façon, et on en profitera pour faire passer ça avec une petite vodka.

Le chef hésite. Puis se rassure : travailler en Ukraine est encore plus facile qu'à la maison – tout y est achetable, informations comme collaborateurs, et les services locaux ne font même pas semblant de lutter contre les infiltrations russes.

Comme convenu, les deux agents du FSB dînent sagement derrière une table recouverte d'une nappe du wagon-restaurant. D'excellentes crêpes aux œufs de saumon, deux salades César, une soupe géorgienne, un steak accompagné de sauce aux champignons, le tout agrémenté d'une carafe d'excellente vodka, renouvelée à l'arrivée des plats.

Au moment du dessert, qu'ils accompagnent de cognac, plus adapté aux plats sucrés que la vodka, les deux hommes ont abandonné la discrétion à laquelle ils s'astreignaient depuis le début du voyage. Zakharov se laisse même aller durant quelques minutes à une sensiblerie inhabituelle pour lui, déclarant :

— Serioja, voyager avec toi c'est un plaisir, plus qu'avec tous ces pète-sec tout juste diplômés qu'on nous met dans les pattes...

À minuit, un groupe de sportifs ukrainiens se joint à leur table. Des hockeyeurs du Metalist Kharkiv de retour de compétition. Zakharov et Vitroukine, d'humeur joyeuse, les invitent à célébrer leur victoire avec quelques verres. Deux heures plus tard, c'est au tour des hockeyeurs de payer leurs bouteilles, suscitant l'inquiétude des serveuses, pourtant habituées aux beuveries sur rail.

La bagarre éclate à l'aube, pour des motifs qui demeurent mystérieux malgré les efforts du capitaine de police Dmitro Pripichkine, invité en gare de Kharkiv, pour reconstituer les événements. Selon les participants, il est question d'une controverse autour du poète national ukrainien Taras Chevtchenko, que les Russes auraient traité de «sale merde écrivant en patois»; les dépositions des serveuses du wagon-restaurant évoquent plus simplement un combat de bras de fer qui aurait dégénéré à cause d'une mésentente sur les règles.

Une chose est sûre : à deux contre cinq, sportifs qui plus est, Zakharov et Vitroukine ont opposé une résistance héroïque. Deux tables du wagon-restaurant ont même été arrachées de leur socle, une performance à laquelle les serveuses n'avaient encore jamais assisté. On compte aussi deux blessés parmi les témoins.

La bagarre a au moins eu une vertu. Dans le commissariat de Kharkiv où ils sont interrogés, Zakharov et Vitroukine, se présentent sous leurs identités de Petrov et Viktorov, ont à peu près dessoulé, ce qui leur permet de ne pas trop s'embrouiller dans leur récit.

Face à tout autre officier de permanence, les deux officiers du FSB s'en seraient tirés, quittant le commissariat à temps pour prendre leur train pour Zaporojie, n'emportant avec eux que quelques hématomes. Mais c'est sans compter sur l'esprit vif et l'ambition du capitaine Dmitro Pripichkine, qui remarque un point curieux : alors que Petrov explique que les deux doivent se rendre dans la région de Zaporojie pour acheter des machines-outils, Viktorov livre le même récit, mais il est cette fois question d'une vente.

Sur ses gardes, Pripichkine remarque une autre incongruité : les passeports donnés par les deux hommes ont un numéro de série qui ne diffère que d'un seul chiffre, le dernier.

À 8 h 05, le capitaine de police Dmitro Pripichkine prend la décision de téléphoner à l'antenne locale du SBU. Démasqués, les Russes ne résistent pas longtemps. Le crâne sur le point d'éclater, ils espèrent seulement gagner le droit d'aller se coucher avec un Nurofen.

Durant les dix-huit années d'une carrière par ailleurs unanimement reconnue comme brillante, Dmitro Pripichkine n'aura pas d'autre occasion d'attraper des espions.

J – 4, Gouliaï-Polie, Kiev

Marko a toujours détesté la politique. Dans son entourage, ou parmi ses copains, la question fait l'unanimité. Celui qui reconnaîtrait s'intéresser aux débats sans fin des politiciens véreux passerait pour un pervers. Pourtant, ce soir-là, il se serre sur un coin de canapé défoncé et ne lâcherait pour rien au monde sa place devant l'écran. « L'intervention exceptionnelle » d'Olena Hapko a été annoncée au dernier moment, mais la nouvelle a rapidement fait le tour de Gouliaï-Polie. Il faut dire que la présidente élue a promis des révélations sur les « événements » qui s'y sont déroulés. Marko a même désobéi à sa mère. La nuit est tombée depuis longtemps et il est resté aux abords de la place. Dans une cour d'immeuble, on a tiré un canapé, des chaises et un écran de télévision, pour que les guetteurs des barricades puissent aussi écouter l'intervention. Comme pour une Coupe du monde de football, mais les mines sont plus concentrées. Le visage d'Olena Hapko apparaît à l'écran. Lui aussi est grave. Ses cheveux sont soigneusement tirés en arrière, mettant ses grands yeux bleus bien en évidence, parfaitement accordés à un bronzage léger. Marko sent un frémissement parcourir le canapé défoncé.

« Frères et sœurs d'Ukraine, débute-t-elle d'une voix lente en détachant chaque mot, notre pays est en ce moment même la victime d'une attaque hostile. Cette attaque est menée par une coalition de forces étrangères et d'éléments ukrainiens ayant traîtreusement pris le parti de nos ennemis. Cette attaque est dirigée contre ma personne, mais à travers elle, c'est toute l'Ukraine qui est visée. Cette attaque a tué et menace de tuer encore. »

La Présidente marque une pause, après cette introduction solennelle. Autour de Marko, le silence est total.

« Je suis la victime d'une tentative de chantage dirigée par la Fédération de Russie. L'objet de ce chantage est d'obtenir que je signe, après mon investiture, un contrat gazier défavorable aux intérêts de notre pays. Si je cédais, c'est vous qui seriez les premières victimes, vous qui verriez votre pouvoir d'achat diminuer. À l'appui de ce chantage, l'ambassadeur de Russie en Ukraine a menacé de dévoiler des documents qui prouveraient que je détiens des comptes offshore sur lesquels des individus douteux auraient déposé de l'argent. Ces accusations sont fausses, autant que les documents en question. Et nous en avons la preuve ! J'ai par ailleurs tout lieu de croire que la situation dramatique en cours à Gouliaï-Polie, dans la région de Zaporojie, est liée à cette tentative de chantage. Nous avons tous été choqués par l'agression subie par notre sœur d'armes, la militante Ekaterina Galiouk. Comme elle, j'ai consacré ma vie à la justice, à la transparence et au progrès de notre pays. Souhaitons le rétablissement de Katia.

Je veux vous informer d'une autre agression ignoble menée par les comploteurs. Une retraitée de 70 ans, Larissa Ivanovna, a été retrouvée morte chez elle il y a dix jours. Son assassinat a été maquillé en un conflit entre bandits. Larissa Ivanovna fut mon institutrice, sa mort m'a dévastée. Et je pense qu'elle a été tuée parce qu'elle avait été mon institutrice. Pourquoi? Que voulaient obtenir d'elle les malfrats? De faux témoignages? La signature de documents compromettants? Je l'ignore, mais le découvrir sera la première tâche de nos services de sécurité après mon élection. Ils auront besoin de la mobilisation de chacun, et ils auront surtout besoin de sérénité. J'appelle donc au calme. Les troubles à Gouliaï-Polie et ailleurs doivent cesser. Ils sont menés par les meilleurs sentiments, je les soutiens, mais ils constituent une menace pour la sécurité nationale. »

Le cerveau de Marko fonctionne à toute vitesse. Il reçoit, trie et analyse le flot d'informations. Tous, autour, sont occupés à la même tâche. L'un des hommes dans l'assemblée profite d'une pause pour souffler:

— Elle est avec nous, Hapko! Elle aussi pense que la police ment...

— Et nous, on a mis en échec un complot russe!

La Présidente reprend, le visage encore plus sévère. Personne ne remarque le léger tremblement qui agite sa paupière.

« Vous m'avez entendue accuser la Fédération de Russie et des individus en Ukraine qui la soutiennent. J'ai cité l'ambassadeur russe à Kiev. J'ajoute un autre nom: Platon Eremeev, citoyen ukrainien, milliardaire et traître à sa patrie. Nos services devront évaluer son rôle exact dans le complot, mais je suis en mesure de vous dire que Platon Eremeev a rencontré l'ambassadeur russe en Ukraine dans la ville de Vienne. Et, c'est là une preuve irréfutable de leur entente, ces deux hommes se sont à nouveau rencontrés aujourd'hui, à Kiev. Plusieurs chaînes de télévision disposent d'images de cette rencontre, probablement issues du travail de nos services de sécurité…»

À cet instant, sur les chaînes de télévision contrôlées par Olena Hapko et sur celles contrôlées par Iossif Kozilevski, le Chevelu, la même séquence est proposée. On y voit Eremeev et l'ambassadeur Ivanov attablés à une table du Guramma, jetant autour d'eux des regards inquiets, comme deux hommes traqués. Des images montrent ensuite l'ambassadeur arrivant au rendez-vous dans une voiture banalisée sans plaques diplomatiques, une pratique inhabituelle qui renforce l'idée d'une rencontre secrète. Un très bref extrait audio est diffusé. On entend la voix du Technocrate souffler à l'autre : «Elle s'est moquée de nous, depuis le début. Maintenant il va falloir que vous lui fassiez comprendre que vous ne plaisantez pas. De notre côté, nous sommes prêts.»

Retour face caméra de la Chienne, qui conclut :

«Chers amis, notre pays a la force de résister à cette attaque. En ce qui me concerne, vous pouvez avoir confiance : je vous défendrai et ne céderai à aucun chantage. Dans quatre jours maintenant, j'aurai l'honneur d'être investie présidente de notre pays. Notre hymne national retentira en même temps que je ferai le serment de vous servir. Chacun d'entre vous, chacun d'entre nous peut s'inspirer de la force de cet hymne. *L'Ukraine n'est pas morte*, nous dit-il. Nous avons quatre jours pour survivre. Il sera ensuite temps d'avancer ensemble sur un chemin nouveau, celui de la reconstruction. »

Sur le canapé de Gouliaï-Polie, la fin du discours est accueillie par un long silence recueilli, que viennent soudain interrompre des applaudissements émus. C'est beau, la politique, se dit même Marko, reconnaissant que la Présidente ait longuement évoqué Katia. Pour tous, les mots de Hapko font sens. Ils ont parlé à leurs tripes autant qu'à leur raison. La thèse du complot russe est cohérente, avec lui le meurtre de Larissa Ivanovna trouve une signification. L'attaque atroce dont Katia a été victime est un dommage collatéral. Ceux qui se souviennent des hommes suspects en BMW n'ont aucun mal à voir en eux des agents russes.

À Kiev, l'accueil est encore plus enthousiaste. Les conseillers d'Olena applaudissent sa prestation. Nul ne doute que ses appels au calme seront entendus. La Présidente a réussi à se mettre à la fois du côté des manifestants et de l'ordre. Olena sait que, pour atteindre cet objectif, il lui a fallu aller loin. Désigner un ambassadeur à la vindicte est contraire aux normes et aux conventions. Mais attaquer Moscou est aussi le moyen le plus simple de mobiliser la population, de la rassembler et peut-être de l'apaiser. Et puis ce sont eux, les Russes, qui l'ont provoquée, le complot qu'elle a évoqué est tout sauf imaginaire.

Une demi-heure plus tard, la contre-offensive de la Chienne gagne encore en puissance : un communiqué du procureur général annonce l'arrestation de

Platon Eremeev. À cette occasion, des documents ont été découverts, indique la télévision : de prétendus documents offshore dévoilant des malversations dont se serait rendue coupable Olena Hapko. Les autorités estiment que ces documents sont faux, précisent bien les journalistes, et ceux-ci suspectent qu'ils ont pu être remis à Eremeev lors de sa rencontre secrète avec l'ambassadeur russe.

Des perquisitions conduites dans les locaux des chaînes de télévision du Technocrate donnent encore plus de corps au complot : des documents internes y sont trouvés, qui prévoient pour le lendemain le lancement d'une « opération spéciale » contre Olena Hapko, avec révélation de son rôle dans l'affaire TechTsentr et publication des documents transmis par les Russes.

Cerise sur le gâteau, le SBU annonce de son côté l'arrestation de deux agents du FSB qui tentaient de se rendre à Gouliaï-Polie. Seuls leurs passeports sont montrés à l'image. La direction des services voulait exhiber les deux hommes mais a dû se rendre à l'évidence : personne ne pourrait croire que leurs blessures au visage ont été causées par autre chose que par un tabassage en règle postérieur à leur arrestation.

Lorsqu'elle quitte les studios de la télévision nationale, la Chienne jubile. Il y a encore quelques heures, elle était sur le point de basculer, et voilà qu'elle marche à nouveau sur la terre ferme. Ses positions sont solides, elle a repris la main. Les Russes ne peuvent plus brandir de quelconques documents sur un offshore. Ils apparaîtraient encore plus faux que ceux fabriqués par l'équipe de Magomed Bekbouletovitch et glissés au

Technocrate, ceux qu'a évoqués la télévision... Même la mort de Larissa Ivanovna la conforte. Toute référence au cahier ou au «Noyau de cerise» ne ferait désormais que conforter la thèse d'une implication russe dans le meurtre. Elle a joué gros pour en arriver là. Il sera bien temps, plus tard, de renouer le contact avec le Kremlin. Chacun aura eu ses sacrifiés, pas besoin de sentimentalisme superflu. Ce langage-là, Poutine est capable de l'entendre.

Arrivée à l'Intercontinental, Olena allume la télévision pour voir ce que disent les chaînes ukrainophones de l'Ouest. Elles n'avaient pas été mises dans la confidence, il leur faut un moment pour ajuster leurs programmes. Mais elle constate qu'elles se mettent rapidement au diapason : les déclarations de la Présidente et les différentes informations de la soirée sont traitées d'un ton neutre qui vaut validation.

Le banquier Kolenko a compris qu'il valait mieux ne pas trop attendre pour choisir le camp des vainqueurs. Et la sécurité de sa famille.

La Chienne s'allonge, ferme les yeux. Son visage est presque paisible ; un sourire s'y dessine, qui se fraie un chemin entre les rides délicates.

J – 3, Gouliaï-Polie

Semion Moissenko, dit « Grandes-Mains », bandit à la retraite, petit-fils d'un enseignant juif de Kazan, fils d'un mineur de Donetsk, fait son entrée en ville à 8 heures du matin. On ignore où il a passé la semaine précédente, mais son aspect général est étonnamment bon. Deux heures plus tôt, il s'est arrêté dans une station-service, de celles qu'il aime tant, où l'on vend des hot-dogs et des battes de baseball. Sans un mot il s'est enfermé dans les toilettes, est resté longtemps à contempler son reflet dans le miroir. Il s'est passé le visage sous l'eau, autant pour reprendre forme humaine que pour se donner du courage. Il s'est rasé, peigné, a lissé ses habits à l'eau chaude. Sa détermination donne plus d'assurance à son visage. Semion Moissenko a abandonné son Makarov au-dessus d'une chasse d'eau de la station-service. Il sait ce qu'il vient faire à Gouliaï-Polie, même s'il ignore tout des événements de la semaine écoulée et n'a jamais entendu parler de Katia Galiouk.

Il entre en ville à pied et dans son jean étroit, déchiré au niveau du genou, avec son boitillement de la jambe gauche, il ressemble à un cow-boy. Il traverse les rues fumantes, marche entre les débris, les barricades abandonnées, sans comprendre ce qui est arrivé au tranquille bourg campagnard qu'il a fui une semaine plus tôt.

Arrivé au bout de la rue Lénine, déjà en vue de la place centrale, il a un geste comique. Le vieux Semion Moissenko lève les bras au-dessus de sa tête et fait un tour sur lui-même, comme pour montrer qu'il n'est pas armé. Puis, d'une voix distincte, il crie :

— Je me rends !

Aussi dramatique soit-elle, l'annonce ne produit pas le moindre effet. Son écho se perd contre les briques des maisons voisines, et les policiers en tenue anti-émeute accroupis à l'ombre de leurs autobus lèvent à peine un sourcil. D'autres dorment encore, à même le sol, appuyés aux roues des véhicules. Autant qu'à un champ de bataille dévasté, Gouliaï-Polie ressemble à une fête foraine en cours de démontage. Sur la place, devant lui, des hommes à l'air las et bourru défont les barricades. On enlève canapés, arbres, pneus à moitié calcinés. Des paysans utilisent leurs tracteurs pour dégager les rues. Semion avance vers les policiers et lance, plus fort :

— Je dispose d'informations concernant l'institutrice Larissa Ivanovna et souhaite être entendu en qualité de suspect ou de témoin !

La première à réagir à ces mots est une journaliste de la télévision nationale, occupée à fumer une cigarette pendant que son équipe arrange la camionnette en vue du grand départ. C'est la fin des « événements de Gouliaï-Polie », les paysans ont obéi à la Présidente, on remballe. Dans un réflexe, la fille fait signe à son cameraman et avance vers Semion, lentement, comme on approche une bête sauvage.

Le bandit baisse les bras et répète :

— J'ai assisté au meurtre de l'institutrice Larissa Ivanovna.

Il regarde fixement la caméra. Ce n'était pas son plan, mais il comprend que s'il veut se faire entendre il a plus de chance avec les journalistes qu'avec les flics, qui ne manqueront pas de demander des consignes à Kiev, où l'on fera tout pour le faire taire. La fille de la télé lui fait décliner son identité et répéter sa déclaration. Pendant ce temps, une autre équipe s'est approchée, d'une chaîne d'informations en continu. L'hurluberlu est jugé assez convaincant pour passer en direct, l'Ukraine découvre le visage fatigué de Semion Moissenko, ses yeux gris animés d'une lueur inhabituellement vive.

— Je m'appelle Semion Moissenko et j'ai vu comment l'institutrice à la retraite Larissa Ivanovna a été tuée. Je suis arrivé à Gouliaï-Polie le 12 juin et me suis enregistré à l'hôtel Lidia sous le nom d'emprunt de Serafim Kertch. Vous pourrez vérifier cela. Mes intentions étaient pacifiques, je voulais seulement récupérer un objet chez Larissa Ivanovna…

Un groupe de plus en plus compact se forme autour de Semion. Quelques policiers curieux, des manifestants qui abandonnent leur ouvrage et viennent les uns après les autres écouter le récit de l'inconnu. Celui-ci respire avec difficulté, oppressé par la foule et par les regards qu'il sent posés sur lui. Mais les mots qui sortent de sa bouche sont clairs. Jamais de sa vie il n'a été aussi certain d'avoir pris la bonne décision.

— Récupérer un objet, c'est-à-dire ? demande la journaliste, qui choisit d'insister sur ce détail.

— Cela, je ne peux pas le dire, répond Semion avec brusquerie.

— T'es un cambrioleur ?

Cette fois la question a été lancée par une voix anonyme dans la foule.

— Non, je suis un ancien bandit et un associé de la femme d'affaires Olena Hapko. Cela aussi, vous pourrez le vérifier facilement.

Un murmure parcourt la foule. Semion reprend :

— J'ai de bonnes raisons de penser que la personne qui m'a chargé de cette tâche et celle qui a envoyé deux truands tuer Larissa Ivanovna sont la même personne. Je suis prêt à témoigner en ce sens. Je me considère comme complice de la mort de cette femme.

— Et c'est qui, cette personne ?

Semion baisse la tête. C'est le moment le plus dur, son cœur bat à cent à l'heure. Il fixe le pistolet à la ceinture d'un policier en uniforme. Il est encore rapide, malgré la fatigue accumulée, il pourrait le saisir en un éclair et se faire sauter la tempe. Ce serait si simple. Et puis c'est le tarif qu'il mérite, celui réservé aux traîtres. Pourtant il n'arrive pas à se dire qu'il trahit. Pas parce qu'elle a voulu l'assassiner, non. Étrangement, cette vérité simple est absente de la discussion intérieure qu'il a fébrilement conduite au cours des derniers jours. J'ai rempli ma mission, je ne lui dois plus rien, s'est-il répété cent, mille fois, pour se donner du courage, pour se convaincre de la justesse de sa décision. Il a accompli tout ce qu'elle lui avait demandé. Il a brûlé le cahier et n'en révélera jamais l'existence. Pas seulement par sens de l'honneur, mais pour ne pas salir encore le récit qu'il contient, pour ne pas souiller l'âme de la petite Olena. La Lune rose d'Alevtina Tevtouko restera à jamais invisible.

C'est elle qui a trahi – lui, pour commencer ; sa vieille institutrice, ensuite ; et pour finir, le plus grave, elle-même. C'est elle, en lui donnant accès à ce que fut la vraie Olena Hapko, qui a rompu le pacte, qui en a libéré Semion. En ordonnant la mise à mort de sa vieille institutrice inoffensive et aussi celle d'Alevtina Tevtouko, elle a voulu effacer toute trace de son passé, mais elle n'a fait que le libérer. C'est au nom de ce passé qu'agit Semion. C'est ainsi qu'il entend rester un homme.

Il s'est demandé ce qui allait arriver à Olena – il ne doute pas du poids des mots qu'il vient de prononcer, et du fait qu'ils auront une suite : son élection sera-t-elle annulée ? Ira-t-elle en prison ? Puis il a cessé d'y penser. Il sait qu'elle lui en voudra mortellement, mais il a la conviction d'agir pour elle, comme il l'a fait toute sa vie. Elle mérite sa punition. Il lui offre une chance non de s'amender, ce serait trop naïf, mais de redevenir elle-même. Tant pis si pour cela elle doit chuter. Combien de gens sur Terre ont droit à une telle chance ?

Il pense à sa fille, relève la tête, prononce :

— Olena Hapko.

Il remarque à peine l'agitation de la foule, celle des journalistes aux visages éberlués qui ne savent plus quoi faire d'autre que tendre leur micro. Parmi les présents, personne ne pense à mettre en doute sa confession. Et même à travers le filtre des écrans, la sincérité de

Semion Grandes-Mains frappe les Ukrainiens installés devant leur télévision. Peut-être est-ce son allure respectable, presque celle d'un notable, dans sa chemise à carreaux, peut-être est-ce l'exaltation contrôlée avec laquelle il s'exprime.

C'est lui qui met un terme à la scène. Maintenant plein d'une sûre détermination, il se tourne vers les policiers.

— J'ai tenu à faire ces déclarations devant des témoins, pour que vous ne puissiez pas les ignorer. Je ne savais pas que je m'adresserais aussi à des journalistes, mais le constat est toujours valable : vous devez m'arrêter et prendre ma déposition dans le cadre de l'enquête sur la mort de Larissa Ivanovna. Et quels que soient vos ordres, vous devrez rendre des comptes à tous les gens qui ont entendu mon histoire.

En disant cela, il tend ses poignets devant lui. Cet homme qui de sa vie n'a jamais serré la main d'un représentant de l'État tend à présent ses deux poignets à des flics, en signe de soumission à la loi ou à une morale dont ceux-ci ne se savent même pas les dépositaires. Alors on l'embarque. Un policier antiémeute d'un côté, le chef de la police locale, Stepan Privitchkine, de l'autre. Il marche la tête haute vers un fourgon garé à quelques mètres. Et, là, il aperçoit un gamin blond vêtu d'un maillot de l'Italie qui tient le guidon d'une bicyclette hors d'âge. Le gamin le regarde passer sans un mot, les yeux grands ouverts. Quand il arrive à sa hauteur, Semion lui glisse un sourire, un sourire léger et discret, presque indécelable. Il avance encore, tête haute, et il n'a pas le temps de voir si le gamin répond à ce sourire.

Une fois que l'homme est monté dans le fourgon, s'effaçant comme une apparition, un silence de mort s'installe sur la place, troublé seulement par les coups de téléphone affolés que passent les journalistes. Les autres témoins sont muets. Et c'est dans ce silence qu'on entend monter un cri immense. On ignore qui l'a poussé, mais il retentit pendant plusieurs secondes, une éternité. Il se répercute sur les façades des immeubles, racle l'asphalte des rues, s'enfonce dans le caoutchouc des pneus entreposés, cogne le métal des boucliers anti-émeute, vrille les oreilles des hommes et des femmes. Dans ce cri il y a toute la rage, toute la souffrance et tout le désespoir du monde. Le son qui sort de cette bouche anonyme est rugueux, plein de pierres et de haine.

Il dit :

— Salooooope !

Hiver 1995, Kiev

Cela fait plus de deux ans que Semion Grandes-Mains et Olena Hapko se sont associés. L'attelage fait ricaner, dans le milieu kiévien, mais il est efficace. Semion ne remet pas en question la place évidente d'Olena : elle est la patronne et le cerveau. Il a mis à sa disposition sa petite bande constituée de rejetons du Donbass et de la capitale. Ensemble, ils ont élargi leur champ d'intervention : voitures, électroménager, habillement, pétrole, métal... Ils achètent et vendent tout ce qui leur tombe sous la main, forgent leur image – impitoyables pour leurs ennemis, fiables pour leurs partenaires. Chacun des deux mène, en plus, ses propres affaires dans son coin. Grandes-Mains, qui ne peut se défaire de son passé de petit truand, achète des bars, rançonne des casinos clandestins. Olena, elle, concentre toute son énergie sur l'industrie. Elle rêve de conglomérats sidérurgiques mais elle est arrivée trop tard sur le marché, ou sans les appuis suffisants. Alors en attendant, elle se contente d'expédients : fabriques de briques, usines de cellulose, cimenteries, scieries... Partout où elle le peut, elle place ses billes, prend des participations, échafaude des plans. Avec les forts, elle est parfaitement loyale; les faibles, elle finit par les évincer.

L'offre qu'elle attendait pour décoller enfin finit par arriver un jour de décembre. Elle revient de Zaporojie lorsqu'elle reçoit une invitation – une convocation – de la part de Teodor Valkov. Le gendre du président est l'étoile montante des affaires, grâce aux commissions qu'il touche sur les importations de pétrole. Son envergure financière lui permet de s'implanter sur tous les marchés. Il rachète à tour de bras, et face aux récalcitrants ses contacts haut placés font le reste.

Le Gendre invite Olena au Crocodile, la boîte de nuit la plus luxueuse de la capitale. Les bouteilles de champagne s'y vendent l'équivalent de quatre années de salaire d'un ouvrier. Valkov y dispose d'un salon privé dont la superficie approche celle du reste du club. Un DJ et des strip-teaseuses y sont réservés à son usage exclusif et à celui de ses invités. Il veut impressionner Olena et celle-ci y voit une reconnaissance. Elle lui sait gré, aussi, de se contenter des quelques compliments de rigueur, sans chercher à la draguer ou plus simplement à glisser une main sous sa robe. L'homme est parfait, si ce n'est la bêtise qui transparaît dans sa voix de manière d'autant plus évidente qu'il est obligé de crier pour couvrir le bruit de la musique.

La proposition qu'il fait à Olena, ce soir-là, dépasse tout ce qu'elle aurait pu imaginer :

— Je veux m'établir à l'Est via la métallurgie et la sidérurgie, explique-t-il d'entrée. J'ai les fonds pour ça, mais le travail à mener est immense, tout est dans un état de décrépitude tel qu'il y en a pour des années avant de pouvoir espérer un retour sur investissement.

Olena le sait. Elle guette les mêmes morceaux que le Gendre. Sauf qu'elle estime à quelques mois à peine la réorganisation nécessaire pour faire de ces établissements des poules aux œufs d'or. Elle laisse l'autre poursuivre.

— Je voudrais que tu gères ces actifs. Je peux trouver des managers compétents, mais voilà, ils ne sont rien d'autre que des managers. J'ai besoin de quelqu'un qui a de l'ambition et une vision…

Sûrement pas toi, pense Olena, qui se retient de reprendre l'autre sur son tutoiement horripilant, qui la ramène au rang des strip-teaseuses défilant devant eux. Elle se contente de remarquer :

— Vous oubliez quelque chose, Valkov, je ne veux être l'employée de personne.

Le Gendre sourit, savourant le malentendu.

— Tu n'as pas compris. Je ne te demande pas de travailler pour moi ou d'être un manager de luxe. Je veux que nous nous associions. Tu mets 20 % du capital, que je t'aide à constituer si tu n'as pas assez, et tu gères les actifs que nous achetons ensemble. Nous partageons les revenus à parts égales, et dans cinq ans tu as 40 % du capital, tu doubles ta mise. Tu es libre de tout revendre, de racheter mes parts… Libre comme l'air, Olena Hapko !

Le deal est en or. Les poches du Gendre débordent tellement de pétrole et de dollars qu'il ne sait plus où les dépenser et est prêt à acheter sa tranquillité en s'offrant à perte des associés. Elle éprouve du mépris pour lui, mais elle ne dit rien. Ou plutôt, elle s'apprête à lui dire oui quand l'autre reprend :

— Par contre, c'est une affaire entre toi et moi. Si nous nous associons, je ne veux pas entendre parler de ton Moissenko de Donetsk. Mauvais pour l'image, ça dégage du paysage. Crois-moi, ils sont dépassés, ces types-là, ils ne nous apporteront que des ennuis.

Olena enregistre. Le prix que Valkov lui demande est de l'ordre du raisonnable. Semion a été utile, et il l'est toujours, mais avec le Gendre elle peut trouver des dizaines d'hommes de main, tout aussi qualifiés et même plus discrets. Elle hésite. Elle pourra toujours lui donner quelques billes en guise d'adieu, qu'il les gère à sa manière, *old school*. En pensant à cela, elle sourit. C'est aussi parce qu'il est de la vieille école qu'il s'est assis dans sa cuisine minable, deux ans plus tôt, et qu'il l'a écoutée, au lieu de dicter sa loi. Pour ça aussi qu'il l'a respectée, qu'il a pris soin de saluer son mari, qu'il ne lui a pas forcé la main. Semion lui inspire plus confiance que ne pourra jamais le faire le Gendre.

Elle se lève, tend la main à Valkov et refuse sa proposition.

L'homme éclate de rire.

— Tu es comme une chienne avec tes hommes, tu n'en laisses pas un au bord de la route !

C'est la première fois qu'on l'appelle la Chienne – c'est dit avec respect, elle en tire de l'orgueil.

Les deux se quittent en bons termes mais en rentrant chez elle, Olena ne peut s'empêcher de se maudire. Elle a laissé passer une occasion inespérée au nom d'une fidélité déplacée, d'un engagement vieux jeu et inutile.

Elle veut boire. Elle appelle Semion. Dix minutes plus tard, ils partagent une bouteille de vin dans la pizzeria installée au pied de l'immeuble d'Olena. Semion a amené Ioulia, sa fille ; Olena lui offre une glace, plaisante avec elle, se moque des baskets américaines que son père lui a achetées. Elle ne dit rien à l'homme de Donetsk de sa soirée au Crocodile.

J – 2, Gouliaï-Polie

Marko fourre quelques affaires dans un sac à dos : un caleçon, une brosse à dents, un pull-over, un t-shirt de rechange. Il laisse son bâton de côté, dissimulé derrière le lit. Au moment de sortir, il le jettera par la fenêtre. Un étage dans les fourrés, rien à craindre. Il le récupérera en bas, sa mère n'a pas besoin d'en savoir plus. Il la préviendra à son arrivée, quand elle ne pourra plus rien faire. Dans son tiroir, il récupère toutes ses économies. Tant pis pour le nouveau vélo qu'il convoitait. Il s'allonge ensuite au sol pour récupérer, bien caché sous le lit, son drapeau fétiche. Il l'étale sur la couverture, pour l'observer un instant. Ce drapeau qui ressemble tant à un drapeau de pirate, crâne et os dessinés d'une manière presque enfantine. Et, écrit en ukrainien : « La liberté ou la mort ». Simple et percutant, le slogan des fidèles de Makhno. La tête de mort ne paraît avoir été mise là que pour prouver le sérieux de la déclaration. Le noir du tissu est la plus belle couleur que Marko ait jamais vue. Plus belle même que le jaune des champs de tournesols ou le vert des châtaigniers. Il jette un coup d'œil autour de lui... Plus beau, surtout, que le marron qui domine tout l'appartement. Canapé marronnasse, papier peint beige, meubles en plastique imitation bois, peinture où l'on ne distingue plus la couleur orange d'origine…

Marko sent une présence dans son dos, se retourne. Sa mère est sur le seuil, qui l'observe. Elle fait quelques pas vers son fils, passe sa main dans ses cheveux blonds, descend sur la nuque. Il se laisse faire, en grommelant pour la forme.

— Tu pars ?

Marko reste silencieux un moment. En voyant sa mère si proche de lui, jusqu'à distinguer les minuscules rides qui parcourent le contour de ses lèvres, il se dit qu'il ne l'a pas regardée depuis longtemps. Quel enfant regarde vraiment sa mère ? Elle se tient d'une drôle de manière, bien droite, les jambes parfaitement serrées, une main dans le dos, comme un élève devant son professeur. Ses yeux sont gris, délavés, brillants d'une supplique muette. Elle est encore jeune mais ses cheveux prennent de plus en plus la teinte de ses yeux. Il se lève, constate avec étonnement qu'il est plus grand qu'elle. Depuis combien de temps l'a-t-il dépassée ?

— Je retourne sur la place.

Elle esquisse un sourire plus franc, ses lèvres font mine de bouger puis elle s'interrompt. Elle n'est pas dupe mais ne dit rien. Derrière, le son de la télévision dans le salon :

« Cela fait vingt-quatre heures que le pays est en proie à des manifestations importantes. Plusieurs témoignages recueillis par nos équipes ont permis de confirmer l'identité de l'homme qui s'est rendu à la police, hier à Gouliaï-Polie, cet homme qui prétend disposer d'informations sur le meurtre de l'institutrice Larissa Ivanovna. Ses motivations sont encore peu claires, mais ses liens avec l'équipe de la présidente élue sont évidents. Et c'est bien sa confession qui a mis le feu aux poudres dans le pays. Olena Hapko doit être investie après-demain dans un climat de défiance prononcée. Personne n'est capable de dire quelles pourraient être les suites judiciaires ou politiques de cette affaire, mais la situation est inédite. Depuis hier soir, des manifestants scandent des slogans hostiles à la présidente élue dans les grandes villes d'Ukraine. À Kiev, ils sont quelques milliers à être sortis spontanément, immédiatement après l'apparition à la télévision du bandit de Gouliaï-Polie... »

La mère de Marko fait encore deux pas et s'assied sur le rebord du lit de son fils. Sa main caresse un instant le tissu du drapeau noir. Quand elle relève la tête, ses yeux sont brillants de larmes.

— Marko, je t'ai menti...
— Maman ?

Il n'a aucune idée de ce qu'elle veut lui dire, mais ces quelques mots ont suffi. Il sent qu'un monde, encore un, est sur le point de s'écrouler. Elle prend une inspiration profonde, poursuit d'une voix plus calme, plus douce :

— Quand ton père est parti, tu avais 6 ans. Un garçon seul avec sa mère, dans une ville comme celle-ci ? J'ai eu peur pour toi. Peur que tu tournes mal, que tu te perdes avec de mauvaises fréquentations, de mauvaises actions. Un garçon, quand il grandit, a besoin de modèles, de références morales. Qu'est-ce que je pouvais t'apporter, moi, comme modèle ? Une simple femme de ménage... Alors je l'ai inventé, ce modèle. J'ai inventé ce lien entre ton père absent et la famille de Nestor Makhno. Tu sais, ton père n'était pas un mauvais homme, mais c'était un faible. Et un lâche. Je ne pouvais pas te le dire, ça ! Ou pas encore. Je savais que l'histoire de Makhno te parlerait, t'inspirerait, qu'elle te donnerait de la force, une direction...

Marko regarde sa mère sans comprendre. Elle garde la tête baissée. Aucun des mots qu'elle a prononcés ne fait sens pour lui, mais il n'a qu'une envie, la rassurer, l'enlacer, l'embrasser. Qu'elle n'ait honte de rien, qu'elle ne pleure pas devant lui. Surtout qu'elle ne pleure pas devant lui !

Elle poursuit :

— C'était peut-être une erreur, mais ce que je sais, c'est qu'aujourd'hui tu n'as plus besoin de modèle, plus besoin de ce mensonge. Tu n'as que 15 ans, mais tu es déjà un homme plus accompli que ton père. Tu es en train de trouver une place dans ce monde et elle est digne, droite. Tu n'as plus besoin d'une béquille, d'un Makhno, tu as le droit de connaître la vérité. Pardonne-moi... de t'avoir menti.

Elle lève les yeux, lui jette un regard torturé. Les larmes voilent à présent ses pupilles.

Marko garde le même air hagard, mais les mots tracent un chemin dans son crâne. À cet instant, il se soucie comme d'une guigne de Makhno. Il ne pense qu'aux larmes de sa mère. « Une simple femme de ménage », mais qu'est-ce qu'elle raconte !? Tout ce qu'elle a fait, elle l'a fait pour lui, de quoi pourrait-il avoir honte, de quoi serait-elle indigne ? Sur son père, il ne s'est jamais posé beaucoup de questions, comme si la disparition, l'anonymat, était le destin des hommes de la région. Autour de lui, tant de familles reposent sur les mères, les grands-mères... Et puis, se rassure-t-il enfin, il n'a jamais dit son fameux secret à Katia. Il n'aura pas à lui avouer la vérité, penaud.

— Tu peux quand même emporter le drapeau de Makhno sur la place, poursuit sa mère, comme s'il s'agissait là de solder un infime désaccord. C'est un peu celui de notre ville...

Il sourit, d'un sourire qu'il espère adulte, derrière lequel il tente de cacher le tremblement de ses lèvres. Il regarde avec dépit le tissu noir et blanc, il regrette déjà sa force brute, son pouvoir hypnotique.

— Je vais laisser le drapeau ici, dit-il. On n'a pas besoin d'un révolutionnaire mort il y a cent ans pour dire ce qu'on a à dire ! Tout le monde connaît Gouliaï-Polie, maintenant, on a prouvé qu'on était des gens valables, non ? Tu m'aides ?

Avec une paire de ciseaux, il découpe deux petits rectangles dans le tissu épais du drapeau. À l'aide d'un feutre blanc, il trace quelques lettres dessus. Il sort le sac à dos de sa cachette et le tend à sa mère.

— Tu peux coudre ça sur mon sac à dos ?

Quelques minutes plus tard, elle tend le sac à son fils, décoré à la manière des cartables d'adolescents. Dedans, elle a glissé quelques billets, 1 000 hryvnias. Leurs mains se touchent, elle a peur mais elle ne peut que dire :

— Appelle-moi.

Marko enfile une veste sur sa chemise, il passe les bretelles de son sac et se dirige vers la porte d'entrée de l'appartement. Les rectangles sont bien visibles. Sur l'un d'eux, il a écrit «Katia». Sur l'autre «Dignité».

J – 1, Kiev

Dans le bus pour Zaporojie, ils étaient quelques-uns, rebondissant sur les cahots, suant sur les sièges au tissu arraché. Dans le train qui rallie Kiev en une nuit, quelques dizaines. Ils se reconnaissent d'un simple regard, échangeant dans le couloir des hochements de tête encore timides. Les plus hardis ont sympathisé, échangé sandwichs et bouteilles d'eau, discuté de leurs projets, noyé leur anxiété dans l'exaltation de la rencontre. À la sortie de la gare, dans le centre de la capitale, c'est déjà un flot continu. De toutes les régions de l'Ukraine, des trains charrient des groupes d'hommes et de femmes. Certains sortent de l'immense bâtiment d'un pas décidé, sans perdre de temps. D'autres s'ébrouent lentement, observent la bouche grande ouverte l'immensité qui s'ouvre à eux. Marko est de ceux-là, un bouseux de plus qui découvre les splendeurs de Kiev, sa démesure. Il se sent assailli par les odeurs mêlées des pots d'échappement et des *chawarmas*, les invectives des chauffeurs de taxi, les cris des alcooliques qui se disputent avec les petites frappes de banlieue... Il prend son temps, achète un Coca qu'il sirote sous le soleil, les yeux plissés. Sa révolution, il ne l'imaginait pas si joyeuse. La boisson a un goût de liberté.

Au milieu des citadins pressés, il distingue un petit groupe sur le parvis de la gare, qui comme lui a l'air de souffler un instant. Repère les pantalons de survêtement, les chaussures en gros cuir, les moustaches et les casquettes en toile. Il s'approche, demande :

— Maïdan, c'est par où ?

Maïdan Nezalejnosti, la place de l'Indépendance, l'esplanade centrale de Kiev, celle où tout le pays converge à chaque coup de chaud. Marko ne s'est pas posé de questions, il sait que c'est là qu'il doit aller.

Un grand type d'une trentaine d'années s'esclaffe, fait un vaste geste circulaire qui englobe toute la ville, des immeubles majestueux du centre aux tours que l'on distingue à l'horizon, les gratte-ciel brillants de soleil et les barres lépreuses, les parcs et les arrière-cours, le fleuve et la foule.

— Maïdan, c'est nous ! lance-t-il dans un grand rire.

Devant le sourire un peu forcé qu'affiche Marko, une femme le prend en pitié. Elle pose sa main sur son bras avec douceur et désigne les petits groupes qui remontent le boulevard vers le centre.

— Suis le flot !

Alors il se met en route, perdu dans la masse, rouage minuscule dans la multitude, heureux et décontenancé à la fois. Il voit des affiches improvisées, des banderoles sur lesquelles on a inscrit des slogans : « Hapko assassin », « Non à l'investiture des criminels »... D'autres marchent avec le drapeau de leur ville, de leur région, comme à une grande kermesse. Soudain, Marko distingue au loin un drapeau noir. Il frissonne, croit reconnaître une tête de mort blanche...

Arrivé sur la place, il parvient à se calmer. L'endroit, gigantesque, est intimidant, encadré par le bâtiment de la Maison des syndicats, l'hôtel Ukraine, l'obélisque des Fondateurs de Kiev... Pour le reste, hormis la foule, il se croirait presque à la maison. Là aussi, on érige des barricades, on fait cuire de la soupe sur des braseros. L'odeur des pneus brûlés flotte aussi sur Maïdan. Les premiers manifestants sont arrivés la veille, immédiatement après que le témoignage de Semion Moissenko a fait le tour de l'Ukraine et que la procurature a indiqué qu'elle considérait celui-ci comme un témoin crédible.

La contestation a pris d'autant plus rapidement que les chaînes de télévision ont massivement donné de l'écho à ces nouveaux développements. À la télévision publique, mais aussi sur les chaînes des principaux oligarques, le traitement a été ravageur pour Olena Hapko. Comme si tous attendaient le premier revirement pour lui mettre la tête sous l'eau. Des experts sont venus en plateau s'interroger sur ses liens avec la Russie, rappeler les épisodes douteux de son ascension, la façon dont elle a acheté telle usine, obtenu tel appel d'offres. Seules Ukraine 14 et les chaînes de Iossif Kozilevski font montre de prudence, traitant avec distance les derniers développements. Mais on sent que le Chevelu se ménage une sortie, prêt à basculer lui aussi. Ses députés n'appellent pas explicitement Hapko à renoncer, comme le font déjà d'autres acteurs, mais ils évoquent avec du dédain dans la voix «la situation institutionnelle inédite dans laquelle se trouve notre pays». Les constitutionnalistes rappellent que rien n'empêche l'investiture de la présidente mais que le climat de défiance et les manifestations dans la rue jettent une ombre sur le processus de transition.

Marko erre sur la place pendant des heures. Il s'émerveille de chaque scène, chaque détail. Là, il voit une photo géante de Katia accrochée à la façade d'un bâtiment. La Katia qu'il connaît, souriante et optimiste. Ici, un groupe de femmes installent une grosse tente militaire et y accolent un panneau GARDERIE. Plus loin, d'autres distribuent du linge propre à ceux qui ont passé la nuit sur la place. Et puis il y a les drapeaux. De toutes les couleurs, mais Marko n'a d'yeux que pour les étendards noirs à tête de mort. Il en a compté au moins six. Il ne sait pas qui sont ceux qui les brandissent, ni ce qu'ils veulent, mais le doute n'est plus permis : Nestor Makhno est bien parmi eux, prêt à monter à l'assaut de cette capitale qu'il n'a jamais conquise.

Le soir, des foyers sont allumés un peu partout, depuis le centre de la place jusqu'au pied des barricades. La situation est calme. La police ne fait pas mine d'avancer et le président sortant a fait savoir qu'il n'entendait pas perturber « l'expression d'une colère légitime contre des actes hautement suspects ». Les manifestants se réunissent en groupes plus ou moins fournis, on entend quelques chants monter dans l'obscurité. Marko se sent seul, pour la première fois il se demande où il va passer la nuit. L'air est chaud, presque brûlant, mais il craint la solitude. Alors il s'arme de courage, arrange sa mèche récalcitrante et s'approche d'une tente sur laquelle flotte le drapeau noir de la Makhnovtchina, la légendaire armée de l'anarchiste. Il passe une tête à travers l'entrée, demande :

— Vous êtes de Gouliaï-Polie ?

Des hommes sont occupés à installer un poêle, des lits de camp. Deux femmes cuisinent une salade, on fait à peine attention à lui. Une toute jeune fille finit par s'approcher et répond en éclatant de rire :

— Non ! On est de Loutsk. Mais c'est le drapeau de toute l'Ukraine, maintenant, celui de la dignité et de la résistance à l'oppression !

Marko hésite, il regarde cette fille si à l'aise, pas plus âgée que lui, qui parle avec les mêmes mots que Katia.

— C'est où, Loutsk ?

— De l'autre côté du pays, tout à l'ouest. Tu veux t'installer ?

Timidement d'abord, Marko accepte l'invitation des trois familles de Loutsk regroupées ici. On le nourrit, on l'interroge avec douceur, puis on l'invite à passer la nuit. Pour la première fois, il se sent fier en disant qu'il vient de Gouliaï-Polie.

Quand tout le monde dort, dans le noir de la tente, il sent une forme se rapprocher de lui. La jeune fille au rire frais comme une source rampe vers lui dans son sac de couchage. Sans bruit, les deux adolescents s'embrassent.

*Jour de l'investiture
d'Olena Vladimirovna Hapko, Kiev*

Elle a 52 ans et d'une façon ou d'une autre ce jour-là sa vie prend fin. Dans quelques heures Olena Hapko sera la première femme présidente de l'Ukraine ou bien elle sera en prison. Ceux qui dans son entourage ont osé donner leur avis penchent plutôt pour la seconde hypothèse. Mais c'est la voix des absents qui est la plus convaincante. Plusieurs de ses vieux compagnons d'armes ont fui, injoignables depuis quelques heures. Probable qu'ils attendent de voir la suite, soucieux d'échapper à l'orage, de trouver, le cas échéant, un nouveau port d'attache. Olena ne leur laissera pas ce confort. Quel que soit son propre destin, elle se débrouillera pour que ceux qui ont trahi soient punis. Leur crime n'est pas d'avoir fui mais d'avoir cru qu'ils pouvaient ne plus avoir peur d'elle.

Semion, au moins, a eu le courage de trahir en la regardant dans les yeux. Il n'a pas eu peur. Ces deux derniers jours, elle n'a cessé de penser à lui. Elle voudrait l'entendre avant de décider de son sort. Sa trahison est compréhensible, presque pardonnable : il a compris qu'elle avait tenté de le tuer ; et il a réagi. Match nul. Mais il y a autre chose. Sur les images de son apparition à Gouliaï-Polie, qu'Olena a regardées en boucle, l'homme du Donbass semble ailleurs. Une apparition... On le sent habité d'une force mystérieuse, comme s'il avait découvert quelque chose qui lui est inaccessible, à elle. Elle aurait dû le laisser tranquille, dans son studio minable d'Obolon. Mais sa réaction à Gouliaï-Polie prouve qu'elle a eu raison de se méfier : s'il a parlé, c'est qu'il aurait pu parler à tout moment. Par miracle, il n'a pas évoqué ses souvenirs concernant Larissa Ivanovna, leur visite commune à la vieille, une dizaine d'années plus tôt, les documents concernant des sociétés offshore... Quand elle sera présidente, tout à l'heure, elle donnera des ordres. Il faudra le surveiller, s'assurer qu'il n'ait pas accès aux médias.

Elle applique patiemment son maquillage, et à mesure que son visage reprend forme elle se persuade qu'elle va s'en sortir, une fois de plus. Combien de tempêtes a-t-elle affrontées, tout au long de son existence ? N'a-t-elle pas réussi, pour commencer, à s'extraire du trou paumé qui l'a vue naître ? Combien sont-ils, parmi les leaders qu'elle s'apprête à côtoyer dans les sommets internationaux, à avoir commencé tout en bas, les pieds dans le fumier ? Elle sourit en pensant que la menace, aujourd'hui, vient de ce maudit Gouliaï-Polie, bout de terre oublié des dieux et d'elle-même. Elle les a tous vaincus ! Poutine, les Loups, le FSB... Elle a déjoué leurs croche-pieds, leurs complots, elle leur a enfoncé la tête dans la boue, se riant de leur morgue. Ils l'ont méprisée au lieu de la haïr, voilà leur erreur. Mais sa faute à elle a été d'ignorer ce qui se passait dans la steppe poussiéreuse. Comment imaginer que le danger pouvait venir des gueux de Gouliaï-Polie ? Enfant déjà, elle n'avait pas peur d'eux ! Elle parvenait à vivre auprès d'eux mais sans penser à eux… Elle s'est illusionnée, une nouvelle fois : elle a cru que les bourrins du SBU s'occuperaient de ce problème mineur, de cette simple épine dans le pied apparue dans la ville de son enfance. Les bourrins ont tout gâché, ils n'ont fait qu'attiser les flammes. Mais c'est elle qui s'est trompée, à jamais gamine arrogante… Peut-être aussi n'a-t-elle pas vu changer son pays, elle qui se targue de comprendre les Ukrainiens comme personne. Elle a oublié que l'information circulait, qu'un de ces ridicules hipsters de Kiev pouvait se sentir concerné par le destin d'une jeune enthousiaste de la campagne… Foutu Internet ! Foutus Ukrainiens indociles !

Elle se relèvera, cette fois comme les précédentes, elle leur montrera. Tant qu'elle conservera sa foi en elle et en son propre destin, elle pourra convaincre toutes les foules, tous les tribunaux. Et d'ailleurs de quoi l'accuse-t-on ? Semion peut semer le trouble, mais devant des juges raisonnables son témoignage ne vaut rien : elle l'a envoyé à Gouliaï-Polie voir l'institutrice Larissa Ivanovna ? La belle affaire ! La suite ? Il affirme aussi que c'est elle, Olena Hapko, qui a décidé de la mort de la vieille. Son avocat, Oleg Belitch, ne fera qu'une bouchée de tels racontars. Ce qu'il faudra éviter, c'est que les juges fouillent au-delà, qu'ils s'interrogent avec trop d'insistance sur le rôle de Larissa Ivanovna. Ou sur leur collaboration passée. Mais c'est l'avantage des juges raisonnables, ils font rarement preuve d'un acharnement superflu.

À la pensée de son ancien associé, Olena se dirige vers le minibar et l'ouvre, pour y découvrir le pot de confiture oublié là. Elle force le couvercle et attaque la pâte sucrée à la petite cuillère. Le rouge des fraises se dépose sur le rouge de ses lèvres. Elle oublie un moment ses préparatifs, ses doutes, ses plans. Elle se revoit dans la cuisine de sa mère, à Gouliaï-Polie. Dehors la neige tombe sur la steppe, mais dans la maison, la joue enfouie dans la longue robe de laine, il fait bon.

La Chienne appelle un secrétaire, demande qu'on la mette en relation avec le Centre de détention provisoire de Zaporojie. L'agent au bout du fil ne s'embarrasse pas des procédures quand il comprend à qui il parle. Elle doit néanmoins patienter quelques minutes avant d'entendre la voix de Semion Grandes-Mains :

— Allô ? Allô ?

Le téléphone grésille, les mots sont à peine audibles.

— Semion...

— Qui appelle ?

— Olena. Olena Hapko.

À ce moment-là, le grésillement est remplacé par un clac bref. Les mots lui parviennent comme avec un écho, bruit caractéristique des écoutes téléphoniques.

— Ah ! Olena ! Heureux de t'entendre !

La chaleur du bandit paraît sincère, et déstabilise Olena. Il l'a trahie, et voilà qu'il lui parle avec l'enthousiasme d'un gamin...

— Heureuse aussi de t'entendre, si tu veux savoir. Ça aurait été plus simple de se voir en vrai, face à face...

Elle s'interrompt, les mots butent dans sa gorge. Que peut-elle dire de plus ? Qu'elle lui pardonne ? Elle ne le pense pas une seconde. Qu'elle va le sortir de prison ? Ce serait la bonne solution pour tout le monde. Mais si elle est écoutée, n'importe laquelle de ses paroles peut être utilisée contre elle. Semion reprend :

— Tant pis si tu ne me comprends pas, Olena. Peut-être que ça viendra...

À nouveau elle se tait. Elle voudrait lui en demander plus, elle meurt d'envie d'entendre ses explications. Mais tout la retient. La prudence, la fierté... Elle est prisonnière, voilà le message qui transparaît dans les mots hachés de Semion, dans leur impossibilité de dialoguer.

— Je ne sais pas ce que tu es allé imaginer, Semion, ou qui t'a monté la tête... Mais tu ne gagnes rien avec les mensonges que tu profères. Tout cela n'a aucun sens. Il faut que tu reviennes à la raison et que l'on puisse éclaircir ça calmement.

Elle joue son rôle. Elle parle à son ancien ami mais ne pense qu'à ce qui peut lui nuire ou lui bénéficier. Elle a saisi le téléphone avec le besoin de *parler*, et voilà qu'elle se retrouve à *jouer*.

— Rassure-toi, Olena, je ne dirai rien qui concerne nos affaires passées. Tu n'as pas besoin de négocier ça avec moi...

Ces dernières paroles devraient bel et bien la rassurer, mais elles ne font que vriller sa poitrine. Il pense qu'elle a appelé pour ça – assurer ses arrières, prendre des garanties, lui offrir peut-être une porte de sortie... Et pourquoi a-t-elle appelé, en réalité ? Entendre une voix connue ? Bavarder avec un ami dont elle a ordonné l'assassinat ? Lui dire que malgré tout elle pense à lui avec affection ? Bien sûr qu'elle est seule ! Bien sûr qu'elle est condamnée à jouer ! Elle a fait preuve de naïveté, de faiblesse.

— Au revoir, Semion, dit-elle. Bon courage.

Et elle raccroche. Sonnée. Elle n'a pas le temps de s'appesantir davantage, Ilia Kirilenko a fait son apparition dans la pièce. Il toussote respectueusement, prévient :

— Les invités ont commencé à arriver au Parlement, madame la présidente. Seules quelques personnalités sont absentes. Mais elles sont moins nombreuses que nous ne le craignions...

Elle le savait, elle le sentait. Ces députés, ces juges, ces oligarques qui se sont répandus à son sujet pendant deux jours sont à nouveau prêts à se soumettre. Qui, sinon elle ? L'incertitude les effraie, le peuple les effraie. Il leur faut un berger, et personne ne revendique avec autant de force qu'elle le sceptre, la *boulava* cosaque qu'elle brandira dans un instant. À l'heure dite, ils occuperont sagement leurs fauteuils, applaudiront quand on leur dira d'applaudir...

— Il y a tout de même un problème...

Kirilenko se tient presque au garde-à-vous dans l'entrée de la chambre. Il fait partie de ceux qui sont restés. Elle ne l'aurait pas jugé, s'il était parti. Lui aurait eu le droit... Mais le jeune réformateur a choisi la loyauté plutôt que ses idéaux. Elle lui en sera reconnaissante. Peut-être un ministère, celui des Finances...

— Quoi, Ilia ?

— Il faut que nous arrivions à accéder au Parlement.

Les manifestants sont installés sur la place Maïdan, sur notre route, et ils commencent à bloquer plusieurs rues du quartier administratif. Le président sortant ne veut pas les faire évacuer.

— Le lâche... Combien y a-t-il de manifestants ?

— C'est difficile à déterminer, des rassemblements sont signalés dans de nombreuses villes. À Kiev, on pense que cinq mille personnes ont passé la nuit sur la place Maïdan. Environ quinze mille autres les ont rejointes depuis ce matin. Certains ont déjà commencé à s'armer de boucliers et de bâtons.

— Vous me dites que vingt mille personnes veulent empêcher la nouvelle présidente de l'Ukraine d'être investie ?! J'ai été élue par 52,7 % de mes concitoyens, bon sang !

— Ils sont bien plus nombreux à soutenir la contestation... et les médias...

— Doublez l'escorte, s'il le faut, mais nous irons bien au Parlement par la route. Je ne veux pas de l'humiliation d'une arrivée au Parlement en hélicoptère. S'il le faut, j'irai parler aux manifestants. Ils comprendront, ils s'écarteront. Laisse-moi, maintenant !

Elle se retourne vivement, ne voit pas le regard que lui jette Ilia Kirilenko, un regard plein de tristesse et de commisération. Une fois seule, elle allume la chaîne hi-fi de la chambre, y insère un CD de Marvin Gaye. Elle ferme les yeux un instant, se laisse bercer par le flot onctueux de la mélodie. Sa colère se fond dans les plaintes aiguës du chanteur, y disparaît. Elle ondule devant la glace en enlevant ses vêtements, ceux qu'elle a portés durant la matinée. Elle défait la ceinture du pantalon, remue lascivement les hanches jusqu'à ce que le tissu lui glisse sur les mollets, les chevilles…

Elle est belle, elle est forte. Ses cuisses sont des piliers inébranlables. Courage à celui qui voudra la faire tomber.

Toujours aussi lentement, elle enfile les habits qu'elle a prévu de porter lors de la cérémonie. L'hymne résonne dans sa tête. *L'Ukraine n'est pas morte…* Chemise en soie blanche. *Ni sa gloire, ni sa liberté…* Jupe et veste bleu roi, qui s'accorderont parfaitement aux couleurs du drapeau. *La chance nous sourira encore, jeunes frères…* Un foulard léger, aux dessins rappelant les motifs traditionnels des habits ukrainiens. *Nos ennemis périront comme la rosée au soleil…* Dans ses cheveux, elle glisse une barrette faite sur mesure d'un acier poli sorti des fourneaux de sa première usine, à Zaporojie. *Et nous aussi, frères, allons gouverner dans notre pays…*

Elle s'assied sur un canapé profond, enfile les chaussures blanches à talon qui doivent compléter l'ensemble. Quand elle se relève, elle sent une gêne au pied gauche, comme si l'une des lanières du soulier s'était retournée contre sa peau. Elle passe un doigt distrait pour vérifier que rien ne s'est glissé dans la chaussure. La sensation est désagréable, mais pas assez pour stopper ses préparatifs.

À 14 heures, elle sort de sa chambre, immédiatement entourée par une nuée de gardes du corps et de conseillers. Le petit groupe se met en marche dans les couloirs de l'Intercontinental. Devant l'ascenseur, une femme de ménage en uniforme noir et blanc impeccable s'arrête devant le groupe. Elle écarte du bras un garde du corps et, avant d'être emportée hors de la vue de la Présidente, elle a le temps de lancer, d'une voix blanche et pleine de colère :

— Morte !

Dans un mouvement confus, la Présidente est poussée vers la cabine d'ascenseur, accompagnée par deux gardes et le jeune Ilia Kirilenko. La descente est interminable.

— Ilia, qu'est-ce qui se passe ?

L'autre a l'air perdu. Il plonge sa tête vers son portable, et lorsqu'il la relève ses yeux sont exorbités.

— Elle est morte.

— Qui est morte ?

Olena hurle presque.

— Katia Galiouk est morte.

Les portes de l'ascenseur s'ouvrent et au lieu de la haie d'honneur attendue la Présidente trouve un hall d'entrée en pleine ébullition. Plusieurs employés de l'hôtel se sont réfugiés derrière le comptoir, des clients courent en tous sens. Devant les portes d'entrée, les vigiles, aidés par un détachement de policiers, font face à une foule dense.

Anton, son jeune garde du corps, pose la main sur le bras d'Olena. Celle-ci se dégage avec irritation, elle marche vers les portes, elle ne pense plus à la gêne sous son pied gauche. Les cordons de policiers et de vigiles s'écartent devant elle, elle apparaît devant la foule, baignée de soleil, illuminée dans ses habits de cérémonie. Le silence, puis une huée qu'elle laisse passer sans sourciller, ses yeux bleus cherchant à capter le regard de chacun. Sa dernière arme, son dernier recours.

— Ce que vous êtes en train de faire est un crime contre notre pays, commence-t-elle d'une voix forte. Vous m'avez élue pour enfin réformer notre État. Si vous ne renoncez pas à votre folie, nous allons à nouveau perdre dix ans...

La Présidente est interrompue par un grognement, des cris :

— Salope !
— Sale pute !
— Tueuse !

— Les premiers à profiter de la situation seront nos ennemis. Ceux qui à l'extérieur guettent notre faiblesse, et ceux qui à l'intérieur ne songent qu'à vous exploiter, à profiter du système corrompu qu'ils ont bâti...

— Mais qu'est-ce que tu racontes ? Tu as tué ! Tu as tué deux femmes ! Que veux-tu faire de plus ?

Les cris redoublent. Devant elle il y a dix visages, mais elle en devine cent autres plus loin, et encore mille au-delà. Elle hausse la voix, parvient encore à prendre le dessus :

— La première chose que je vous ai promise, c'est une justice indépendante, des punitions justes pour les criminels ! La justice doit passer, sinon nous ne sommes qu'une bande de sauvages. Vos cris sont légitimes, mais ils ne valent pas la justice, la vraie justice...

Elle sent un flottement dans la foule. Son instinct reprend le dessus. Elle est la Chienne – quand elle trouve où planter ses dents, elle ne lâche plus sa prise.

— Je vous promets une enquête indépendante. Les rumeurs colportées par certaines télévisions partisanes ne sont qu'un tissu de mensonges, mais si des individus se réclamant de ma personne ont mal agi ils seront punis. Il n'y aura aucun passe-droit, personne ne sera protégé, même parmi mes proches...

Elle fixe la foule, reprend son souffle. Elle sent qu'elle peut les convaincre, tous, un à un. Les vingt mille de Kiev, pour commencer, puis les autres dans chaque ville, dans chaque immeuble, chaque cuisine. Elle parlera autant de fois qu'il le faudra. Elle leur expliquera, leur dira tout ce qu'ils ont besoin d'entendre.

Un jeune homme, presque un enfant, fait un pas dans sa direction. Ses cheveux sont d'un blond presque surnaturel sous le soleil. Il est fin comme une tige, dans une chemise à gros carreaux froissée, un sac à dos d'écolier sur le dos. Il tient à la main un bâton court et ne baisse pas les yeux face à la Présidente.

— Katia Galiouk était mon amie, dit-il d'une voix tremblante. Elle était originaire de Gouliaï-Polie comme moi. Comme vous...

Olena n'aime pas la tournure que prend la situation. Elle tente d'interrompre le jeune garçon.

— Ta gueule, tu écoutes le gamin, la coupe la voix dure d'un homme.

— Je suis fier de venir de la même ville que Katia Galiouk, reprend Marko. Elle m'a appris beaucoup sur ce que vous appelez la justice. Par exemple, que si nous étions une bande de sauvages, comme vous dites, nous vous tuerions ici même...

La foule frémit à cette évocation, mélange de terreur et de délices.

— Nous aussi, nous voulons la justice. Mais nous n'avons plus confiance en vous pour la garantir. Vous n'êtes même pas investie et vous avez déjà tant menti ! Katia m'a aussi appris un mot : la dignité. C'est quand vous décidez qu'on vous a assez craché au visage. Nous sommes plus nombreux que vous le croyez, dans le pays. Nous n'avons pas besoin de vous pour espérer, pas besoin de vous pour changer. Je ne sais pas si nous arriverons à quelque chose, mais le soir nous pouvons nous regarder dans la glace. Alors vous pouvez dire tout ce que vous voulez, en ce qui me concerne je ne vous laisserai pas aller à votre investiture, récupérer votre immunité présidentielle et tout ce qui va avec...

— Et ce serait à un enfant de décider comment doivent fonctionner nos institutions, maintenant ?!

Olena est hors d'elle. Elle sait, aussi, qu'elle a épuisé ses arguments. Seule sa colère peut encore faire la différence. La démonstration de sa volonté infinie, brandie comme un glaive, offerte sur un plateau. Sa détermination sera toujours plus grande que celle de l'adversaire, sa rage n'est pas feinte : et elle, on ne lui a jamais craché au visage, peut-être ?! Elle aussi défend sa dignité ! Elle attrape le blanc-bec par le bras, parle d'une voix forte pour être entendue de tous :

— Quand tu auras fait autant que moi pour ce pays, pour cette ville de Gouliaï-Polie, tu auras le droit de me juger. En attendant, laisse passer ta présidente !

D'un geste, elle écarte le garçon et la foule recule d'un pas, instinctivement soumise. À cet instant, un projectile vient se fracasser contre l'une des portes vitrées de l'Intercontinental. Un autre atteint en plein visage un vigile, qui s'écroule dans un râle. La foule s'est reprise et désormais elle avance. Le petit groupe d'Olena est coincé contre le tourniquet de l'hôtel de luxe. La Chienne a le temps de voir s'approcher une femme dont la bouche déformée de colère révèle l'absence de dents. Dans ses mains, elle tient une fourche. Olena hurle :

— Qu'est-ce que c'est que cette jacquerie ?

Une brique lancée à pleine puissance vient la frapper à l'épaule. Elle crie, s'effondre, rattrapée au dernier moment par un garde du corps. Un autre s'avance pour mettre son corps en opposition. Le petit Anton est saisi par dix mains et tiré au milieu de la foule, roué de coups. Pendant ce temps, on évacue Olena Hapko à l'intérieur de l'hôtel. À demi inconsciente, elle entend un coup de feu. Elle dit :

— Mon pied gauche me fait mal...

Elle est évacuée vers une chambre d'hôtel anonyme, couchée sur un lit. Elle sent qu'une main descend son tailleur, expose ses fesses. Ses fesses trop grosses, à la vue de tous. Elle veut protester, n'y arrive pas. On lui fait une piqûre, elle sombre.

Automne 1975, Gouliaï-Polie

— Écris.
— Quoi ?
— Ce que tu veux ! Ce que tu ressens, par exemple... Ce qui te fait rire, ce qui te fait souffrir ! Écris, n'importe quoi.

Olena a 15 ans, le vent froid gifle son visage découvert et ses poings sont serrés dans son imperméable. Elle va partir, quitter Gouliaï-Polie, et tout la fait souffrir.

— Comment écrire l'humiliation ? demande-t-elle.

Et elle baisse la tête. Pas besoin d'en dire plus, Larissa Ivanovna sait de quoi il retourne. Sa mère, son père, le scandale que celui-ci a fait sur le lieu de travail de sa femme. Les cris, les supplications, et pour finir le coup de poing que le directeur de l'abattoir a donné à son père. L'histoire a fait le tour de la ville, amplifiée, déformée. La façon, ridicule, dont son père s'est écroulé entre les carcasses de vaches... Le pire c'est que c'est lui, son père, qui a eu droit aux réprimandes du comité local du Parti, et pas le directeur. On l'a sérieusement tancé : les problèmes de famille doivent rester dans la famille, ils ne sont pas censés troubler la vie de la collectivité et l'harmonie de la classe ouvrière. Pour éviter qu'une situation aussi fâcheuse se reproduise, on lui a proposé de partir pour Zaporojie. Là, il trouverait un poste dans une usine de machines-outils. Lui, l'ingénieur agronome…

Ce que Larissa Ivanovna ignore, heureusement, c'est que son père et sa mère se sont à nouveau disputés, le soir où son père est rentré, après sa convocation. Il a lancé à sa femme des mots qu'Olena préférerait ne jamais avoir entendus. En réponse, elle l'a frappé. Quand la main de sa mère s'est abattue sur la joue de son père, le monde d'Olena s'est écroulé. Elle a senti son cœur se remplir de honte et de rage.

— Il y a deux manières de faire, finit par répondre l'institutrice après une longue hésitation. Tu peux essayer de retranscrire toute la noirceur de tes sentiments, ou tu peux essayer de les sublimer, de te concentrer sur la beauté que ton cœur a envie de distinguer dans le marasme. D'un point de vue littéraire, il n'y a pas une technique meilleure qu'une autre, mais je trouve que la seconde correspond mieux à la façon dont une jeune communiste doit voir le monde.

Olena voudrait crier qu'elle n'est pas une jeune communiste mais une jeune fille qui voudrait être traitée en tant que telle. Elle se tait, par égard pour son institutrice. Elle ne croit plus à ces formules creuses, à l'enthousiasme contrefait qu'il faut afficher à date fixe – 23 février, 1er mai, 9 mai, 7 novembre… Tous les ans les mêmes sourires factices, les mêmes beuveries. Pour elle le communisme se confond avec les sourcils épais de Brejnev et les litres de vodka que les kolkhoziens s'envoient lors des fêtes nationales, au point de tous finir sous les tables de la Maison de la culture. Les seuls qu'elle admire ce sont les cosmonautes, comme ceux qui un peu plus tôt, cette année, ont rencontré leurs collègues américains dans l'espace. Avec quelques jours de décalage, pour dissimuler un éventuel raté, la télévision a montré des images de la mission Apollo-Soyouz, la poignée de main entre Leonov et Slayton. À défaut de pouvoir s'envoler, Olena y a vu une invitation à fuir ce trou où elle étouffe.

— Écris sur les cosmonautes, alors ! insiste joyeusement Larissa Ivanovna.

Pour l'une des dernières fois de sa vie, elle parcourt le chemin qui la ramène chez elle depuis l'école. À Zaporojie, tout sera différent, elle le sait. Elle ne verra plus les vaches aux yeux doux, les champs de tournesols enflammés, les baignades dans l'étang municipal, la steppe recouverte de neige, les maisons de bois vieilles d'un siècle... Elle avance sur le chemin rendu boueux par les pluies de l'automne et elle éprouve de la nostalgie pour sa campagne qui disparaît. Elle songe à Larissa Ivanovna, qui n'a pas pu s'empêcher de verser une larme, tout à l'heure. « Je n'ai jamais eu d'élève douce et intelligente comme toi. Ne gâche pas tout ça avec la rancœur », lui a-t-elle dit.

Elle arrive devant chez elle. Un immeuble de brique de cinq étages, posé seul au milieu d'un champ. À côté, on en construit déjà un deuxième, similaire, pour loger les paysans des environs. Bientôt la ville s'étendra jusque-là. À la maison, elle trouve son père et sa mère assis en silence à la table de la cuisine. Ils sont face à face et partagent un thé.

Olena va dans sa chambre. Elle s'observe dans le miroir, contemple ses cheveux noirs que tous complimentent. Elle scrute longtemps ses yeux dans le reflet, cherche à y trouver la femme qu'elle sera, plus tard. Elle lève son chemisier d'écolière, vérifie que ses seins continuent de grandir. Pour la première fois de sa vie, elle se dit qu'elle est belle.

Dans un tiroir, elle attrape un cahier bleu pâle encore vierge et le pose sur son lit.

*Jour de l'investiture
d'Olena Vladimirovna Hapko,
au-dessus de la mer Méditerranée*

Elle se réveille en entendant un bourdonnement sourd. Ses oreilles lui font mal. Elle n'entend pas sa propre voix mais elle a dû gémir. Quelqu'un lui dit :

— Avalez.

Elle obéit, la douleur dans les oreilles passe.

— Ilia, où sommes-nous ?

Elle veut ouvrir les yeux mais ne perçoit qu'un mince filet de lumière.

— Dans un avion.

Le silence retombe. Olena a la sensation qu'elle s'est rendormie mais elle entend tout de même Kirilenko finir sa phrase :

— Nous vous avons évacuée de l'hôtel en hélicoptère. Il a fallu agir très vite…

— Vous avez pourtant parlé d'un avion ?

— Il fallait agir très vite, répète le jeune conseiller. Nous avons demandé à Iossif Kozilevski de nous accueillir, le temps d'aviser, mais il a refusé. L'hélicoptère s'est posé à l'aéroport de Jouliani. Nous avons affrété un jet…

Elle ne répond rien, sombre à nouveau dans la nuit. Plus tard, quand elle émerge, son cerveau est plus clair.

— Quel est l'idiot ou le traître qui a décidé qu'il fallait fuir ? Il y avait encore une chance de retourner la situation...

Kirilenko reste silencieux. Olena, vaincue, accepte l'absence de réponse. Elle repose sa tête sur le fauteuil.

— Où allons-nous ?

— Il n'y avait pas beaucoup de possibilités, entend-elle son conseiller répondre d'une voix gênée. L'Autriche a fait savoir qu'elle refusait de vous accueillir, les Émirats arabes unis aussi. Nous avons contacté les Russes, qui n'avaient rien contre le fait de vous recevoir, mais nous avons pensé que vous seriez contre. Notre choix s'est porté sur Chypre.

— Chypre ?! Pourquoi irions-nous sur cette île de ploucs où l'on crève de chaud ?

— La justice y est... accommodante face aux demandes d'extradition. Et puis il va falloir que vous défendiez vos derniers avoirs encore détenus sur l'île. La plupart ont été transférés en Ukraine, conformément à vos instructions. Ceux-là sont sans doute perdus pour de bon. Mais Chypre est une bonne base arrière pour mener le combat judiciaire contre les demandes de gel de vos actifs qui ne vont pas manquer d'arriver.

Olena se tait, une fois de plus. Elle s'est habituée au vrombissement du petit avion. Son bourdonnement la berce, elle voudrait dormir encore, ne pas réfléchir. Seule la sensation du caillou dans sa chaussure la tient éveillée.

— Que se passe-t-il à Kiev ? demande-t-elle.

— À l'heure actuelle je l'ignore, répond Kirilenko, d'une voix toujours aussi neutre, clinique. Mais au moment où nous avons décollé de Jouliani, la place Maïdan était noire de monde, sans doute des centaines de milliers de personnes. L'investiture a été annulée, évidemment. Et pour l'instant le président sortant reste en poste. Ça va être à lui de calmer les choses...

Olena pense une dernière fois à ce minable président qui en cinq années au pouvoir n'a rien fait. Comme elle vaut mieux que lui! Comme elle serait utile à son pays... Elle ne dit rien. Déjà, le visage du président s'efface, ceux des députés, des journalistes, des diplomates, tous ceux qu'elle a courtisés ou menacés. Elle sourit en pensant aux Loups. Peut-être retourneront-ils passer un après-midi en bateau sur le Dniepr? Ils s'ennuieront, tranche-t-elle en souriant encore. Puis elle demande :

— Et Semion?

Seul le silence lui répond. Elle veut penser à Grandes-Mains mais à la place c'est l'image du gosse qui l'a alpaguée devant l'hôtel, tout à l'heure, il y a un siècle, qui passe devant ses yeux. Elle voit sa chemise à carreaux jaunes, le même type d'habits que porte Semion Moissenko. Peut-être acceptera-t-il de venir passer un moment à Chypre, quand tout sera fini?

Elle tourne la tête vers le hublot, lentement. Elle contemple les nuages blafards dans le crépuscule, les lumières qui clignotent sur l'aile. Au loin, dans le ciel qui s'obscurcit, elle entrevoit une lune rose et pâle.

AVERTISSEMENT

Olena Hapko n'existe pas. En tout cas, elle ne porte pas ce nom. En tout cas, elle n'est jamais devenue présidente de l'Ukraine. Comme d'autres personnages de ce roman, celui d'Olena Hapko est inspiré de personnalités réelles, parfois de croisements.

Les Loups n'existent pas davantage, pourtant leur emprise sur l'Ukraine est indéniable. Ils contrôlent les médias de ce pays, son industrie, ses députés.

D'autres personnages sont inspirés de figures bien vivantes, au point de leur voler leur nom. Dans cette catégorie, vous aurez reconnu le président de la Fédération de Russie et plusieurs de ses proches. Leurs pensées, leurs agissements sont présentés ici par le prisme de la fantaisie de l'auteur.

L'année 2012 a existé, même si aucune élection présidentielle n'a eu lieu alors en Ukraine. Le tableau qui est fait de ce pays à cette époque se veut toutefois réaliste. Depuis, des changements ont été amorcés. Ils sont lents.

REMERCIEMENTS

Merci à Irina Chtepa, grand cœur et yeux sombres, vraie descendante de Nestor Makhno, sans elle l'auteur n'aurait jamais découvert Gouliaï-Polie, cette ville perdue dans les hautes herbes dont elle est l'âme.

Merci à ceux qui durant des années m'ont aidé à comprendre les dessous de la vie politique et économique ukrainienne : Kristina Berdynskikh, Daria Kaleniouk, Mikhaïl Minakov, Vladimir Fessenko. Merci à ceux qui ont été mes compagnons sur les routes ukrainiennes : Maria Turchenkova, Ioulia Shukan, Guillaume Herbaut, Vadim Moissenko, Daria Bibikova. Merci à mon journal, *Le Monde*, de me permettre ces traversées à travers champs.

Merci à ceux qui m'ont relu et m'ont donné conseils, critiques et encouragements : Constance Trapenard la première, Ioulia Shukan, Nicolas Pfohl, Céline Bayou, Iryna Dmytrychyn, Casimir Tronel, Robert et Evelyne Vitkine. Merci à Irina Turchenkova qui me permet de ne pas travailler debout. Merci à mon éditeur, Aurélien

Masson, qui m'apporte sa confiance et son talent, et à tous les collaborateurs des Arènes.

Merci à tous ceux dont l'amour m'entoure, mes amis, mes parents, Maria.

Du même auteur :

*Les Nachi, ou la construction
d'une « jeunesse du pouvoir » russe.
Les « jeunesses poutiniennes »
contre la Révolution orange,*
Éditions universitaires européennes, 2011.

Donbass (prix Senghor 2020),
Les Arènes, 2020 ; Le Livre de Poche, 2021.

Le Livre de Poche s'engage pour
l'environnement en réduisant
l'empreinte carbone de ses livres.
Celle de cet exemplaire est de :
300 g éq. CO$_2$
Rendez-vous sur
www.livredepoche-durable.fr

PAPIER À BASE DE
FIBRES CERTIFIÉES

Composition réalisée par Soft Office

Achevé d'imprimer en janvier 2023 en France par
Maury Imprimeur – 45330 Malesherbes
Dépôt légal 1re publication : février 2023
N° d'impression : 267682
Librairie Générale Française
21, rue du Montparnasse – 75298 Paris Cedex 06

61/7587/7